博客思出版社

誰出賣的西湖

編外教師大事記《第一部》

齊天大 原著
心靈飛鴻 批評

這西湖，莫非也是我的西湖？人間處處是西湖。

推薦序

這幾天晚上，我沉浸在你的西子與柳浪閣中。認真讀後，使我心意飛揚。雖文字間略有淒清，傷感之嫌，卻也掩飾不了作品中冰火之間少見的「硬氣」！

你在柔美的文字遮掩下，氣沉丹田，施展出硬功夫，手持兩把利斧（哲理的、邏輯的），以韌的戰鬥，單身獨挑的，去砍劈那數千年來一貫的攔殺真正人才的那道鐵門檻。「博導」，實爲殉道者。遺誤了後來者思想的自由發揮，使意識形態枯死，也就沒有了進步的勇氣。一片窒息的結果，便形成了人類最大的悲哀！

你的這段向「死水」厲聲宣戰的文字，將會給現今明白人和後來者以極大的鼓勵。

你後面用親身的感受，繼以用博大的「人文」，「人性」的胸懷，以西湖的「三美」作爲依據，謳歌了你心中理想社會的到來。

自然（或帶點純的野性），平靜如西湖之水，正是人們所追求的！

你所選用的多角度的素材，可人的相通，可人的共識，可人的讚美。

描繪中的虛實相疊，從哲理上給人一種沉思與碩大的享受空間……

中學語文老師　張金俊　09年1月18日

自序——本書的閱讀需知

1. 本書可能是齊天大這類小說的封筆之作；
2. 本書的面世，也許會是故事發生的很久很久以後；
3. 本書面世的原因，有這樣幾種可能：一作者後來，再也沒找到合適的博士生導師；二作者已經找到了並已經完成了博士論文並取得了博士學位，成了個真正的「齊博士」。
4. 反正無論如何，本書絕無可能在本書的作者正在拜師讀著博士學位的時候——讓你看到它。
5. 以上的說明，是十分嚴肅的。

齊天大　06年10月5日

目次

之二 附錄：我的杭州（柳浪閣留墨） 370

後記

之一 關於西湖

1. 在那對老年夫婦的眼中(05年末12月31日)

一

那一對——斗膽地買我的柳浪閣的老年夫婦——在交接一筆定金後對我妻子說：他們那天早晨真的買還是不買——我那柳浪閣——是有著一個條件的：就是看我和妻子像不像好人。

也就是說，他們之所以冒了一定的風險將那筆爲數不小的訂金——付到了妻子帳上，是因爲——我們給他們留下的第一印象是：我們還不像壞人。

那已經——使我比較的感動了。

二

我今年幹了一件比任何壞事都更像好事的事，就是在年根上出賣了西湖，出賣了我的柳浪閣。

那是一間位於空中的樓閣。

它本屬於我；

它——「本」已屬於「了」我；

它就在西湖之畔；

它「還」在西湖之濱。

而它呢——也就因我長得極像「好人」——而此時此刻，已「半」屬於了那一成了對子的——老年夫婦——的女兒；

還有那個女婿。

三

早晨《鳳凰衛視》有一個關於巴金和沈從文的故事，說他倆曾在一個北京的小院子中同時寫作：巴金寫他的《家、春、秋》，沈從文寫他的——好像是《邊城》吧。

他倆寫著寫著，還就寫的方法，發生了爭論。巴金說創作應無節制而沈氏說創作應有節制。

「節制」的，是寫者的情緒。

但我寫這本「出賣西湖」時，我想，該是半節制半不節制的。因爲西湖已被我在這個雞年親手賣掉了，也就無從節制了——我已失去了想節制的緣由。我已沒有了想衝動一下子或衝動少許的情緒……。

因此我只能「半節制」地，如半自動步槍似地寫它了。

我已停筆半年了；

我已無語數日；

現又有語了，但語氣已半衰，已半有半無，已半唏半噓……

但我還是從樓下的復興商業城中購來了這支「大楷」的軟筆，開了這篇大部頭的追憶柳浪閣的文章……

在樓下買這支筆時，我又想到：我下的樓，我的樓下，本不該是一座「商業」之城，而是一個能一躍而入的披帶著細紗的湖……

咳，原來這是北京。

四

電視中巴金有一個畫面：他坐在輪椅上，在西湖邊鍛煉著他的手腕；

還有，他在文革時又去了沈從文的家，而沈家那時或是在五樓，或是在七樓，也沒有電梯……。

我那湖邊的柳浪閣，亦無電梯；

亦是七樓。

但有窗外的山……

那若駝峰的山……

和山上的另一個閣：城隍閣。

我此時已寫得誠惶誠恐了；

我恐再見那被我出賣的山和閣子……

我寧願坐上輪椅；

我只能儘早地——坐上輪椅……

那樣：我就無需再爲不願爬七樓，或再爲出賣它——而追悔了。

李敖上周在《衛視》上發言：他說臺灣人混，香港人壞，而大陸人——「酸」（大意）。

而我——是否正是酸的？

心酸乎？胃酸乎？
我的西湖哦！

評論：
誰出賣的西湖？
在那對老年夫婦眼中，是不像壞人，極像好人的你。而你卻又為出賣它而誠惶誠恐，甚至追悔。既不捨，為什麼又要出賣它呢？
是與西湖有關的「節制」與「無節制」的故事，還是不悅於它和商業街比鄰？但那隔窗相望的山與閣，又分明讓你留戀。
是誰，是什麼原因，促使你在捨與不捨之間，決意要使本已屬於你的，西湖上的柳浪閣，不再屬於你呢？

2. 被范曾拘禁的鶴（年初一06年1月1日）

一
歲月的書頁，是由時鐘的指標來翻的，這一指，就又多指了一年；
今天已是新年了……
公曆的；

西曆的；

不是中國式的。

二

《鳳凰衛視》上去年，也就是前天，有一個關於大畫家范曾的專集。

范曾的眼神十分的「動物兇猛」，一看，就不同凡人。

凡人——比如我辦公室裡的——一旦，具有那種的眼神了，至少，我會轟他出去。

因爲我不安全。

范曾因此——是個偉大的國畫家，是個不可再生的、無法 recyclable（回收）的大才子。是個國寶。

於是他就做「國寶」該做的事，做「國寶」該做的人；他我行我素，他想說什麼都可以，他說：「我已對錢不太關心了，我關心的是在人類文化歷史上我最終落得個什麼樣的地位……」（大意）。

「咦，他怎麼跟我關心的是同一個問題？」我看到這裡，不禁暗想。

三

名畫家與名作家是有些不同的。

（由於按一般的出版週期——即一年出一本的速度，這本書之前本人還有大約七本書沒出版，也就是說本書輪上出版該是十年之後的事，因此我在此估算屆時本人早已變成了個「名作家」——戲言）。

名畫家——如范曾式的，手中的筆，就是印製人民幣的刷子——那比造假幣還邪乎！造假幣者造出的一張，最大額是有限度的——比如人民幣目前的最大額面值是一〇〇元，你不能一下子造一張一〇〇〇〇或一〇〇〇〇〇元的人民幣，即便造出來了也是假幣。可人家名畫家范曾卻能！

他說：「我能！」（廣告用語）。

他幾刷子下去，「造」一隻甲殼蟲或者假魚假蝦假石假山假人假情假意……就能與萬元等值啊！

而且他死後還能翻倍呢！

因此造假幣者——我勸——都該停止舊業，而改學國畫。

四

范曾有一股子仙風道骨——他是個「假古人」，本人卻與他相反——本人是假今人、真古人。

他畫假（甲）古（骨）文，我寫真古文。

他已被馮驥才等人說成了個仙鶴類的怪物——他鶴立雞群，他卓爾不群，他還在自家別墅形式的院中——養了一隻大仙鶴。

他們還說他是擁有一種「偉人的孤獨」的人——這好像也與本人相仿，他（那個「瞭解他的人」）說曾親眼看見過整個一個樓的人都睡死過去時，唯有范曾屋裡的一盞孤燈——在鬼火

樣忽明忽暗著。

那不是在鬧鬼；

就興許是范曾在燈下正數人民幣（失禮了！）。

反正他尚與一樓人同居時，還不太富裕，沒富到作品價值連城的程度，沒富到在院中放鶴，沒富到在電視中跺腳嚇人（電視上演的），沒富到除了自己在人類文化史中的地位，別的什麼都不用想不用關心的地步！

五

名人的霸道與耍小孩子脾氣的毛病——本人看——都是讓大人們慣出來的。

而「大人」們，也就是他們的觀眾、聽眾和「粉絲」、學生一類的人。

就因爲他們是獨苗。

范曾的才——不就是獨生的嗎？

范曾是時代的獨生子，是「稀有動物」，所以他擁有了獨生子和稀有動物們的一切毛病。

因此我們要時刻提醒自己：不該太慣孩子了，再慣下去，對他們不好。

毛澤東就曾說：別再慣他們啦，讓他們下去鍛煉鍛煉吧！因此，就成全了錢鐘書、巴金、季羡林、馮友蘭等人。讓他們重新從用書搭成的獨樓上，下凡到了民間，使他們走完了從肯定到否定再到下一次肯定的「全程」，而成就了人格的完善——以及藝術的完整。

因此范曾應該再次放鶴，讓鶴從院子的拘禁中游走於天然的叢林，而他，再回到山野中騎鶴駕鶴……。

那才叫真仙子真古人真藝術家……。

那就是本人〇六年一月一日的這種狀態。

六

與范曾的那個小院子比，我的西湖著實要更美得許多，在我的西湖，在「柳浪聞鶯」，幾年前也有一處籠子，也是用做放養孔雀的。那時我常去。我一般是在早晨八點前去看孔雀的，因爲八點過後就要五元的門票了。前兩年南山路改造後公園沒圍牆了，孔雀籠子也失蹤了。

我想，可能現在孔雀們正在不知何處的一大片叢林中，同自由的仙鶴們一同歌舞著吧！

評論：

「我已對錢不太關心了，我關心的是在人類文化歷史上我最終落得個什麼樣的地位……」原來這就是你出賣西湖時，考慮的問題；原來你是想在走完了，從肯定到否定，再到下一次肯定的「全程」中，成就獨立人格；原來你是在沒富到，除了關心自己在人類文化史中的地位以外，別的什麼都不用想，不用關心地步的時候，所做的無奈的選擇。

閱讀、理解著，范曾只是你驚醒自己，不迷失、嬌慣自己的一面鏡子。這樣的出賣，表面上看起來很無奈，但實際上是理性而又果敢的選擇。

你不想在西湖柳浪閣的霧靄裡，西湖商業街的繁盛裡走失自己，想在凡世的煙火裡，放飛真我本原的心，在人類文化史上留下行走印痕，才出賣了它。

是這樣嗎？

3. 俺發現了假唱！（06年1月2日）

一

我越對那電視上的口形越覺得她（他）們——都在假唱著呢！

前不久，一個資深的音樂人告訴我，我看到的百分之八十的現場的文藝演出——都是在假唱裡開始、在假唱中達到高潮和瘋狂，然後再——在假唱中慢慢地結束了的……。

於是我便問：「請實話實說，您是否也——參與過假唱節目的製作？」

「那……當然！」他回答了。

從那天起，從那一片刻開始，全天下的只要是「文藝」的節目，在我眼裡——便都是——假的了。

起初，我質疑自己太偏見，但我後來又反覆地看電視並用放大鏡對照那些電視中用燃燒得火爆得不得了的激情引吭高歌著的歌星們的——口形時，才發現自己——並沒看錯了她（他）們——的嘴……。

那些嘴有時還真的——與驢唇難相對哩！

二

那以後，我的懷疑症就又加重啦——我從文藝界轉向了日常生活，於是我又發現，不僅唱歌人在臺上的嘴形——不對，就連你我他她它每天說話時的嘴形也有些——不對勁了！

這可乍辦哩！

這可……乍辦！

乍辦呢？

——這可？！

4. 巴金式的假唱（06年1月23日）

一

巴金也搞假唱；

雖然他號召大家都講真話。

今晨的「鳳凰衛視」中出演了一個叫徐友漁的學者，是社科院的——他說雖然巴金號召大家都講真話，可巴金他自己在《隨想錄》裡講的真話到底有幾成——卻也是死無對證的。

因爲晚年的巴金已被當做「金絲鳥」——供奉了起來。

（我不知爲何，寫到此時，又由「金絲鳥」想到了柳浪聞鶯的那幾籠孔雀，據說是因爲財政問題，它們被餓了一周，還竟然——已餓死了一隻。或許本周就——又餓死了幾隻，幾十隻了？）。

巴金——亦如孔雀和金絲鳥，被慣養于高籠（不是高閣），因而不會真叫，因而不會覓

食，因而可能被圍觀的人類——不是喜歡死、觀賞死，就是餓死。

但它（他）們絕不會絕食而死的！。

因爲沒人會相信他（它）們會絕食；

因爲它（他）們已無絕食的勇氣；

因爲他她它（們）一旦想絕食時，就會有人遞來食物——除了那缺德的「香山」（報導說近來北京香山的孔雀正在饑餓中煎熬）！

香山太臭太噁心了！

香山——使人香臭不知；香臭難辯，香臭難分！

二

巴金本想真唱，本想說幾句真話，卻聽來好似假話和假嗓子假唱——這其中的喜劇色調，是不談的。

在臺上用真唱來感動觀眾，是不難的，但在臺上一旦真的唱失誤了，也是不得了的，於是，演員們按利弊大小，還是多選假唱。

還有更可怕的——也是聽那個業內人士說的，就是連廣播中放的曲子，也可能全是假的、半假的以及半假半不假的——也就是說，孫悅的原唱——可能根本就不是「祝你平安」那般的娓娓，而是男聲！

而是男聲；

發劈的男聲；

雄奇的男聲！

跟「一無所有」的崔健似的。

可見假唱——已經假到了何等品味！

三

我又想到，可能兩個歌手同台對唱時——不太容易進行假唱或把假唱進行到底——因爲那十分容易穿幫！

你想啊：在男的唱完該女的唱時，他們如果假唱的話，男的聲還沒落下，女的嘴就動了——或是相反，那樣一旦銜接不好，就會露出破綻。

那位業內人還說，有一個七旬德高望眾的老女歌手，在話筒都放到後屁股之後，廣播中仍能聽到五分鐘之久的、她的女高音的花腔，那顯然——是把觀眾當成了傻冒和本人。

本人天生就是個——充耳不聞的真聾子——俺是個「真聾天子」！俺始終半聾半不聾。

在知道大家都在假說、戲說、假唱、假表達時——俺不聾不傻；

在俺自己大聲說假話恭維話時，俺總是對不準嘴形總是跑調總是露餡露怯和——總是失真。

評論（3、4）：

你說自己始終半聾半不聾。你在知道大家都在假說、戲說、假唱、假表達時，不聾不傻；在自己大聲說假話恭維話時，總是對不准嘴形，總是跑調總是露餡露怯和總是失真。於是你想要真唱！

契訶夫說：不管大狗小狗都要發出自己的叫聲。狗且如此，何況人呢？可面對眾多連狗都不如，戴著假面具說話做事的人，你在憤怒之餘，不得不出賣了西湖上的柳浪閣！

是這樣嗎？

5. 關於新版的《魯迅全集》（06年1月24日）

一

關於新版的《魯迅全集》，我到目前知道的情況，大抵是這樣的：

1. 它太貴，一般人買不起，需九百多元，而我，卻買得起，但我，卻不想買——我買得起是因爲我認識人民文學出版社的編輯，她可以打七折；我之所以不想買，是因爲舊的全集還沒讀呢！

2. 它太霸道。我那本本該在二〇〇一年或二〇〇二年或二〇〇三、二〇〇四、二〇〇五……出的新書——《永別了、外企》，就是因爲與《魯迅全集》搞到同一家出版社（人民文學），才一直拖到二〇〇六年已經下過了第一場雪一個月之後——還沒出版！

理由是他們幾年來一直加班趕制《哈里波特》，之後是《魯迅全集》。一個是外國人，一個是死人——都可用來壓俺——一個活的新中國的人，那麼，中國的出版業它——還是否還有希望？！！！

3. 它太矯情。老《全集》——我買的那套被打了五折的，是八一年版的，而新全集中據說又多了十餘萬文字——這豈不見鬼，這豈不見鬼！魯迅分明已離世多年，爲何又能在他死了的七十年後，「再」——寫出來了十餘萬字呢？

一定要考問，一定要考察，一定要考量（臺灣用語），一定要問個清清楚楚明明白白——俺才踏實。

二

昨日既無雨也無雪。昨日在萬壽書店，隨手抽出了一本新版的——魯迅——因爲其中有一篇帶有孤山的字跡，就站立著——草讀了一下。

大意如下：一個女青年想與魯迅拉近乎，就在信中說：（大意）「我與先生孤山一別……云云」。

魯迅回答得十分沒有情面：「Young Lady（這位年輕的女士）啊，本人已有十年沒去杭州啦，怎會與你近日在孤山相別？莫非……？不，肯定這世界上還有第二個『魯迅』的……」。

那女青年收到魯迅的回信後，倘若她不具備少許的幽默感，是會失聲而哭鬧的。

——我站著想。

三

鬥志。

魯迅是在杭州教過書的，但他對西湖的那股「恨意」——是極濃的，因爲西湖妨礙了他的

瞿秋白也是最後一次在西湖邊上游走時——臉上帶著痛苦，之後的不久他就就義了，就魂歸故里了。

蘇東坡總共在杭州遊住了五年，先從他的三十歲到三十三歲，十六年後，又是一個二年。東坡最後一別西湖時，曾南山北山地到處與他的那些道士狐朋狗友們話別，還留下了詩。

本人從初識西湖到擁有西湖再到出賣了西湖，前後也有十年的光景，只不過，本人加起來在湖邊上的時候，正如魯迅戲言那位女青年的那樣——仿佛不是一個真實的人物，仿佛不是一段實在的居住罷了。

6. 黃色的出版物（06年1月25日）

一

今日的《二十一世紀經濟報導》報上有一個「讀者」版，其中的一篇文章叫做「拿什麼紀念你，納博科夫」，筆者是潘小松。

被潘小松介紹的納博科夫的書——新譯的——叫做《洛麗塔》。

本人在此之前既不知何人是納博科夫，更不知何書爲《洛麗塔》。

但半小時之後我就都明白了——因爲我先讀完了潘先生的大文，又飛奔到長安商場的樓上，從書堆中購來了那本黃顏色的《洛麗塔》。

——真是心一想，事就成了！

二

引得我發笑的是這本號稱是天下名著的、納博科夫都五十六歲了才出版的《洛麗塔》——的第一個出版社，是個「專業色情出版社」，名叫巴黎「奧林比亞」出版社。

起初我的視線模糊，錯將「奧林比亞」看成「奧林匹克」，就誤以爲在一九五五年時巴黎的體育運動以及宣傳單位——都與專業色情有關，後來才發覺是因我心中無妓眼中卻錯有了妓——那該是「奧林比亞」而不是Olympic!

俺國俺市的奧運，是後年的二〇〇八！

三

令我寬心之處——在讀了介紹名師和名著的遭際以後——共有如下這麼幾處：

其一，納博科夫都五十六歲了，他的第一部名著才剛剛出爐，而本人呢，才不到四十四歲，第一本「名著」《永別了外企》，下月就該像北京烤鴨一樣——姍姍出爐了；

其二，這次給本人那部「名著」出版的「社」——是屬於人民的「人民文學出版社」，而不是專屬於愛情或附屬於「色情」的。這分明在寬慰我那一直是脆弱得一塌糊塗的——業餘作者的心靈。

其三：納博科夫也該慶幸，慶幸他所在的（僑居）的城市——巴黎還有那麼一家專門從事色情著作出版的「奧林匹克」（哦，又錯了，是「奧林比亞」）「社」，否則，若是那些「社們」老連姓「社」姓「資」或什麼是真「色」什麼是「假色」都搞不清楚的話，這世界上，弄不好又被遺漏了一個文學名士？

真玄，玄得有些個發黃，巧合的是，這本我從長安商場樓上那家據說是由於入不敷出下周就該關門了的書店中購得的新《洛麗塔》——它的封面，也是黃色的。

血色——有時也是黃色的。

真是殘陽如血。

四

品了十分鐘的黃色的《洛麗塔》，還看了一篇洪燭寫的介紹納博科夫及它——《洛麗塔》的文章，叫做「納博科夫：《蝴蝶之書》」。

按洪先生的說法，這本書的確是一本小《金瓶梅》，像尤物一樣的有味。

不知道《金瓶梅》被出版的那個年代的中國，是否也有「奧林比亞」一類的巴黎式的「社」。

是人民的「社」，還是血黃色的「社」呢？

五

晚年的納博科夫在因「小洛麗塔」而成名而發財了之後——也遁逃到一個湖的——邊上去

了。

他逃到的那個湖，是瑞士的日內瓦湖，那湖，我五——六年以前曾隻身去過，去之後，我才下決心在西湖邊上購得了柳浪閣——由於與那個湖比，西湖是「洛麗塔」，日內瓦湖呢，卻是《金瓶梅》中的王婆子——那般的醜陋。

令我的心又恢復了本來的平靜的，是文章中接下來的那句話「納博科夫一生不置產業，他和夫人晚年就住在旅館裡。」

……

六

由於新春一過，我又要去杭州辦理出賣柳浪閣的最後一道手續去，我昨夜在網上拼命尋找我新的棲息處和落腳點，我發現用「短租」一個關鍵字，能尋出一些離湖邊不遠的好像是別墅二層上的單間來。那些個單間，每日只花人民幣不到七十，而且都離西湖不遠——只有一公里。

雖不是一百米（我原先那「閣」到湖邊），卻只有一千米，倒也比北京的一千個一千，強出了那麼少許。

評論（5、6）：

不只藝術界充斥著自覺與不自覺的假說、戲說、假唱、假表達，出版界也是如此。

令人啼笑皆非的是：最痛恨虛假的先生的作品，卻也被高懸著，為眾人出版作品的旗幟的出版社，當作滿足虛假願望的道具。而無獨有偶，在西方，卻也有表面看來並非真善的出版社，竟然出版了偉大不朽的作品，成就了一個納博科夫。而他晚年不置產業，棲息旅館的清醒選擇，又給了你靈魂的指引。

於是，你出賣了安逸，於是你想在現實的泥土裡，種植自己培育的種子，於是，你出賣了高懸著的無法播種的西湖的柳浪閣！

是這樣嗎？

7. 我——四十三歲的老人(06年1月25日同日，夜)

一

宋代詞人姜夔——姜白石在他的「晚年」——也就是四十三歲時，不知從哪裡移居到了杭州，後來他又於二十幾年後，終老于西湖邊上了。

我本來對姜白石——是無知的；

我本無需知道那麼多關於他的事情，因爲他與我之間在「相知」一事上，是絕不可能對等的。他人——都已死了近千年了，我只能知他，而他不可能「知」我。不過倘若他真的有「良知」、真的「知」了我，我則，也不太在乎和在意。

我之所以在「我的」的書中提他，是因爲我讀了浙江大學江弱水教授的一篇文章——「一個人的情人節：姜白石元宵詞說」（《從王熙鳳到波托西》）。

江教授寫的這本書，真的極合我意——除了它的書名，因爲我把該書從頭到尾讀了幾遍，也沒能將那個「波托西」給「抓」出來；關於王熙鳳，我倒是知道一些個。

二

是因爲姜白石在書中到過杭州，我才注意到他。他在一首詞中說自己已老，在元宵夜下已能感到「少年情事老來悲」了——那年（一一九七年）剛到四十三歲的他，而本人呢，今年二〇〇六年，恰逢也是四十三歲了。

姜白石他——四十三歲落戶湖邊；

齊天大俺——四十三歲上，剛把那湖賣掉。

三

姜白石落戶的地方，據江教授考證，正是離柳浪閣最近的「清河坊」，是本人二〇〇五年十二月又去了一次的地方，而從這本書，我才知道「清河坊」的街名，與那時一個叫什麼張俊孫的「循王」有關。

本來——我還以爲它與本人有關係呢！

四

今又在長安商場那家傳說是任何一秒鐘——都可能因入不敷出而關掉的書攤上，購得一

本與我的年齡有關的書，叫做《四十四歲必讀書》，作者叫什麼「方州」，聽來就不像真名。「方州」在該書的封面上說：「四十四歲，以加法整合觀念，以減法撥算人生」。還說「聯合國教科文組織」在一份權威報告中指出，四十四歲是青年與壯年的分界點；人生的生命曲線呈下降之勢，而工作家庭的負擔曲線呈上升勢，四十四歲正是這把中年剪刀「之軸」。又說「你拼死拼活爬到了梯子較高的一層，但是你有沒有回頭看一看自己是否爬錯了梯子？」

……

剛才抄錄的還只是封頁上的，書中的話就更不好聽了，比如「下崗不是什麼大事兒」，「路邊的野花不要採」，「忘了那個『同桌的她』」，「精神出軌也是出軌」……種種。

再有的就是：「當心患上『年齡恐慌症』」、「自卑：人到中年的無力感」、「做人不能太硬氣」、「別把所有雞蛋放在一個籃子裡」

……

關於最後那句提醒的話，我想把它改成——在此——別把所有夢想都放進一個湖裡。

這一點說起來容易做起來難——尤其是對於一個已經就要到四十四歲的、按宋人的標準已是老人的——現在的我來說。

老來難——難於上青天！

最後，忘了自問上一句：「俺這輩子何時有過什麼梯子？！」。而那……而那柳浪閣，它高居在半空的七層——明明是沒電梯的喲！

評論：

到了古人所謂的老年的你，其實才是今天的中年人呢，可你還是擔心：在僅剩的有限生命裡，在沒有梯子相助下，因為負重太多，難以攀登上那高高的夢想樓閣。你才不得已決定暫時出賣它，做一次破釜沉舟、輕裝衝鋒吧？

將來你也許只能在西湖邊上散步，也許會再一次擁有柳浪閣，甚至還有可能在登上柳浪閣後，再仰望雲霄。

雖然你猶豫、不捨，但你還是想趁著生命之火還在熊熊燃燒時，出賣柳浪閣，籌集最後一次衝鋒時，所要攜帶的，使精神獲得自由的糧草。你更不想讓自己在真的老大了的時候，再徒生傷悲。

是這樣嗎？

8. 郭德綱現象（06年1月26日）

一

筆和筆之間，是有區別的，因此，我今天使用的這杆「中柏」牌大楷軟筆——寫出來的字形與昨日是有了區別的——

手感不同。

藝術也一樣——這一兩個月裡京城突然火了起來的一個叫「郭德綱」的相聲人士，就與近些年的「那些」相聲人士，有很大的不同。

郭德綱有一個小名段子：「床前明月光、疑是地上霜，舉頭望明月，我叫郭德綱！」（隨著「啪」的一聲驚堂木的響聲）

上周，尚未放假的那天，我在辦公室突然想起了這個段子，就向兩個女同事介紹：「你們知道最近剛火起來的那個姓郭的人嗎？」

「他是幹什麼的？」

「是說相聲的。」

「說得好嗎？」

「當然！」

「比如……」

「比如……（我隨手從桌上抄起一塊木頭），比如這段：床頭明月光……我叫郭德剛！唉？這中間的那兩句怎麼說來著？」

她二人聽後大笑，笑得我都不知所措了。

看來，我比那郭氏——更具備能將傳統藝術從死灰中助燃起來的實力。

二

由於七樓上的柳浪閣的窗後，就是吳山的兩個山峰，所以無論怎麼看去，床頭的月亮，我記得——都要比北京的圓。

北京——還有月亮嗎？
我床頭的皓月，如水，如陽，如火，如光明。
也如霜（遺霜）；
還像那露（殘露）。
我不用舉頭，在地板上就能摸到那月，那月光，那月中的山，還有月中的水。
如霧的月中的水。
月中的湖和海。
月海——也如大洋般浩瀚。
我堅信——我真的看過的。

評論：

你在西湖柳浪閣的七樓上，與古人同賞一月，那月如詩如畫，觸手可及。可是今日藝人，卻以顛覆惡搞方式，玷污了引領遊子魂歸故里的明月。孩子們也學會了笑呵呵吟誦：床前明月光，李白睡得香。早晨一起來，拉了一褲襠。

詩歌，是民族文化的一朵奇葩，親見他慘遭粗俗藝人蹂躪，酷愛、守望她的你，豈能不動容？

你在憂慮：長此以往，西湖美景，也難逃被埋汰厄運。

你雖出賣了西湖柳浪閣，但卻在孜孜不倦地創作構築著藝術殿堂的柳浪閣。你期盼無論是誰，都能站在柳浪閣上遙望到真實的山，美麗的月。都能在月光撫慰下，記得讓靈魂回歸故里。到那時西湖的柳浪閣，屬於誰都已不重要。

是這樣嗎？

9. 並不都是苦悶象徵的藝術（06年1月27日）

一

並非所有的藝術，都仿佛一個日本人說的那樣，是苦悶的象徵。

有的呢——是，如本人寫的這本書，這本書是關於出賣和被出賣的困惑；

有的呢——則不是，如齊白石畫的蝦，和蛤蟆，倘若齊白石也是出於無以倫比的痛苦，並在那種狀態下才畫的那幾頭蝦的話，那麼我想無論他當時再再的苦悶，蝦和蝦，也是沒什麼天大的——區別的。

畫家再痛心疾首，只要畫的還是蝦，還是蛤蟆或仍是野菊，蝦總歸是蝦，蛤蟆還是蛤蟆，菊花還終究是菊花的——我想。

我又想它們充其量最大的變化，可能是由皮皮蝦變成了基圍蝦，從家菊變成了狂野的野菊；由一般的優雅的、高貴的蛤蟆，演變成了癩蛤蟆——而已。

二

以上是今日在新開的「首博」看到了齊白石的「偉大的藝術展」之後的第一印象。

第二印象是從事不同藝術人的年齡——也有所不同。寫小說的或被稱爲文學家的，但凡要寫出好的、禁看的東西，就要經歷一定的折磨和破落。如雪芹的挨戶要粥喝，如東坡的一流放、二流放、三流放，他們因此而成爲三流，二流乃至一流——的作家。

再有的，就是那個也是姓「齊」的我了。

我之磨難，在於出賣了天堂，在於終止了天堂歸宿的按揭，在於……。

而搞其它藝術的，如齊白石，就會長命，就會在筆下的花草山河裡長壽——他的享年近百歲，那才能稱做是——「享」年呢！

可見畫國畫——也是一種造化。

三

一般在苦悶的狀態中製作藝術作品的，都用藝術物件來發洩苦悶，所以藝術作品既可是苦悶的象徵，又可是釋放苦悶的工具。一個寫小說的人實在感到心中苦悶沒地方去時，就可將原本天真活潑、可愛無比的主人公——小說裡的——先放放血再實施姦淫，然後讓他（或她，它）不得好死地——死上幾回。

出於對苦悶作家的同情，我想這也是無路好走時的路，也是迫不得已時的——而已。

畫畫也有這種隨時意的自由，比如畫一畫「馬拉之死」，又比如畫一畫海嘯、地震或其它山崩地裂的場景——我想——雖然我不會畫畫——都是對畫家那時的苦悶心情的——一種小小的寬慰。

何必非要割下自己的耳朵呢（如梵谷）？把蒙娜麗莎的另一隻耳朵擱置起來或從畫板上摳

去——不就達到想割自己耳朵的目的了？

要學會聰明！

四

我的唯一在藝術上成功了的本家——齊白石，由於是畫中國畫的，尤其是蟲草和山河的（他不大畫人），就沒有借藝術物件發洩苦悶的自由了——無論他覺得如何地顛沛，也甭管曾經多麼的流離，因爲蝦——是不能笑，也不會哭的；又因爲蛤蟆——無論畫它們的主人多麼的心情不好——也無法萬念俱灰和仰天長嘯，那只能是人，是英雄岳飛，是睡西湖邊上的民族英雄……，而蛤蟆，無論到了何等不得意的時光，也終究是只蛤蟆。

雖癩，還是蛤蟆。

會大喜大悲的——只有人類中的英雄。

五

白石的一個孫女——也是與我同姓的，按首博的宣傳，今天本該在那裡現場做畫。她的要價是五百元，至於是一百尺五百元還是一萬丈——五百元，我倒是忘了；反正，我既沒記清也未與她本人見面，否則，搞不好會在眾人之下搞一場齊家藝人大會演。

但我著實沒看上她那種宣傳自己的方式：齊白石孫女…如何如何的，那不像是在叫賣一個中國畫藝術家的作品，倒好比肯德基在隆重推出新式的炸雞。

她——也畫雞；

她——已畫蝦；

她——已畫蛤蟆；

她——已畫菊。

可我看，她筆下的雞、蝦、蛤蟆和菊，既不像河蝦，也不像草雞癩蛤蟆或野山菊一族了，而是……喝過威士忌的龍蝦、打著領帶的摩登的蛤蟆以及好打不平的暴飲暴食的——山菊。

看來時代——倒真是變了。

（明天就是雞年的最後一天了）

六

又想到了一條畫家與作家不同的地方：畫家的作品（除了畫人的）——一般不需要經過編輯的剪裁之痛。一般，畫家的作品無需經過編審的目光，就可直接與它們的觀眾見面，也就是說，蝦還是原先的蝦，蛤蟆仍舊是原先的蛤蟆，山菊呢，也照舊是原先的山菊。

其實，畫家本人——就是那編輯，因爲蝦、蛤蟆和菊花最早——都是屬於湖泊和山林。它們的老家分別是西湖，還有吳山。

評論：

齊白石先生為自然情趣吸引揮毫潑墨，你寫這本關於出責與被出責之困惑的書，印證了：文學與繪畫不同，藝術並不全是苦悶的象徵。作家寫作的過程是釋放苦悶的過程。而畫家創作，可以是，也可以不是。畫家本人既是作者，又是編輯，還是編審，就像是那大自然中原生

態的景觀，說具體點，就像是返樸歸真的西湖、吳山。而作家的作品要想面世，卻需要那些不同時代，帶有不同審美情趣的編輯、編審去嚴加盤查、刪削、添補，這一過程，有可能曲解或背離作家本意，更何況作家創作時，還帶有了強烈的主觀色彩。

繪畫，原本貼近自然。可如今，包裝盛行，無所不炒。在連齊白石孫女，都可以放在金錢鍋裡炒作的時代，最接近自然的繪畫，背離原生態的西湖，也就不足為奇了。更何況那些熱炒的文學作品，先要由作家用金錢浸潤的心來感受，用金錢養過的眼來觀察，用金錢潤過的筆來書寫，還要經過已被金錢味薰染的，醉若浮雲的層層編輯、編審的肆意增刪，這樣以來，熱炒後出鍋的文學作品，也許已與西湖本來面目大相徑庭了。

於是，為了保住附著了你靈魂的精神世界的西湖，你出賣了現實的物質的西湖，可你知道，這兩者密不可分。可當你不得已，要做出非此及彼的兩難選擇時，你捨棄了現實中看得見的已屬於了你的西湖，選擇了用筆來書寫銘刻於心的，與西湖一樣美麗的，寄託了藝術魂魄的，無愧於歷史時代的西湖，可這一份難以割捨，依舊是你內心的痛。

這是你在出賣與被出賣時的困惑嗎？

一 10. 不太像話的魯師爺（06年1月31日）

魯迅——也有當小人的經歷。

這是我前天才知道（獲悉）的。

《中國新聞週刊》上有一篇文章是一個「本刊記者」孫冉寫的：「偏激」魯迅的遺世孤獨。

我權且抄下這段：「魯迅並不只是批判別人，他往往最先從自己身上找問題。在教育部任職時候，魯迅經歷了一段發不出工資的時期。突然有一天接到發工資的通知，上方宣佈「先來先發，來晚不發」。魯迅就立即——去領了。事後他反省自己：統治者給了一點好處，自己的奴性就馬上露出來了。如此解剖自己後，他更加深入地明白發生在同胞身上的毛病。

讀後我在過年的這幾天中——著實得意了好一陣子，本來不太熱鬧的節日，也在心裡熱鬧了起來——我暗笑魯迅，我暗諷魯迅：「老傢伙，短處終於讓我抓住啦！」

哈！

嘿！

哼！

二

其實，魯迅的「小」——何止在於聞風去領津貼，然後再罵自己，之後接著罵國民，魯迅之「小」——在於即便是罵了自己和罵了國民之後，教育部下月再發同樣的告示，我敢打賭——他照舊還會第一個——衝上去領津貼！

但，憑他媽什麼的——不領呢？

就連馬克思還拿著恩格斯給的從工人哪兒剝削來的津貼，寫過分析爲何工人被剝削的《資本論》；就連杜甫還帶著「工部」的薪水——寫可憐全天下的百姓沒人管的詩，他魯迅——又能怎樣才能——表現得比俺齊天大高尚得多少呢？

天大——亦如此也；

天大——亦如是也；

天大——也，不是什麼東西嘛！

三

「外企」——的確不是個什麼好的地方。好在本人的新的「名著」《永別了——外企》按計劃本月就該出版了。否則，本人還得回外企去。

今天中午與兩位老年朋友吃飯——他們是老倆口。老年男朋友原來是本國政府的外交官，後來不知因何得了腦血栓。在席間，我問他老伴其中的原因，她說：「是回國退休後在外企裡發揮餘熱時給氣的！」

而且那麼一氣，當時就氣栓了，就氣癱了，就一栓、一癱，癱了十年之久。

因此，我慶幸自己比他——早二十年遠離了外企。

在席間還聽說，有一個原來是國企高官的故人，因退休後給某港商做事，被開除了黨籍。至於他因爲爲港商做了什麼類型的壞事，而在入黨幾十年後被開除了，我沒細問——因爲這時席間一條草魚——被「上來」了。

反正「外企」不好。

我反對外企。

話說回來，魯迅碰到的教育部說：「先來先發，來晚不發」的事——外企倒做不出來，因爲「外企」——別管是洋人開的，還是港人開的，畢竟——不是「國民」開的。「國民」式的、需要魯迅先實踐再悔過然後緊接著諷刺解剖的「那種」的「奴性」——似乎不太——屬於他們。

因此，假若魯迅當初是給外企做事，而不是給咱中國人的教育部——可能不至於做出他需要事後悔過的、「立即去領」薪水的錯事。

不過，魯迅之所以那麼的偉大，不就是因爲他不僅敢於犯錯誤，之後，還敢於「解剖」錯誤嗎？

學醫的有刀——總是不同於我。

四

「外企」會使人癱掉，不願去了，於是，我就去了初三的、二〇〇五年一月三十一號的玉淵潭。

今年好像還沒有像那麼一點樣子的——第一場雪呢！

「西湖」（玉淵潭的）上今天沒水，只有冰，只有滑冰的人。

真會滑冰的——我這種水準的人——正在一個個絕跡。

他們大多已比本人年長，但他們能在冰上飛舞，他們是「冰痞」。

「痞」字因何有一個「病」字偏旁？「痞子們」本無病——如俺。

俺就是個「痞子」。

但俺痞得賊火。

五

一個買了風箏的男子，帶著小女孩到風箏的攤子上去退風箏，理由是它永遠地——飛不起來，或是一飛上去，就又下來了。他問為什麼賣風箏的人一把能輕易放上去的風箏交到他（買主）的手裡，那風箏就一腦門地——俯衝？！

賣風箏的當然不想退他錢。說風太小，說他不會放。說說說……了很多。

後來他沒辦法了，就又去小跑著放風箏了——他想先把它放起來，再交給那個買主。

見他一個勁地跑得沒影子了——只看見一個有氣無力的在半空掙扎著的風箏的影子，於是，我對小女孩的爸爸說：「你還不快抓一個順眼的風箏——快跑！」

魯迅——當年的，如果在，准會。

評論：

生存還是毀滅，是一個值得考慮的問題。不為五斗米折腰，說起來容易做起來難！

魯迅先生知錯悔過，勇於自我解剖。他既要解決養家糊口問題，也還是要站在講臺上，傳授真理。先生的薪俸，雖從他所不屑的北洋政府裡領取，可先生並沒有與那政府沆瀣一氣。但先生依舊自責，警醒自己：莫因這糊口的薪俸，而滋生了奴性。

你及你的朋友，對外企深惡痛絕，都緣於那強烈的、不願為奴的民族自尊心。你的老年朋友一氣抱病，你永別了外企，悉心經營民企，可依舊困難重重。你為了自救，才忍痛割愛，出賣了西湖的柳浪閣。是這樣嗎？

那個賣風箏的人，不到萬不得已，不會輕易把錢退還給買主，他寧願先扯著飛不起的風箏使勁朝前跑；還會滑冰的你，不想放棄，即使會滑的人越來越少，即使雪並未下，你依舊想在冰面展示絕技。

你於是想：與其在不規範的市場上經營企業，不如像先生那樣，先建構精神大廈。於是，你出賣柳浪閣，退出民企經營。開創鑄造靈魂，匡扶民族文化的大業。

這西湖的柳浪閣，是你從物質產品經營，向精神產品創造轉型時，不得已的出賣嗎？

11. 魯迅還有對不起他弟弟的地方呢！（同日）

一

「偏激」魯迅的「遺世孤獨」一文中還說了另一件魯迅自認爲對不起別人的事，就是他去看望住院的弟弟時，曾經有過那種想法：萬一弟弟死了，要由他——去爲其養家。

魯迅在一篇文章中說：「我那麼想，可真是混呢！」

我覺得在這件事情上，魯迅處理得還是可以的，因爲畢竟他還——沒把其他的中國人，想

像得與他（當時的他）一模一樣，然後，再對我們進行——口誅和筆伐。

那是魯迅式的仁慈。

二

人類對魚類，可沒那樣的仁慈，在上篇文章中我的行文曾被一條端上的魚——給打斷了。我要補充的是，那條魚在被端上餐桌前的十分鐘前，還在做遊回江湖的夢，而它在被放在秤上秤時，使勁地跳，跳得那個秤的指針，火苗似地上竄下跳……。

「一斤八兩！」秤魚的人對著點菜的小姐喊，小姐又將「一斤八兩」的消息傳達給記帳的人和食客，於是，你知道——那純粹是胡說八道。

讓你百分之百準確地秤量的魚，一定是死魚或是被打暈的魚，但凡反抗著的魚，都會在秤上狂跳和反抗，拚死要將秤上的針——打得亂七八糟。

魚——想在上桌前，再衝進江湖一次——遊樂。

三

那「江湖」，就是玉淵潭的西湖和杭州的西湖，以及長江珠江和黃河，外加永定河潮白河通惠河和三裡河。

三裡河——北京曾有兩條，但而今，卻只剩下了地名，而本人——就在二裡溝下流的三裡河生，又在三裡河長，一直長成了——鯊魚那樣長短：本人原本也屬於——江湖。

四

漢語中的「江湖」的可愛程度，不亞于我們給先人下跪。電視中最近的那齣「武林外傳」鬧劇，就極富「江湖」氣質。

「江」在哪兒？

「湖」又在哪兒？

誰也沒說清楚，反正會上那麼一點拳腳的人，無論是男是女，幹什麼都似乎與「江湖」有關：吃「江湖」飯，放「江湖」屁，拉「江湖」屎，說「江湖」話，闖「江湖」門，唱「江湖」戲……而看電視的人呢，也跟著整晚整晚的發出「江湖」似的傻笑的聲音。

不過笑總比哭好。

不過義氣總比裝孫子來得——爽上一些。

五

給先人下跪，也是國粹之一，本人前幾天剛跪過一次，本人前幾個月——又跪過幾次，本人邊跪，邊在心中——欲笑不得。

第一個被跪的——是本人已經離世快一百年的一位先人；第二個被跪的——是剛剛作古的另一位——先人。

先人見本人來跪了——也失聲笑了——那是死人式的得意。

我將在自己的碑前（假如有）——我發誓——刻一行字跡，叫做「此地（前）禁跪，否則

罰錢」，接下來，還有一行小字的說明：「只罰紙錢，不帶找的。」

只有一個司機的公車——就從不找錢；俺在來世上獨行，哪有錢雇收票的人？！

六

我曾數次教育小女，讓她將本人的餘灰，偷偷地——運到柳浪聞鶯那一帶的湖裡，然後散盡。我曾吃過多條西湖的醋魚，因此我也會獻身於西湖的魚腹。但小女不肯，小女嫌太花工夫，何況現在沒了柳浪閣業主的身份，我那麼做還是否——合法呢？

我要同湖魚商議。

評論：

魯迅先生在不同道的弟弟病榻前，顯露關愛真情；魚兒在遇難前渴望回歸江湖，可我們這些食客，無視它的心聲，卻只顧傳唱它的斤兩，渴盼吞噬它的身軀；現實的江湖，已有很多與我們久遠的記憶脫節，而藝術作品中的江湖，卻又被麻醉人的傻笑充斥。

我們的國粹中，該繼承的，有些已遺失了，或正在遺失著；該擯棄的，卻還在發揚光大著。

你，一個孤獨的思考、探索者，在對江湖的顧盼中尋夢圓夢，可這柳浪閣——西湖的一部分，西湖——江湖的一部分，江湖——國土的一部分，國土——地球的一部分，地球——宇宙的一部分，是一點點被誰出賣的呢？

你要捨出你的柳浪閣，贖回完美的西湖、江湖、地球、宇宙嗎？

那是一個浩大的工程，可總要有人來做，帶著困惑的你走來了！
你先要找出真正出賣了西湖——這真善美化身的人來，是這樣嗎？

12. 高德剛v.s郭德綱（06年2月1日）

一

剛剛才紅的郭德綱——從名字的發音上，使我想到另一個人，那就是東北老家的高德剛。我父親的那個老家，在興城，再仔細想，叫高家嶺；高家嶺與宇航員楊立偉的家綏中，才隔著一條河。我聽人說過，那條河的兩岸，一百年間最少會出兩個巨人，其中的一個已經定下來了——姓楊，另一個呢，還在產生之中。

二

高德剛是個鰥夫。「鰥」字念「官」，專指無妻或喪妻的男人：Widower；an old wifeless man——以上是漢英雙解「新華字典」對高德剛身份的解釋。至於老高現在是「官」，還是「民」，我無從證實，至少二十年前我回高家嶺時，他已經快四十歲了，還在半「官」半「鰥」來著。

在先人造字的時候，不知因何，把「魚」，放到了光棍兒男子的左側——我是指「鰥」字左邊的「魚」。其實魚活到四十歲時——若能，普遍還是要交配的，只是不舉行結婚儀式罷了，否則的話，江湖中哪來那千萬條前呼後擁的小魚苗呢？

從這方面來看，老高還不如魚。

老高除了做「官」，還有一個外號，叫「撐死豬」——村裡的小孩子們都這樣老遠地叫他。那是因爲——據說是真的——有一次他在村頭當著大家的面拉了一泡屎，那「屎」隨後——就被一頭豬給吃了，而那豬，之後就被活活地——撐死啦。

它死得好慘好壯烈啊！

都是由於鰥夫高德剛的飯量太大，大得排穢物能把豬送上西天。

靈隱寺前有一面牆，牆上有四個大字：「咫尺西天」。正是：

西天——在人糞中；

西天——就在村頭；

西天——還在田野；

西天——不在靈隱。

三

而今的郭德綱，總算出了大名，總歸在苦行了十年後——賽過高德剛了。

郭德綱在「實話實說」裡說，十年中他最倒楣最貧困時——曾買不起水喝；還有他的相聲藝術最不景氣時只有一個觀眾——還邊聽邊打手機。

而本人的書呢——還不止一個人看呢。

本人英明；

本人無愧於高家嶺那塊已養育成了楊立偉的黑土地和那頭壯烈而去的、吃盡了高德剛一肚子大糞的——豬八戒；

本人是「九戒」嗎？

去你的，你才是呢！！

四

狗年一到，似乎全球的人類，都跟著中華兒女——「旺旺旺」了起來。

倫敦人、紐約人、曼谷人、巴黎人……都在跟華人學著過中國人的狗年，從這層意義、而且只能從這層意義上嚴格限制性地說——今年的人類，都狗裡狗氣的。

狗叫，原來是「汪汪汪」，今年呢，爲了發財，改成了「旺旺旺」，瞧，連狗都想發財！

狗叫，在英語裡是：woof woof woof，和bowwow；

狗叫，在德語裡是wau wau wau……；

總之，不同國藉的犬吠，是不同音調的。

狗真有國藉嗎？

德國的狗，我從未見過。假如管俄羅斯去的狗要Passport（護照），我想德國的警犬，要先看看俄國狗的狗嘴臉，再對對狗護照上的照片，問：「它——是你嗎？」

不過，好像從無這種事。狗可以無障礙無護照的流竄全球。

看來在狗的世界裡，「全球化」的推進速度，要比人類的快；而且，狗一般都是——無論是公狗母狗還是鰥狗寡狗和再婚重婚的狗——「普世主義」者。

只要是狗，就比較博愛。

狗看來，還比豬長心眼多些，高德剛就從來沒被叫做什麼——「撐死狗」，雖然狗比豬從天性上看，更喜歡吃屎。

狗雖會吃屎，狗吃屎卻有分寸，有度，有肚量，所以狗能汪汪汪並旺旺旺——到今天，到全球。

雞剛飛走，犬又升天，本年春節，是雞犬交替升天和大換班的節季，所以說，它是雞和狗之間的辭舊迎新和新老交替，而人類呢，只是瞎湊熱鬧而已。

既不汪，不汪，不汪；

也不旺，不旺，不旺。

13. 一個學生的叫聲(同日)

我的一個學生，適才是這樣用短信「旺旺」我的：「齊師：狗運享通！已在車上廁上床上泛讀過『舌頭』。往下擬精讀。一定把讀後感告之。小吳。」

小吳同學在「信」中提到的「舌頭」，其實並不是一條一般的普普通通的「舌頭」，而是指我的那本《媽媽的舌頭》（Mother Tongue）。倘若是一條一般的舌頭，他就沒必要告訴我「已在廁上床上車上」粗讀過了，他只要將鏡子放在腦袋跟前仔細照耀一下，就可以了——因爲小吳本也是有一條 Tongue 的。

舌頭——是俺們「汪汪」的根本，否則，又何必有「舌根」一詞？

二

在讀了小吳的短信之後，我有一點擔心的，就是他說的「廁上床上和車上」究竟是何樣的「廁」、「床」和「車」——我是指檔次和品質，因爲閱讀環境的好壞，是會影響我的「舌頭」對讀者的影響力和作用力的。比如：我希望他在捧讀我的「舌頭」時所如的「廁」，不該是北京胡同裡的那種大通廁——一大排蹲式的，而且那些頭大脖子長的，還能將腦袋探到異性那邊看別人的雪白或雪血的——屁股。余華的新書《兄弟》中的一個，就專幹那事。

不過話說回來，如果在小吳捧讀我的名著時，有另一廁的女子將頭從爬著蛆蟲的另一邊，伸過來掙扎著與他分享——我書中的警句，那于作者我，也是件值得快慰的事。

小吳在下次看我的那本「舌頭」時，我建議他——最好在高峰時坐地鐵一類的公車時進行，那樣雖然難於精讀，但可以幫我擴大作品的影響面。我曾有過一個讀者——以前好像說過的——在車上讀「舌頭」時沒想到要笑，但人一下車，竟「嘩」地狂笑不止了——她悟出了我書中的一個暗抖的「包袱」。

小吳在春節期間——如果在人多時的車上也想「大笑」一番的話，我勸他——一定要克制並注意周圍有沒有「壞人」，因爲「壞人」們——是最反感別人讀齊天大的書的，尤其是在公共場合。

在床上讀，也千萬要留神。一定不要邊讀邊進行房事——小吳已婚配了嗎？若是的，則不該送他那書。我從不做第三者。

錯誤，又是錯誤！

三

我原本打算——自打賣了那間閣樓以後，再也不犯錯誤來著。

評論（*12*、*13*）：

高德剛V.S郭德綱、學生的叫聲，這聽起來風馬牛不相及的人名，卻被你用同音、同聲連接在一起。把動物作為十二生肖名，是國人的獨創，卻也賦予了這些人類朋友一定的意象。人們期盼幸福安康的心願本沒有錯，可凡事過度、過量，只會適得其反。你那本《媽媽的舌頭》，就是在引領我們：怎樣聆聽、模仿母語音調，怎樣讓每一個自我發出肺腑之音。正是為了創作更多不失真的作品，你才出賣了西湖柳浪閣。是這樣嗎？

14. 韓少功的垃圾桶（初六）

一

「在文學日益邊緣化的今天，性情中人韓少功的寫作顯得多少有些寂寞。他隱居鄉下，並且說：『崇拜成功和成功人士，已成為社會主流意識。我倒是願意看看最不成功的人，看看社會金字塔結構的最底層，看看這個垃圾桶裡有些什麼。』」

以上是上周《北京青年週刊》上的一段文字。

首先我覺得，這種文字根本不適於被刊登到《青年》一類的刊物，因為青年人壓根兒就不該認為存在著什麼「金字塔」和「垃圾桶」。

「金字塔」是埃及人造的，而我華夏只有長城。

「垃圾桶」也本不存在，就更不要說凡是金字塔最下面的——就都是垃圾。要我看，只有韓少功認為的金字塔的頂上，才最適合於進行垃圾處理。因為那上面通風便利。

《北京青年週刊》又說「垃圾桶」裡被包括的還有活在監獄裡的——那就真是大錯特錯了，天下哪路英雄不曾與「監獄中的風流」發生過關係？比如許雲峰，比如江姐，又比如阿里巴巴和四十大盜，以及眼下的薩達姆・侯賽因……當然，英雄與英雄的屬性不同，但簡單地在「垃圾」中包括了監獄，我是哪怕冒著坐牢的危險，也還要大聲喊：「不！」

要不，請少功把俺抓了！

二

韓少功正在半隱半居，他一半住鄉村，一半住城市。這種活法，的確勾起了我對西湖的「思戀」（我一般慎用「思戀」類的酸語）——因爲我原本買那個閣子，就是想在半老半不老時，一半看飛機，一半看小船，一半看雲山，一半看高樓；一半做夢一半清醒，一半糊塗一半不糊塗，一半睡著一半驚醒著，一半耳朵聽著二胡的弦音一半耳朵過濾坦克（美打伊）的噪音的……

可，那種半隱居和半仙半不仙的計劃，被一對老年夫婦的死活想要它的苦求——給打亂打破打掉打垮了——因此呢，今後的本人就會、就只能變成：失去了半老只剩下衰老，雙目只有飛機坦克——外加高樓，天天驚醒著全天二十四小時糊塗……那類的人了。

俺本想成爲「這類」；

卻因失足於它——那閣子——而僅成了「那類」。

「我」——成了「他」和「它」。

那樣我不如將自己泡製成韓少功認爲的垃圾製品；那樣俺不如自建一座監獄；那樣我不啻乾脆沉眠於萬丈金字塔的最底部，成爲一個木乃伊，成爲一個法老的爺爺，成爲一個千古之謎，成爲一個被曝屍於博物館、被全身裸體示眾于太太小姐貴婦貴族眼皮底下的——「風物」。

「風流人物」！

風物長亦放眼量；

誰數得上風流的「大垃圾」——還需看今朝！

評論：

把「社會金字塔結構的最底層」歸屬為「垃圾桶」，的確是一個蹩腳的比喻，更何況「成功和成功人士」並非是「金字塔」。「垃圾桶」裡被包括的還有活在監獄裡的——正如你所說：這種說法也是「大錯特錯了」！作家那半城半鄉，所謂半低層、半高塔的生活體驗，原本就背離了大眾的真實生活狀態，這樣的體驗蒙上了迷霧般的虛幻色彩。不得已出賣了觀賞西湖美景的棲身地，你成了生活海洋裡的一條魚，既然不再做上岸的打算，那就安適的過魚類生活，體驗感悟魚的喜怒哀樂。為再現魚的生存狀態，而揮灑筆墨。

能否數得上風流人物，後人定有評說！

15. 林語堂的一日遊（同日）

一

昨日是「破五」，「破五」之夜破鞭破炮極吵。

二

家人外出了，我隻身過著一個「破年」——的初五。

這幾天讀書的速度較神，一般是買三本看一本寫一本（笑談！）。

在那家「興達」書店，我在選擇著兩本書中的一本，因爲那時囊中的預算只夠買上一本。於是我放棄了那本博士們的論文，而買了這本已經被讀半裸了的林語堂的《女性人生》。

這是一套林語堂叢書中的一本，名字是陝西師範大學出版社後加上去的，因爲似乎林語堂從沒爲女性寫過這麼一部專著，這點從書中的內容也能看出——這書中的一半內容，都與女人無關。

我在「永和」邊喝豆漿，邊展開《女性人生》——狂讀，我的那種讀書狀態——不知也是否與書名有關，引來了臨座幾個女性不信任的眼神，於是，我不得不用豆漿的塑膠杯子——遮蔽住了它的本來大寫的書名。

三

語堂（這裡爲了行文省字，不得不省去「林」字）在《女性人生》中說，他曾在那樣的一天去杭州旅遊——怎麼的一天？「某月日，日本陷秦皇島，覺的辦公也不是，作文也不是，抗日會不許開，開必變成共產黨，於是願做商女一次，趁春日游杭。」

何爲「商女」——不知亡國恨的商女也！

語堂在國又被亡了一城池的前前後後，隻身去杭，享「一日湖上游，一日湖上坐，一日湖上立，一日湖上臥」的清福。於是看爲一次既無心也無力的遊行——何況他在由滬赴杭的那幾個小時的火車上——還「與一個土豪坐了對面。」該「土豪」——哈，多麼富於文化底氣的兩個字——一路上連吃帶喝，且吃進的數量極大，大得需用一大段的文字介紹他都吃進去了什麼，而且語堂還詳述了吃進每一樣東西的時候，比如說：「十時十一分，雜碎的大菜吃完……十時二十六分，又來吐司六片……這回特別快，竟于十時四十分全碟吃完」云云。

我想這就是所謂的「人類歷史」吧！

一個「土豪」在青島剛亡的第二天，在滬杭專列上，在XX時XX分吃了何物，同時，他吃的整個過程，被坐在他對面的中國二十世紀的大文豪，大學問家，大幽默家……給一一記錄了下來。

現在想來，這種樣子的歷史描述，還是有一定事後回味的價值的。否則的話，青島也算白亡了一回；否則的話，那趟滬杭專列——也就白開了；否則的話，語堂的幽默才能——也就白具備了；否則的話，那一日一夜的杭州的西湖的美麗——不也就白美麗了嗎……？

四

對林語堂被譽為中國二十世紀的第一幽默家，我是帶著幽默和質疑的神態看的——因為似乎本人也曾在那個世紀活過三四十年。

至於語堂說中國的歷史只有那麼幾個為數不多的知道何為幽默的人，我倒是基本認同的——因為他說的孔子、東坡，也都是我的「幽默偶像」。語堂論孔子時說：「吾嘗細讀《論語》，精讀《論語》而咀嚼之，覺得聖人無一句話不幽默。」

語堂的這句話——正說到了本人的心坎，因為本人也這麼想過來著。

東坡更幽默。東坡起初一點都不懂幽默，他開始幽默時，是第一次到西湖邊後的第二個時辰。

東坡第二次再到西湖邊時，已時隔十六年，已五十有三，於是，他為西湖留下了一條幽默的長堤。

五

我認為產生大幽大默人士的背景和條件——千古才有那麼兩三個——應該是這樣的：

1. 是他，而不是她；
2. 他的年齡，在四十至五十之間；
3. 他倒過若干次大楣，而且仍正在——倒著（倒楣的現在進行時，倒楣的西人常說的「在場」）；
4. 他對倒楣何時結束，還不知情；他對倒楣的未來何時光臨，還蒙在鼓中；
5. 但他自信，那種「楣」，總有個更倒楣的終結。

評論：

幽默是苦藤上結出的帶刺的開心果，幽默之與文學，那是以冷峻、嚴肅而又詼諧、嬉笑的筆觸，寓莊於邪的反思社會人生，是得心應手的運用以「樂寫哀，哀更哀」手法產生的神奇效果。幽默是智慧的結晶，但不是所有的智者都會幽默。幽默者不只是為了幽默而幽默，那幽默之後的社會時代責任使命感，才是幽默者的倚天屠龍劍！美麗的西湖，是幽默家虔心朝拜的天堂嗎？可當這美麗被出賣了時，這種痛怎能割捨？於是你割捨現實中美麗的西湖，再塑靈魂世界更美麗迷人的風景，是這樣嗎？

16. 做菜與做文章

一

中央四台剛播完的一個介紹粵菜師傅汪家駒的新聞片，令我也將自己行文的方法——與做菜發生了「關係」——做菜與作文其實——都是一回子事哩！

我做文章所用的調料，範圍是極其大的：既有道聽塗說又有小道消息，更有流言蜚語，當然，也少不了胡編亂造。

「胡編」——用於汪師傅做菜，是「創新」的同意語，是在有意無意之時，發明自己的「招牌菜」，而發明一種新菜並將之推廣出去——可是一件了不起的大事：遠的有蘇東坡，近的有齊天大，還有不知究竟叫麻什麼的「麻婆」以及「左公」（「左公雞」的發明人）。

無論是東坡，還是左公，都是跟動物——成爲天敵的人物。東坡使小豬擔心長大成爲東坡肉的材料，左公令小雞爭著告別「雞」年，讓人類舌頭的下一個目標——向「狗」年轉移。

麻婆是個唯植物主義者。豆腐總是軟的，凡軟的東西入胃——都不至於讓它穿孔。

然而齊天大所做的文章既非是豬，也不是雞，更不是豆腐。我靈感上來後端出鍋的——是一盤盤文章。

二

寫文章有小靈感和大靈感之分，小靈感所「感」的，在字裡行間；大靈感感出的——卻是

大書和大手筆，是千古的妙文和絕唱。大靈感來自於命運而不在於技藝。《離騷》的主人，只能是想跳湖的屈原；《史記》的天成，在於司馬遷的失身。如果屈原不想跳湖或司馬遷又接著娶上幾房的話，那麼他們用小技小藝寫得的，只能是麻婆豆腐一類的小品。

三

在我的筆下，天下萬物都可爲味精；在我的文中，有小人小狗小虎小羊和小雞，更有沒小雞的太監。

我這支筆，就是汪師傅（香港稱「大佬」）手中的那個大勺，而天下奇聞奇事騎驢騎馬騎羊……就是汪大佬刀下的虎膽和龍蝦……以及發臭了的——豆腐。

我給龍蝦們上——腐刑。

菜——有川味的，如麻辣的豆腐；

文章——也有酸有甜：魯迅的文章，是湖南味的；胡適的文章，是江淮味的；司馬遷的文章像宮廷（宮刑）大宴；托爾斯泰的小說如澳洲龍蝦——又大還又肥。

而本人的文章哩——你說像不像一曲接一曲的二胡的雜音？

本人會拉二胡——在不用譜的情況下。本人並非不能夠識譜——只要七十多歲的老爸老媽給俺請家教就成——但俺拉二胡，的的確確並不用譜。

儘管那把十塊錢一把的胡琴它——有些個發劈。

四

我在西湖邊上就拉過一次二胡：某晚九時許，我和老徐正在蘇小小亭邊散步，一個盲人正瞎拉著一把二胡，我上前將其奪下，拉了一曲「二泉映月」。

聽後，不僅是徐兄，就連那個瞎子——也滿目光明起來。

評論：

做菜與做文章相同的都是在做。有譜的，做的是大眾菜、大眾文；無譜的，或譜可由自己即興創作的，有可能做的是獨家菜，獨家文。不符合常規的人生路，造就了獨一無二不朽的文學作品，離譜的苦難境遇，對作家而言未必都是壞事。作家本人在黑暗中摸索過，所以就會把尋找光明的通道打開來，讓更多在黑夜中摸索的路人，循著通道迎接光明。這就是西湖盲人，能感受到光明的原因了。

西湖，若是光明湖，那麼，帶著西湖光明離開的你，也是在光明行，傳播光明了。若固守在西湖邊，便錯失了許多傳播的機緣，這也是出賣的原因嗎？

17. 少不讀魯迅？——讀韓石山《老不讀胡適，少不讀魯迅》

一

按韓石山在這本書中的說法，我們少年時本不該讀魯迅——可我已經不幸地讀過很多魯迅；他又說老不讀胡適，可我即使還沒老，有人勸我讀胡適，我也懶得讀他，可見，我像全天下廣大的讀者們一樣——都挺不聽話的。

韓石山的這本書，我是在破五的破爆竹聲一氣讀完的；哦，記錯了，我開始一口氣沒讀乾淨，在半夜醒時，就又用夢後的餘力，將其「消滅」掉了。

二

跟那時的魯迅相比，自己首先感到的是不行；自己其次感到的還是不行。「不行」就是不如意的意思，魯迅在與我相仿的年齡上——大概是四十上下吧——就已是名滿天下：主將，主帥，主打一類的了，其中「主將、主帥」是指文化革命方面；所謂「主打」，是指他學生孫伏園辦的雜誌「語絲」。而本人呢，在與魯迅相仿或更大一點的年齡上——卻在第二次地考博（博士）。

本人要考的那位先生，是位研究魯迅的專家，是個所謂的「魯研」專家。

以上的事實證明——本人多少是沒什麼出息的。都過了近一百年了，一個四十歲的人尚需研究上一百年前的一個四十歲的人的思想，這能說明地球不停地——在往「前」轉嗎？

不能！

豈能！

因此我若謀求進步，至少要放棄考博，放棄魯迅，而放開手腳地——去研究現代科技。

三

魯迅在一九〇九年他二十八歲時，曾在杭州一所學校教書，據另一本也是研究他的書說，他還帶著學生去西湖周邊的山上採集標本。但是由於他怨恨西湖，那時他的行蹤——極少出現在湖邊。

據說魯迅講課，也是很風趣的——只不過他用極其的正經和嚴肅表現他的風趣——他可能是在用「冷幽默」教導他的學生。通常一頭「豎髮」的他，在將要走下講臺時，就能聽到學生群體裡傳來一陣哄笑。

可在杭州，他教的是「生理化學」。我無法將他課堂上的冷幽默與他所教的「生理化學」主題聯繫起來（莫非他給學生做性教育？），因此我在上一小節裡說我要去研究一下「現代科技」。

四

還記得那幾條產生幽默大師的條件嗎？我再重複一下：

1. 是他，而不是她；
2. 年齡在四十至五十歲之間；
3. 倒過而且還正在倒楣……

以上的這幾條，按說魯迅和胡適都差不多夠格，但胡適比魯迅約小十歲，且一生比較風調

雨順，因此他與「幽默大師」的稱號無緣，而魯迅呢，魯迅應該說是個超水準的諷刺大師，可魯迅的幽默——卻不如孔夫子、蘇東坡的夠格——因爲魯迅不太「寬容」。

我還買了一本盜版的、美國人房龍寫的《寬容》（Tolerance）。那是一本封面上印有「珍藏版」字樣的、品質滿好的——盜版書。我原想將賣書的那個老熟人拎起脖領，交給魯迅一樣的對任何人都絕不寬容的人——去處理來著，後來又沒去，一是因爲都破五了他還在寒風裡「抖抖」地賣書；二是我不想像魯迅那樣對誰都橫眉立目。

至少——我要在先從書裡學會了寬容之術——之後再去拎那個老賣給我盜版書的老弟的——領子。

魯迅的書好像極少被盜；

俺齊天大的那本新作，倘若年後能隆重上市的話——也希望能從樓下販子處購買，因爲，那比出版社給俺的六折還便宜許多。

盜書——至少比盜核武器值得——也寬容許多嘛！

五

我邊在「西湖」（玉淵潭的）上用球刀溜冰，一邊想：我無法寬容魯迅——；因爲魯迅沒寬容徐志摩和郭沫若那樣的詩人。

連詩人都容不得的人還叫……嗎？

「詩人」是何許人？按于堅在《拒絕隱喻》裡寫的，是一些都有毛病的，急需去醫院看病，稍不留心就會尋死自殺的——人啊！分明是弱勢和弱智群體！

因此，魯迅不好，他不太寬容，他無法與孔夫子和蘇太守在幽默上相提並論。

除非魯迅跟我一同在樓下——買盜版書。

萬事——開頭總難。

六

這本書的名字應被改爲「別管老少，都甭讀魯迅和胡適」——哪怕這個題目可能不雅——因爲按韓石山的分析，魯迅與胡適兩派之爭，與其說是一對一的，不如說是群對群的：本質上是一群留日、留法派人士與另一群留英、留美派人士在近百年前打的一場群架。「新月」（刊物名）是英美派人士主辦的；「語絲」（同是）是留日派人士主辦的，這倒挺新奇，這倒是一個新視點。

但現在我看也挺噁心也挺可悲的——你想，人家日本人，法國人，美國人，英國人之間都不真打，一群「留」過那裡的中國人倒在歸國後、在自己的國土上——打起來啦！

而且，還都動真的；

而且，還都毫不留情；

而且，還沒有一點的 Tolerance!

其中的魯迅——竟差點動手——打一個「詩人」（他的弟弟）。

七

有稿費，是那批文人動手（用文章）整天在報紙上你來我往地罵來罵去的另一個原因。魯迅和陳西瀅等人頭天寫的「罵稿」，第二天就可見報，就可領了稿費——我想那是那個年月在同一城市用筆論戰的良好條件，不像我的這類罵魯迅的稿子，需再過七八十年，才能傳到魯迅的眼皮下面。

評論：

魯迅的不寬容、不妥協、痛打落水狗、嫉惡如仇精神，無不打上了時代印記。一個母親給他娶的，他不愛的妻朱安，讓他深惡痛絕封建禮教。魯迅憎惡西湖，大概也是因為那裡有鎮壓著白娘子的雷峰塔吧。你摯愛西湖，那是因為那裡有曾屬於你的柳浪閣，那裡是你心中美的化身。

同一個西湖，愛憎情感卻涇渭分明。西湖，任由他人評說，你要表達的是你對西湖的熱愛，即使有大師的不愛，這也絲毫動搖不了你的信念！是這樣嗎？

18. 我和「鄧論」及「三個代表」

一

從開學的第一周起，我就該一連數月地講解鄧小平理論和「三個代表了」。那是一門小學分的必修課，所用的教材是這本（從架上取來）：「鄧小平理論和『三個代表』重要思想概論」。（書名夠長的，共有數……十八個字（連帶引號）哩！

二

我去年完成的那本書的名字——總共有六個字，它們是「我愛北京公車」。我是左想右想上想下想——之後，才決定使用如此之長的書名的。我原來想叫它《公車祭》或《公車上》來著，因爲那樣字數少些。由於知道那本書一定會成爲「傳世名著」，而但凡名著傳世的——都是短名字的，比如《史記》，比如《論語》，比如《飄》，再比如《紅樓夢》……均未超出三字，所以我對《我愛北京公車》的字數——極爲的不滿！但由於它是跟《我愛北京天安門》幾乎同聲，於是呢，我也就算了。

三

這寒假中，爲了準備「鄧論和三個代表」這門課，也爲了對得起選這門必修課的一百多個學生，我總共購買了以下這些本書，並一天一本地讀了下去：

《刷盤子，還是讀書？反思中日強國之路》，作者鐘慶；
《中國政治思想史》，作者蕭公權；
《中國增長模式抉擇》：吳敬璉；
《中國崛起：通向大國之路的中國策》：張劍荆；
《新馬克思主義》：詹姆遜；
《大國的興衰》：保羅 甘迺迪；
《西方經濟思想庫——增長、發展篇》；

《鄧小平的文革歲月》，毛毛著。

《毛澤東因何對鄧小平產生不滿》（「海市大觀」雜誌）

《鄧小平理論》，作者鄧小平。

還有幾本書，有時間也要去買。比如王府井新華書店一層的那本書名，好像是《中國近代思想受西方影響史》。

四

為了買剛才那些書，我總共花了四百多元錢，也就是說——學校該付給我的前幾個月的課時費，已在備課階段提前預支掉了。

但這門課，我還是應該去講的。我講「鄧論」課的「時代背景」是：上學期那個專學政治的年輕教師被學生給炒掉了，在對他進行評估時一致打了五分（一分最高）。一百多人都打同樣的最低分——這多麼的「和諧」！於是我只有自告奮勇。我的努力目標將是：去掉那些個最高的一分，再去掉那些個最低的五分……，我將向毛主席保證能做到這一點，也請鄧小平保佑我！

五

在杭州的老徐家的三層閣樓上，仍藏著本人原先在柳浪閣書架上擺放的一批書。其中的一本興許與「鄧論」有關，叫《趙浩生回憶錄》——因為趙浩生（一位知名記者）可能曾與鄧公謀面。而本人呢，又曾與趙老在協和醫院附近的一個小餐館中邂逅。

還有一本，也想在「鄧論和三個代表」課上與學生們分享，就是明代張岱寫的《西湖夢尋》。那本書，原來我是在柳浪閣自家的雙人床上，對著窗外的山色看的。而今取來與諸弟子在課堂上玩味，你說不亦快哉，你說不亦快哉！

評論：

一國兩制、三個代表、你的西湖，中華大地、三尺講臺，政治風雲、文學星辰，做夢、尋夢、圓夢，夢回吹角連營。深圳、西湖，都是夢的天堂，鄧公的中南海，你的課堂，不都是圓夢的營房？鄧公已駕鶴西去，而你置身課堂，遙望天堂，不也是異曲同工？

19. 凍了冰的西湖（初七）

一

剛才有的同學（讀者）笑了，說我講課講的盡是謬論，而且驢唇沒有配合——馬嘴，他（或她）質疑「鄧論、三個代表」與「西湖夢尋」之間還有什麼關係，而且私下嘀咕——風景和政治有何干係？

錯！政治——可是一道風景啊！

有什麼景色——比政治——更加亮麗？

二

據老徐說，在他記事的五十多年裡，西湖被死死凍住的年份——只有那麼一年，那就是1976。

1976；

1976……。

那是一個無論地球轉到哪裡，也都會在歷史上發出巨大回聲的一年；

那年唐山地震；

那年周恩來去世；

那年朱老總去世；

那年偉人毛澤東也——魂歸天國；

那年的鄧小平，又一次被打倒。

對於我這代人，一九七六是個生活動亂的一年：忙著做花圈，忙著默哀，忙著抗震，忙著批鄧；當然也忙著玩，忙著在默哀、在做花圈、在開追悼會、在搭震棚子的同時——開心地到處遊玩。

那年留下的遊玩的照片不多，有的就都是一邊野玩，一邊臂上掛著黑紗的那種。

看來大悲和大喜——是可以交夾的；

看來偉人的紛紛離世——是與童心無關的。

一個班裡的壞同學正想張嘴大罵班主任，但非常髒的話剛到嘴邊就猶豫了，他說：「看在總理的面子上，我今天不跟你來勁！」

那才叫──真的目無師長；

那其中真──有一些「人道的考慮」。

三

五十年都沒結過冰的西湖那年在零下十度中，被凍得能運載吉普車。我說的是杭州的西湖；而不是玉淵潭的那個西半邊的「西湖」。是真西湖而非假西湖；結的是真的厚厚的冰。

我後悔，沒能在一九七六那年，在給鄧小平貼大字報的空餘時間，到杭州，去溜一趟那千年等一回的──西湖的冰。

四

「天若有情天亦老」──毛澤東對西湖之情，化做了他仙逝後的西湖的那一湖冰，那冰，把他那晚年對西湖的戀愛──長久冰封於湖底。

那仿佛並不是迷信，因爲那是真正發生過的事，那其中的真實的邏輯就是：毛澤東晚年的真愛──是西湖；他除了在北京大部分時間都常留在了杭州，而他是顆巨星，巨星隕落時，是需耗用巨能的；巨熱被抽離而去後，那湖──她就被冰封了。

以上這種解釋，只能是對的。

評論：

政治也是一道風景，冰凍的西湖，與那個時代的你我一樣，承載著大喜大悲。只是我們倘屬於孩童，哭過之後開懷笑，防震棚外捉迷藏。可那西湖，承受著大悲，竟無語凝噎。那是一份獨特的淒美，那是天人合一的壯美。面對至真至純的西湖，你不捨，但你卻又出賣了能隨時朝拜她的棲息地——柳浪閣，你卻要與她別離，那時的你一定很痛楚。是這樣嗎？

20. 郭德綱被黑啦！

一

在二月三日的《晨報》上看到了一條令本人興奮不已的消息：「郭德綱相聲網站被黑」。好歡喜喲！

該消息細說：「昨日，本報接到熱心讀者郭先生打來的電話反映，近來在北京很出名的相聲演員郭德綱的相聲網站慘遭駭客毒手。他打開平時經常流瀏的國內相聲網站時吃驚地發現，該網站主頁上遍佈愛國者數碼產品的廣告。」

具體地說是：「原『社區新貼』欄目被置換成『神六』召開表彰會，愛國者圓滿完成錄音」；還有：「『京津遺韻』、『網友原創』等欄目均被英國首相布雷爾盛讚愛國者V80 Plus數碼相機、『自主創新產業報國』、『愛國者成爲首家F1官方指定』字樣取代」。

「當記者試圖點擊該網站的任意子連結時，發現根本無法打開，網頁上會顯示出『錯誤』的字樣。」

二

通過一通的抄襲《晨報》的這些，我的「破案」結果就已經揭曉了：

1.「黑」了郭德綱相聲網站的，一有可能是個「愛國者」，二有可能是英國首相布雷爾，三有可能是一台數碼相機，四有可能是F1方程式車隊，五有可能是個「錯誤」。

2.之所以有這麼多的愛國者、首相、相機、車隊、「錯誤」們在網上「黑」郭德綱，是因爲他近來風光過頭了；

3.郭德綱在「相壇」，無疑，已同當年魯迅在「文壇」一樣，在短時間內確立了他「主將」、「主帥」、「主打」的名聲。

三

魯迅從一個教育部的官吏「僉事」迅速走紅成文壇盟主，也極富傳奇色彩。他當初憑藉的——只是一首「狂人之歌」。

根據韓石山的著作，魯迅出道的過程大抵是這樣的：「這是一九一七年夏季的一天，魯迅已是三十六歲的中年人了。此時的心境，且看他的自述……『寂寞，太痛苦，麻醉，悲哀，消滅在泥土裡，再沒有青年時候的慷慨激昂的意思了。』」（《吶喊——自序》中的一些關鍵詞）

就在這樣十分危機的時刻，錢玄同來訪了，他勸魯迅別再抄古碑了，因爲那沒有太大的意思，勸他做點文章得了。於是次年的四月，魯迅就拿出了一篇「狂人之歌」，即《狂人日記》。之後當然，魯迅就好比從前似乎永世只能在天橋「德雲社」說相聲的郭德綱，一發而不可收起來了。

我甚至懷疑，《狂人日記》究竟來自魯迅的真實的日記原文，還是一篇用於發表的作品，因爲抄碑時的魯迅的內心深處必定——也十分——「狂野」來著。

正所謂冰湖的萬丈下面，照舊是滾燙的岩漿。

四

說心中的實話，現在的本人，也巴望著有一天被一個叫「錢」——什麼的，比如叫「錢玄孫」或「錢玄侄」什麼的吧——深夜私訪並苦勸：

「老齊啊，你已經四十多歲啦，就別再抄那些魯迅、郭德綱的語錄啦，你還不如——跟小弟上山，到江湖和文壇上會會那些『武林外傳』中的高手！」

於是，我當然說走就走——我又不是什麼「僉事」——我本來的官稱是「沒事」嘛！我說：「老弟，你說咱先滅文壇上的哪一個廝吧！」

五

爲了防止文字上的「浮躁」，我一般寫書的與發書的時間——總相隔十萬八千里。《永別了外企》之後，我還有一百三十多萬字的「東西」——是也好，不是也好——需要伺機發表

——它們就跟飛機在跑道上一架架等著起飛似的；如果可以將俺的每一本書——比做一架飛機的話，它們到目前爲止——還有六部待出。它們叫做《永別了——飛機》、《永別了——傻B》、《永別了放肆》、《永別了本命年》、《永別了十三不靠》以及《永別了B52轟炸機》……。

總之，一旦它們升空，地面上的人和事——就都挺玄的啦！

六

不過擔心的不用，俺的書——由於編輯是與義大利人性情相似（隨意和懶惰）的緣故，一般每本的出版週期都是——五、六年長短。

《永別了外企》是二〇〇一年寫成的，《永別了傻B》和《永別了轟炸機》和《永別了人世》，都出籠於二〇〇三年，按此出版速度，俺的這部《永別了西湖》要等到西湖醋魚變苦變甜，要等到海再枯，河再乾，黃河長江再改道，蒼海再歸爲農田；要等到柳浪閣被強行拆遷以及西湖它重新封凍——本人在西湖上穿冰鞋猛跳《天鵝湖》的……那天……才橫空出世呢！

評論：

嘿嘿嘿嘿，哈哈哈哈！讀這節文字，臨屏忍俊不禁。相壇郭德綱、文壇魯迅，同在壇上。魯迅與你，又同為寫書人。魯迅因錢玄同來訪，走上文壇；你也笑談自己的那些作品，什麼時候才能與高人面世。你的《永別了外企》已出版，其他的也不會遙遠。

這不，今冬的冰雪夠大夠厚，且是五十多年未遇。今年春節，你也去了西湖，不知能否滑冰？若能，也不知你滑了沒有？雖然你已賣了西湖的柳浪閣，可你年年都要去朝拜西湖，這一份眷念，鑄就了你作品的靈魂。是這樣嗎？

21.「文士道」與「山姆二叔」的對決(初八)

一

根據韓石山的仔細研究，上世紀初中國的文壇，就好像是留英美和留法日兩派留學生們之間的一場文鬥戲的檯子，比如魯迅和他弟弟周作人、馬敘倫、章士釗、陳獨秀諸君是留日的，而胡適、徐志摩等「新月」人士是留英或留美的，兩派在文壇上大打出手，各不相讓，頗有「文士道」與「山姆二叔」或「維克多麗亞三世」在中國的舞臺上火拼的味道。

這無疑——是那時中國人的悲哀。

試想，如果將這個情形顛倒過來：一群信奉孟子的美國人和另一群信老子的美國人在美國國會上分派械鬥了——那才是中國真正的「崛起」。

再有，假如在英國的文壇上，一群從中國留學回去的「親中派」英人和另一群從越南留學回去的「親越派」英人相互漫罵起來了，那倒也象徵著亞洲雄風的實力。

總之，留洋生們在前臺惡鬥，後臺和背景既非宋代的「某某」，也不是明代或唐代的「誰誰」，而是遠在東洋西洋的外人——那種感覺終究不好，頗有些「你敢罵我，你知道我爸是誰？」的「小家風範」，何況，無論是胡適或是魯迅，罵起同胞來——都頗不留情，但罵起他們「宗主」的那些國來，別管是英、美，或是日本還有比利時，都毫無底氣。因爲但凡身靠背景的大牆說話的人，都無勇氣去向身後的「背景」出氣，哪怕是用放一個響屁的便利方式。

遠的不說，今日中國的俺一類的海龜海帶和海草海鮮們，一般也不太愛說那些日本海、美國海、英國海或法國海們——的壞話。

在說「我當初在XX國」時，一般他們都愛附加上些良好的修飾語，以顯示自己的出身。就連從埃塞俄比亞留學回來的海龜——也大談非洲的熱帶風光如何的有利於學習——俄羅斯西伯利亞的哲學。

「背景」嘛，終究是不能攻擊的。

如果將人的背景，安放在人體之上的話，那麼它——包括了「真的爹」和「假的爹」們——就好比下半個身子，下半個身——別管頭腦和心臟如何的活躍——都通常需保持穩定，所謂的「穩定壓倒一切！」

如果屎尿和排泄器官都被「批倒批臭」了，那上半身無論如何的想高雅和自強，也力不從心無濟於事——所以胡適們只能說美國好。

二

在留日的那些人士中，也有自相殘殺的，比如魯迅和周作人，二月二日（又是「破五」這天）這期的《南方週末》說：「一九二三年七月十八日，兩兄弟正式反目，魯迅搬出八道灣。盛傳的說法是，周作人的日本太太從中作梗，導致兄弟不和，此生不再來往。」「一九二四年

五月，魯迅回八道灣取書。兄弟再次發生衝突，衝突中周作人竟拿起一尺高的獅形銅香爐向魯迅頭上打去，幸虧沒有擊中……」

另據該報的估算，獅子形銅香爐的價值約等於四千銀元。看，多麼貴重的打架兇器！

三

兄弟之爭的外因，我說的沒錯吧——都是因爲那個身爲「背景」的從日本來的——太太。

可以這樣推算：

1. 如果周作人的太太不是個日本人，則 a. 周氏兄弟不可能反目；b. 周作人也不會去當那個「漢奸」；c. 即使二人動手，所用的器具，也會相對的——便宜一些。

2. 倘若周氏兄弟沒有留日背景，而留的是美或英，即使真打起來，也不會用亞洲古懂，而是用美式的——萊福步槍！

總之「背景」十分重要；

還有，說話的方式決定於「底氣」從何處來。

我試想，假如上世紀二十年代在文壇上活躍的那些「重鎮」們——的留學背景，比美日德比法相對喜好和平一些——比如說瑞典、瑞士還有印度或埃塞俄比亞（真的！），當然還有加拿大（哦，俺那加拿大啊！）之流——的話，那樣，我們做爲觀眾的，興許會感覺枯燥一些。

從瑞士回來的，可能用軍刀對決；

由象牙海岸來的博士，可能使用象牙大刀PK；

那些從南非、印度、北朝鮮回來的海歸們呢，無非是傳授曼德拉精神、盤腿打坐或是吃烤紅薯烤山芋，總之——他們不會如徐志摩般神經質，也不會像胡適那樣油滑，也更，不會比魯迅更加嚴厲的對弟弟「呵護」，不是口誅，就是筆伐，外加——用國家二級保護文物大打出手。

當然，是弟弟先打的哥哥。

可怕可悲和令人無可奈何的，比兄弟手足相殘更兇猛的——「留學背景」！

最後問上一句：有留學西湖的「湖歸派」人物嗎？

評論：

傾聽你對留學背景，影響現代作家文風人品問題的探討，耳目一新。這正如語言一樣，雖然地方語是根，可漂泊的遊子，不都是在用南腔北調說話嗎？那麼留學的作家呢？他的思維，他的風格，他的習性，又怎會不打上留學國家的烙印呢？這洋洋灑灑的論述，得出「留學背景」可怕可悲，令人無可奈何的論斷。可你筆鋒一轉，又回到了念念不忘的美麗西湖，探問有留學西湖的「湖歸派」人物嗎？有，那就是你了！你的文字裡，便情不自禁的打上了西湖的美麗烙印。

你雖出賣了魂牽夢繞的西湖的柳浪閣，可你卻沒有出賣對美麗西湖的嚮往熱愛之情；你雖也曾遊學海外十多年，可你的文字，卻深得西湖這民族文化聖水的滋養。是這樣嗎？

22. 郭德綱又出來了！

一

我正在同魯迅論戰得難解難分的時候，郭德綱又現身《晨報》了，這一回是二月四日的，與他的網站被黑的那條「喜訊」——僅隔著一天。這條消息的題目是「郭德綱的博客——我的早年學藝生涯」。

抄一下，得到了這些個「關鍵字」：「小時候的我，……出生之前……父親夢見虎……神仙……記得……每到……本來……我有個願望……」

二

看來名人們——就樂意懷舊；

懷舊——是名人的特權；

上半身發跡了，那下半身呢，也就隨之雲雨了起來。

就連我——竟然也開始懷念起自己的「下半身」了；我這一陣子使勁尋找那個紅箱子，箱子裡全是上大學時的讀書筆記，有至少上千本的讀書心得，可惜啊可惜，我還在加國時，一次的搬家後，它們全都不知去向了。

我之所以還未成名——就開始懷舊，全是爲了那些「齊研」（研究齊天大的）專業人士們

——有事可做啊！

我絕不能對他們的失去崗位而無動於衷。

郭（高）德綱（剛）才三十三歲，就談論「我的早年學藝生涯」，俺齊天大聖真的議開了「早年」，還不從王母娘娘和玉皇大帝出生的那年——說起！

真是！！

三

本期《南方週末》的真正主題是「算帳」——其中有結婚帳，離婚帳，生孩子帳，買房帳，買書帳，出版帳……等等。

關於買書帳，有一部分是魯迅的，說魯迅是個藏書購書大家，即使在他早年相對貧困的二十四年中，他的總收入——按今天的人民幣值計算，也是四百八十萬元，平均每年二十萬元，而他這二十四年總共用於購書的費用呢，是五十二萬元，平均每年耗資五百多銀圓（約今人民幣兩萬多元）。

我對比了一下，本人目前平均每月的購書款，在五百到一千元之間，其中的絕大部分，是用於購買齊天大的作品，如：《媽媽的舌頭》，購進五百冊；又如《我與母老虎的對話》，購進四百冊，又比如下周要出的《永別了，核武器（外企）》，正打算的購進量是——不少於五百冊。

我上的那門課，有一種較好的刺激學生上課專心聽講並好好完成論文的方法，就是事先告訴他們誰論文寫好了，那前三名就將獲得齊老師該年的新著——一本。

而且絕不打折——是白送的。

這就消耗掉五百本之中的一百多本了。

本人目前的月收入是四千元人民幣。這樣算來，與魯迅月入兩萬多買兩千多書的份量比較，我是更喜好書了。

四

當「算帳」算完了離婚、養孩子之後，那文章就算起出版了。

出版界目前——仍是那個怪圈，就是上家不給下家錢：賣書的不給出書的錢；出書的不給寫書的錢……

就連「人民文學出版社」——據該社的副社長潘凱雄稱，一般將版稅送到寫書的作家手上，也要拖上三個月至半年之久。而俺的下一本書，恰逢該社出版。看來《永別了外企》賣不好的話，俺還是需要做好——再回一趟外企的——精神準備。

精神——人還是要有一點的。

五

今日（初八）的《參考消息》發佈了一則對本人這種寫作方法極為不利的消息——它竟說俺患著什麼「躁狂症」！

在「解析創造力」的總標題下，今天討論的是作家的創造力從何處來。副標題是：「不得不寫」。其中有「蹲在衛生間的地板上」——寫的；有「就在自己的胳膊上」——寫的；還有

「早上醒來時變得十分激動，腦子中充滿了成千上百個想法，必須馬上把它們寫下來」——時——寫的！

總之，都不太正常。

按照該文作者的——科學的——分析：（他本人就是個神經學家）這些人都患著一種源於希臘的病：「寫作症」，具體說來就是「大腦顳葉發生了變化。」「這一區域位於兩耳之間，對於理解語言和情緒的意義非常重要。」格施溫德（那個專家）又說：「患有顳葉癲癇病的病人會表現出一系列獨特的性格特點，這些性格特點有時——被稱為陀斯妥耶夫斯基綜合症，因為這位俄國作家具有所有的這些症狀。」

本人一慣是不願與「科學」為伍的——因為「科學」最終會毀滅——這尚圓的地球，但這則「科學」的分析文章，使我開竅開心了不少：

原來魯迅犯的是「狂人症」；

原來郭德綱得的是「得意便高興症」；

原來那個高家嶺的高德剛——患的是「先暴飲暴食再接著拉屎撐死豬」——症。

魯迅若內心沒狂，咋寫了「狂人日記」？

而俺得的是何方神「症」呢？

想了一下：可能是「西湖綜合症」吧！而且還是——晚期的。

（全文完，狗年大年初八，全國人民又上班了）

評論：

隨你這一節文字，做一番巡遊。在不同時期，人們以不同心態，不同目的做著自己想做的事情。有在廢墟上，營建空中樓閣的；有竭其一生，邊如癡如醉搗毀這廢墟，邊構建理想大廈的；有僅僅只為了解決溫飽問題，而自得其樂的；還有為建造如西湖一樣美麗的精神大廈，忍痛割愛，出賣西湖柳浪閣的你。人生百態，人各有志。你明察眾生相，清醒執著圓夢。是這樣嗎？

23. 還該守護著嗎？

一

郭德綱剛才又上電視了，是朱軍和白岩松主持的《二〇〇五年感動》的節目。

在主持到「守護」——一個主題時，郭德綱上來了——因為他曾十分困難時——「守護」住了中國的傳統相聲。

於是郭德綱說起他十年前在大柵欄怎麼艱難「守護」相聲，說他在觀眾最少——就是只有一個人聽相聲時——怎麼仍堅持著說。

那著實令人感動！

我在感動之餘想到了筆下的——被本人「守護」著的這些個書。

說相聲的在只有一個時不時還打手機的人聽時——如果還接著說，一說又說了十年的話，那麼我這個寫書的——如果也只剩下一個孤零零的——讀者時，俺還堅持著、守護著——寫嗎？

沒錯，俺寫的這些書，目前仿佛——只有一個讀者——在讀。

二

這本關於西湖的書，原本在上一節，就已經殺青了，我也因此而放鬆了一天。

之所以又寫開了，都是因爲——郭德綱剛才在電視上唱的那三句評書——又是「西湖美景」。

真是哪「湖」（壺）不該開，哪「湖」又被人提起來了。

正月初十，一場中雪，可能也是今冬的最後一場雪。

評論：

正因為有這些所謂的「守護」，更讓你感到了真正守護的必要。為了那難以割捨的守護西湖的夢想，你怎會輕言放棄？你的書，即使只有一個讀者，這個讀者即使是你自己，那還是可以說明：你還清醒的知道自己在做什麼，還沒有像有些「守護者」，高興到找不著北的地步。更何況雪飄落，那片片飛舞的雪花分明是在宣告：冬去春來，萬象要更新了！此時，你怎會真的不再去守護西湖？

24. 林語堂的「美國精神」哪裡去了？

一

今天《晨報》有關郭德綱消息的題目——是「郭德綱還能逗多久」，這「逗」，我不知道是「逗笑」的「逗」呢？還是「逗留」的「逗」。

《晨報》說：「從某種角度來說，郭德綱的『驟熱』現象，本身就象段子裡的一個包袱，只是還沒有抖開的時間。目前的情況是，一邊媒體狂炒網路熱評紅到爆柵，另一邊專業圈內反應冷漠。」

二

剛才那《晨報》，無異于又替郭德綱說了一個段子：

其一，偏偏是《晨報》，每天一版半版地歌頌一個「尚活著」的人物，它（《晨報》）大過年的，一不專版老百姓怎麼放炮炸瞎了眼，二不專版老百姓一路走一路滑地與雪水跳探戈，卻——偏說一段段的、三十三歲剛出頭的——郭德綱；

其二：「郭」——是以「拯救相聲」的英雄——介紹給天下讀者的，你說，那些被拯救了的專業相聲演員們——能跟著跳著腳步大喊：

「俺啊——這回可被小郭給拯救了！」

人家那叫同行是冤家！

三

上午去萬壽路書店，本想買那本林語堂用英文寫成後又被譯成了中文的《美國人的精神》的，可一去，就撲空了——因爲不知哪廝——先我把美國人的精神給——收藏了去。

看來美國人的Spirit（精神），還是有點保留和收藏的Value（價值）哩！

四

我最看不上林氏的，是他用錯誤的文字——寫了不正確的主題。

《吾國與吾民》——本來是應用「吾文」（中文）來寫的；

《美國人的精神》，本來是該讓美國人倒過來用中文寫給咱看的；

這樣——才顯得對等。

用英文做中國人的《吾國與吾民》（My Country and My People）——由一個中國人用美國的文字寫成並供獻給美國人看，然後被美國人說了Good,Good，您沒覺得——那是在討好和招供嗎？

——除非一個美國人用中文寫一本只供中國說「好！好！」的關於美國的「俺的國家和俺的人民」。

因此，林氏在我心中——算不得傳播中華文明的英雄。

五

我之所以再次遠赴「萬壽書店」，去採購那本二手文字的《美國人的精神》，是因上次我在「站閱」它時——發現了多處評價梭羅的地方。梭羅和他那本《瓦爾登湖》一直是我的一個「情結」，而我心中的「瓦爾登湖」，就正是西子湖。

六

手頭一篇介紹梭羅的文章說，他一生都在回避著「正式職業」，這與俺——有何等大的相似——我打生下來起——就沒想從事任何職業，甚至包括爲你們寫小說！

還有，梭羅在《瓦爾登湖》裡，一直算計著——「我只需多少多少就能養活我了」。我說的是他——而不是我！

我像樑上君子般高棲于七樓的、本無電梯的——柳浪閣時，望著山中飛著的天鵝，曾在心中說過：「我一旦抓住了你，老子今天就一分飯錢——都不用再破費了！」

評論：

當精神生活，幾乎被浮華的流行、時尚、娛樂、炒作充斥時，精神一詞便也隨流行風被捲入大海大洋，吹進高山峽谷。於是有人漂洋過海尋找精神家園，這正如現代史上的那些先驅們，他們走出國門尋求救國救民真理；也有人翻山越嶺，守護本土精神文化的根，這也正如現代史上那些沒出國門的先驅，他們也在不懈的思索實踐中，探索救國救民道路。你根植於本土，借鑒異域，守護著如梭羅所守護的瓦爾登湖一樣美麗的西湖。站在西湖柳浪閣上，遙望山上飛著的天鵝，這不就是你要守護的精神家園的最理想境界嗎？

25. 巴赫金獨自的狂歡

俄國文學研究家巴赫金在理論界的遭際——可能與本人相仿，他也是在死後成名的，而且他寫那些現在被奉爲「神話」的、光怪陸離的、包括了狂歡學說的文字時，也只是——只給一人讀的。

他說（用俄語）：「我常年寫作，而發表作品卻渺茫無期，所以，我沒有那種動機，賦予我的著作以外的完整性，使之井井有條，便於閱讀，也就是說，做好那些通常只有在著作出版時才做的事。」（「給柯日諾夫的信」）

這些個關鍵字，絕對也適用於本人：

1.「常年寫作」——我每年寫一本書；

2.「發表……渺茫無期」——俺這本書的發表，雖也是渺茫，卻也有期，只不過在大約二十五年之後。

我常說的那個「僅有一個讀者」——也許你已有了線索，「他」——極有可能，就是本人自己。

魯迅在教育部做高薪「僉事」時，一邊抄著古碑，一邊也在——獨自窺看著——它們（石碑）。正如毛澤東說的——「獨立寒秋」。俺只不過是獨立寒冬的一匹藏獒罷了。哦，忘了複習——本年度屬狗。

二

由此，巴赫金的「狂歡」，是在無聲無言無伴無身份的境況下——狂歡的；那才是真正的，恰如其份的，偉大人物該有的——Carnival（狂歡節）呢！

三

毛澤東——其實也是個終身的——狂歡者。毛澤東在中共一大召開的那幾天——還去了一趟西湖。那是很久很久以前，在南湖正開著會的「第二天早晨，毛澤東沒有去參加會議。他起來便與蕭瑜一起去杭州覽勝。他們在西湖附近的花園、小山和寺廟中度過了整整一天。」「然而他們爭了起來，蕭瑜羨慕山水的壯麗，毛澤東打斷他說：『這是罪惡產生之地，多少人用他們的金錢來幹可恥勾當。』他們在杭州只住了一夜。」（羅斯 特里爾《毛澤東傳》）

我是昨日從王府井新華書店花了五十五元人民幣的代價——取回了這部好看的書。看完這段毛澤東二十八歲與杭州初次結緣的文字後，我自然而然想到的是：

1. 那個杭州的初夜，毛澤東爲何不落戶俺的那間閣子，哪怕俺少收些租金；
2. 毛澤東對西湖的那種怨恨，與瞿秋白的一樣，與魯迅的相仿；
3. 正因爲毛澤東恨西湖與西湖背道而馳了，到長沙「擔任襁褓中的共產黨的湘區區委書記」去了——才有本人二〇〇六年二月六日俯首從由他提名的「新華書店」的大門下進書店，我不想從他的「手下」通過，也沒有別的法子啊！

四

毛澤東是個狂歡了一輩子的詩人，瞧這一段：「在一九一九年『五四』運動期間，二十六歲的他和『三傑』之一的蔡和森及他聰明美麗的妹妹蔡暢曾立下三人盟約：發誓永不結婚。但是他們三人都違背了這一誓言。毛澤東——則違背了三次。」（同書）

他——狂歡了三次！

難道偉大的共產主義運動——不是一種人類的徹頭徹尾的狂歡嗎？

我在二〇〇三年最後一次棲居在「閣子」裡時，曾記述了當日南山路上每年一度的杭州狂歡節的模樣，不信，你可去讀本書的附錄。

評論：

作家、政治家都是在狂歡著超越自己，完成著讓夢想成真的使命。他們的怨恨西湖情結，與他們實現夢想的艱巨性長期性密切相關，他們明知任重道遠，他們怕流連了西湖的美麗，而削弱了對夢想的狂熱，他們怕分了心後，便不能夠在有限的生命裡，讓夢想成真。這份有所捨棄的執著狂熱，成就了他們生命的輝煌，雖然這些輝煌是以誤會美麗西湖為代價，但他們畢竟完成了他們在那個時代的使命。你不是因為怨恨，而是為了讓人們更真實、客觀、全面、透徹的認知、親近、依戀、讚賞西湖的美麗，才出賣了自己在西湖上的柳浪閣，你要為西湖平反昭雪，你要讓西湖成為吾國吾民的精神家園，是這樣嗎？

26. 他不是他！（06年末2月10日）

一

正在郭德綱全國「通輯」那個他唯一的觀眾時，據二月八日的《北京晚報》報導，有一個名爲姜國濤（張國濤？）的北京市民對該報說：

「那就是我！」

「那就是我」

「那……就是……我！」

他還拿出了證據——一張有郭氏簽名的二〇〇四年五月三日的舊門票。

遺憾的是，姜先生搞錯了，因爲郭德綱在「一陣深思」後，對記者說：「那不是他！」

「那不是他！」

「那——不是他！」

他說時間不是二〇〇四年，而是二〇〇二年左右，地點是廣德樓。

二

我開始——懷疑郭德綱「熱尋」的那個人——到底是不是我——來了。

我於是：

1. 先想想有沒有去過一個叫什麼「廣德樓」——的地方；

2. 如果真有，我是否曾經去過一趟；

3. 假如本人真的去過「廣德樓」，是不是在西元二〇〇二年——左右。

總之，俺必須在另一個姜國濤（聽起來怎麼那麼像「張國濤」？）橫空出世並再上《北京晚報》，在其他人從廣東、福建、西藏、齊齊哈爾或二連浩特。從西湖邊——跳竄起來以前——爭取到「那個人」的名額；我要在數九寒天穿著二尺長的短褲上街大喊：

「那——就是我！」

「那就是我啊……那就是我！」

雖然我的喊聲可能聽起來——像是卡拉OK。

27. 被感動的——不只是中國

一

昨晚（〇六年二月九日）又是CCTV《東方時空》舉辦的「感動中國——二〇〇五年度人物」評選的時候。我呢，則是隻身在天壇這邊被獨自「感動」的。

有幾個人物的確不僅感動了中國，也感動了我，其中有一個人——王順友，是馬班郵路的堅守者。老王「二十年，每年至少三百三十天，在蒼涼孤寂的深山峽谷裡躑躅獨行；二十年，沒延誤一個班期，沒丟失一封郵件，投送準確率百分百；二十年，步行二十六萬公里，足可走

完二十一個長征路。王順友創造了一段世界郵政史上的傳奇」（同日《北京晚報》）

我看著電視螢幕上的那個傻憨的老王，明知不該落入主持人敬一丹精心紡織的「情網」，還是差點被感動得——熱淚盈眶。因爲老王他怎麼長得越瞧，越像本人——我是說「我」；這個「本我」！

二

老王獨行了二十六萬公里；而本人呢——獨自寫下了三百萬字的「東西」；老王是在沒人看見的山路上走完全程，然後走上敬一丹的「感動」舞臺的，而本人卻可能只有在身後——才能感動他人。

自然，這個「身後」——是「一輩子後」和「後輩」的意思。

再有：老王他在感動了敬一丹和全中國人民之後，還會——再踏上那三百六十五里的無人路嗎？

八百六十五里路啊！

八百六十五里路！

三

但凡偉人之路，都比較單獨。也就是此時此刻，那個六十一歲的美國冒險王蒂夫·福塞特——還在天上獨飛：他二月八日從甘迺迪航太中心出發，要用八十小時，挑戰連續飛行世界的紀錄四萬公里——他要獨翔四·三五萬公里。

福塞特是個富翁。

富翁天上飛；

窮人地上走（老王）；

二人都一律地——比較孤立。

我無法想像福塞特他在八十小時的飛行期間——怎樣處理大小便。他總該不會從空中瞅見一個廁所——無論是男的女的，就俯衝下去如廁，他興許會一聲歎息：「他媽的又飛過了！」

但願他別——路過本人頭頂的這片青天。

本人頭上的這塊天今天不錯，總算是青的。

評論（*26*、*27*）：

每個獨行者，註定都要經歷艱辛跋涉的歷練。歷練成名的人，引人矚目。歷練過程中的人，卻往往被世人忽略甚至貶損著。越是真正的獨行者，經受的歷練往往越嚴峻。甚至要到了離開人世若干年後，人們才會發現他們的價值。比如曹雪芹、司馬遷、布魯諾，但他們卻把不朽的作品和思想留給了千秋萬代。而一時的大紅大紫，也未必能經得起時間考驗。

郭德綱在大紅之後，尋找曾經支持過他的唯一觀眾；那個感動中國，徒步行走了二十六萬公里的孤獨信使老王，在豐富他人精神物質財富的同時，卻把孤獨寂寞留給了自己。當中國為他感動時，以老王這種鍥而不捨精神，建構精神家園——人間天堂的你，也像老王一樣，把孤獨留給了自己，把豐富的精神財富留給了今人，抑或是後人。

走在歷練旅途中的你，心中有西湖，就像是朝聖者心中有佛祖一樣。孤獨的只是外形，充

實的卻是堅定執著圓夢的內心。令自己感動，其實就是不迷失前行方向，就是被美麗西湖魂牽夢繞的喜悅。是這樣嗎？

28. 正月十五還是八月十五？

一

我爲了給朋友祝福，就在電話中大聲說：「今天是八月十五啦，祝你幸福安康！」

於是朋友反駁：「你說錯啦，今天是正月十五，不是八月十五！」

我於是——自討沒趣。

我一慣把春節一類的節日，視爲封建迷信，因爲它們都是從封建社會那邊——過繼到中華人民共和國的；「迷信」的說法之所以也成立，是因爲在全球都工業化了的今天，那些個農曆的節氣——的確與我等相隔太遠。

比如：今年的初一本該是「開春」後了，可天氣都比那個雞年的年尾巴還要冷酷——這令我如何才能輕信什麼節氣——一說呢？

二

二月十四日（洋曆的）——分明是「情人節」，可報紙偏說那天——人們容易得精神病。

十一號《晨報》的「健康版」說：「二月十四日是『癲癇關愛日』」，並說：「我國癲癇患者將近九百萬」。

還說什麼：「可以假定在任何時刻，全世界有五千萬人患有癲癇，全世界每年大約新發生二百萬例；在總人群中大約是一千分之八・二。而且，大多數的研究發現男性的癲癇發病率略高於女性。」

因此，按我的感覺——男哲學家的數量——絕對大於女性；男作家的人數——也不是異性能「攀」比的。誰記得「攀枝花？」那是個鐵礦的名字，而不是尼采、魯迅般的哲人和作家。

「寫作症」患者，是否也需在每年二月十四日——被人關愛？

三

同日（十一日）的《參考消息》，也對《晨報》做了情人般的呼應，它說：「熱吻增加腦膜炎風險」。

「澳洲科學家的最新研究顯示，與多個夥伴動情熱吻會增加青少年患腦膜炎的風險。」

No Comments！（無可奉告！）

這樣一來，情人節——癲癇——腦膜炎——熱吻，就成了一條有相互關聯的「人情鏈」了。

所以，我一貫將各種「節」——都視爲「敵人」的心緒——已有了一定的正確性。

郭（高）德綱——是否也需被查一查，然後再上天橋劇場？

前兩天報紙又說，他已把小德雲樓——搬到一千兩百人的天壇劇場裡去了，然而，還是一票難求。可憐我這等的「票友」！沒票又怎成「票友」？

俺這一小輩子，是個多元的「票友」：「票友」的作家；「票友」的辦事員；「票友」的商人；「票友」的政客；「票友」的教書先生；「票友」的偉人、情人、好人、壞人……「票友」的人！

四

眼下我最擔心的，已不是十四日郭德綱和上千個觀眾（已包括了張國立和孟京輝）——是否在追捧中發情或者直接變成癲癇，那，這世界也就真的「閑死」了。我最最放心不了的——是感動了大半個中國的「千里走單騎」的郵差——老王——王友順，在「十五」以後，是否還會踏上那同一條路的「郵程」；

而且，還是「單身」；

而且，還是「單情」；

而且，還是一步步地；

而且，還是一路放歌地……

他可能還會走一至二個「長征」，但他仍會——再走另外二十六個「長征」嗎？

如果是那樣，你可別流淚。十年後他假如能再次走上「感動中國」，那時，他並且還會——感動整個世界，成爲世界情人。

29. 人或牛，到底是誰對人類貢獻更大？

一

吾想說的是：既不是王順友，也非郭德綱，更不可能是魯迅，而是牛。

二

上午隨友人去了趟自助的「巴西烤肉」——吃素食。

我在專心吃著素食時，烤好了肉的、頭戴高大廚帽的人——一個個上來勸我們吃肉了：

「這是牛腎，要嗎？」

「這是牛臀，要嗎？」

正在我連連拒絕時，另一個又上來了。

「這回——是牛舌，要嗎？」

望著那牛腎、牛腿、牛臀和（尤其是）牛舌，我似乎對著一頭翹著屁股伸著舌頭登著大腿甩著左右臂膀的牛說：「不」！

由此，我覺得對人類貢獻大得令我怎麼也無法攀比的不是人，而是——人家牛。因爲無論我堅信何種令世人感動的教義、心靈被沖刷到了何等乾淨的地步，我也無心、無意、無勇氣、無風格地——能踢著小腿、噘著屁股、伸著長舌、露著發紅的舌胎對人類說：你們就——隨便挑著受用吧！

人家牛才叫對人類包藏著巨大的愛心，並做到了——死不改悔地愛呢！

魯迅也說過：「我吃的是草，擠出的——卻是奶。」

七十多年過去後，今天的他的後人們，吃的是他的奶，擠出的——卻是石油。是黑的。

三

牛通人性，人也通人性，多吃牛肉多喝牛奶的——比如說山西人，說話時就帶著「牛音」：他們管「門」叫「盟」。吃喝羊奶羊肉的，如陝西的人，說話時有一種「羊腔」。廣東人講話尤如洪鐘——無論是男是女——我想那與他們常活吞蟒蛇有關。上海音之所以發甜，與滬人愛吃甜食有關；北京人講話四不著調，與炸醬麵之「粗魯」（鹵）——不能說沒有緣份。

牛可以說是將自己一切的一切——都為人類派上用場了——其中還包括了牛屎——美國人用整個一張大嘴——全部地、絲毫不剩地接納了它，因此美國人每人口中都摻雜著或多或少的——Bullshit（「牛屎」——美式髒話）。那是咀嚼牛屎後的回饋。

四

在今晨的「巴西烤肉」裡，還發生了兩拔人的隔人牆蹦高大罵的突發事件。

我是在故鄉人的時有時無的對罵聲中生長起來的，所以對北京人的吵架有著一些的心得——他們往往是越有人勸，就罵得越凶，所以你勸架時最好的法子，在於讓他們別隔著你罵，你一讓開，他們臉對臉了——也就自然不罵了。其中一個女的說：

「你他媽是不是到了狗年了，才這麼汪汪！」

另一頭聽了，自然「汪聲」更大。

將人和狗從語言學的角度比較：人是用「汪汪」聲爭執，狗是用「汪汪」聲表示情愛；人在汪汪的跳竄著隔人大罵時，顯然，有失狗一樣的風範和禮儀。

因此「狗年」，分明是人在增壽增歲月，卻不得不把狗請出來讚頌。

五

自助餐——如「巴西烤肉」式的，無疑是在重複著——巴赫金式的狂歡。連我——一進入那種擁擠的人腿絆著人腿的、一挑起食物連朋友都誰也不認識誰的歡愉的、亢奮的氛圍裡，也覺得忘乎了所以，更何況是凡人呢？

聽人們的心聲啊：

「這可怎能吃完？」

「這可咋能吃光？」

「這可如何才能——吃昏那白天和大地？！」

總之，那是一種普天同慶和大同世界已經被放在盤子中的良好感覺。

人——無論是偉人是小人，是王友順，郭德綱，高德剛，還是魯迅齊天大——都本能地——無法排除那種狂歡式、癲癇式、最後一頓晚飯式的——快感的誘惑。

可能本人還可以。本人不吃烤牛屁股，因爲本人怕那屁股會放屁，本人沒動那根牛腿，因爲牛腿沒了支撐不了需要再擠牛奶的牛……於是，本人吃了五十元人民幣的獼猴桃和小青羅蔔。

然後，我在兩組對罵男女的令人無限神往的「古樂」裡——靦肚而去。

六

既然提到 Buffet（自助餐）了，就順便講一下小丁的趣事。那是十五年以前，上世紀九十年代初，在加拿大蒙特利爾。那時的俺們都極窮，窮到需攢一大筆錢才能買一輛特破的車子，然後開著那車——去「陳家樓」吃 Buffet——據我事後仔細分析，那天可能是丁老弟生平首次吃Buffet——那種交夠錢後就可無後顧之憂的飯，因此，在三小時從沒間斷過的、見了面彼此連招乎都來不及打一下的，連吃帶喝之後，丁老弟走出「陳家樓」時，就已經上不去他那輛破車了——起初我完全不懂爲何他幾次試驗——都沒能成功進鑽到車裡，後來才知道，原來是他的肚子撐得太大，人能坐下，可肚子卻死貼在方向盤上——使那「盤子」無法轉動，那車——也就自然走不動啦。

從十五年前留學生小丁的大肚子和十五年後吃蘿蔔不只吃牛舌頭和牛屁股的本人身上——看官你是否看出了時代的進步？

評論（*28*、*29*）：

俺這頭牛，豈能吃牛？

在供給與自助，封閉與開放，這兩種不同時代，人們的價值取向各不相同。前者受供給資源限制，受傳統觀念約束，雖也有狂熱，但還是有些張弛收斂的；可後者卻是任意放縱了自我，全盤接受了舶來的觀念、習俗，忘卻了本民族的傳統文化習俗，也需要承繼和發揚。處於這兩個時代之交的中老年人，則是游離於這兩個時代，兩種觀念之間，或許更眷顧我們的傳統民族文化習俗吧。

在歷史發展進程中，尤其是處於新舊觀念互相滲透、博弈、交替襲擊，此消彼長，甚至平分秋色的時候，狂熱便成為一種時代通病。而你總是擔心著那個感動了中國，二十年來一直孤獨前行的老王，是否會因為中國人的感動，而不再獨行了，而給他的獨行生活畫上了句號，而在清醒之後染上時代狂熱病。但你更希望他繼續做精神的獨行者，你希望他感動世界。

清醒的傳承、借鑒者，就是這狂熱浪頭上的弄潮兒。保持恒常定力，堅韌毅力，果敢搏擊，這狂熱的浪潮，也許阻遏不了弄潮兒的飛舟。

西湖總是仰望青山，敞開胸懷蓄積每一滴春水，經歲月積澱涵養而成。任那一時的狂熱如何襲擊，也無法掀起大浪，更無法污染這一湖信念的碧水。

因此，你倔強地守護著心中的西湖，任爾東西南北風，你自巋然與素雅純美的西湖魂魄相擁。是這樣嗎？

30. 狂歡後的餘燼

一

今日是正月十六，元霄節的炮聲已停——這是一件極爲嚴肅的停頓，因爲再不停頓放鞭炮的，就構成了違法，也就是說當午夜十二點到來的時候，十二點鐘之前的炮聲是歡樂性質的，十二點鐘之後再響一聲，就有可能被抓。

在那時段放二踢腳時，頭一聲是合法的；第二聲，由於是落入了禁放時區，是不該有的聲音。而這就是——狂歡與失落的分野。

國人在狂歡了十五天之後，又一次進入了——對下一次狂歡的漫長的期盼。

二

二月九日的《參考》上有一篇文章值得參考參考：「從春節禁忌演變看社會發展」，說早先鬧春的時候，有這些個有趣的「禁忌」：

其二：過去春節這天，婦女不許出門拜年，俗語叫「忌門」。嫁出去的女兒更是不能回娘家，如果新年回娘家，就會吃窮娘家。

關於這一條，我慶倖它已被廢除，原因是我只有膝下一女，僅這一女，早晚也勢必會——被我嫁出，但她——絕對不可按一百年前的老規矩、春節滯留在婆家，雖然我窮，但我不怕被她吃光喝光。

婦女不能出門拜年，我看應該堅決保持，因爲假如春節頭幾天滿街上走的「僅有」男性，那倒是一種男子的解放運動，那樣春節倒成了男士特有的狂歡。

「禁忌」的第二條：春節期間，無論有什麼病，都不許看醫生——就連被花炮炸瞎了狗眼——這不是罵人，是說真的狗眼——被路邊的野炮崩瞎——的情形，也不許去醫院治療。我贊成，因爲我不養狗。日本人中有一個姓氏，叫做「犬養」，被叫那種名字的人，大多是由狗領養的。

「禁忌」之第三款：春節小孩子不許哭鬧，不許說不吉利的話，也不可以和別人吵架，如果有所違反，那麼在一年中都不會順利。

這條規矩最好是——有一半人信，有另一半人——不信。我呢，願意屬於不信的那一半人，俺專揀信這條規矩的那夥人1. 哭鬧；2. 說不吉利的話；3. 大吵大鬧；——直至使他們全部滅亡。

以前在解放大軍初次進城並受打不還手罵不還口的紀律約束時，我們的戰士們就無辜地挨了許多百姓的痛打和臭罵。罵的最臭和最凶的——當然是家庭婦女，另外還有沒被改造徹底的暗娼。

假如今天我知道我那從來看我都沒順過眼的——鄰家老婆——堅信這幾條「禁忌」（女人春節不許出門，不許罵人和打人等）的話，就該初一一大早，就對著她家外窗，跳著腳大罵一頓！然後再用力蹬門。可惜已晚，可惜已過了「十五」！

而且《參考》在年尾巴上才披露了這些內情。我只有再熬上另一個春秋了。

三

再想起昨日在「巴西烤肉」裡隔人「汪汪」叫罵的那兩家人，看來任何一家都沒細讀《參考》上的那些條過年的禁忌，即使有一方知道過年罵人不吉利，兩組人也爆吵不起來，還有，假如一邊的人知道而不罵，另一拔人不知道而玩命的罵的話，那麼，那叫罵也應是蠻好看的。我一慣地將看吵架——尤其是北京人之間進行著的——當成一樁比過年更愉快的節目來看，因爲過年，是義務性的，規定性的，而看吵架，是突發隨機而不可預測性——快樂，我特別歡喜那種快樂！

爲何是在北京看而不是在東北看呢？因爲在東北看吵架容易受傷，而且還是——誤傷。

在上海看吵架——也沒有太大樂趣，那是由於上海一般是男的與女的用女性的方式鬥嘴，結果必然是女占上風。看吵架預先已知道——結果，就沒有刺激感了。

吵架，是市民的正宗的狂歡，無怪乎昨日一邊的那個男子別人越拉他他就越興奮，因爲吵架，可以令他出眾；

因爲吵架——可以讓他露臉；因爲吵架——可以讓他扯脖子狂喊，發揮他唱癟歌的天賦……

我期待著下次誰同我對罵的——那……一想起來，就令我失眠的巔峰時刻！

如果它（那時刻）早來一陣子，我就可以毋需再熬上三百六十五天、走三百六十五里長路——一下邁到下個屬豬的春節了。

於是，我們提前狂歡！

評論：

狂歡，是人們盡情發洩躁動情緒的方式。隨著社會發展，春節禁忌越來越少，人們狂歡的熱情也越來越高。可在春節後，人們往往又恢復了為一些雞毛蒜皮小事爭執、吵架的本來面目。吵架也是一種精神受到不良情緒刺激，而進行的以相互傷害為最終目標的狂歡方式。

如果說春節期間，家人團聚盡情狂歡，為圖吉利平安喜慶的話，那麼，這在家庭校園，街頭巷尾，公交列車，大庭廣眾面前，隨時可見的吵架式狂歡，只能說明：我們的的文明程度不是在急劇增長！

有緣相遇的人，不去珍惜彼此幸會的緣分，卻為了些須小事，互不忍讓，唇槍舌劍，其結果只能是兩敗俱傷！

於是這些迷失本性的狂歡族，用他們那高八度的亮嗓向文明宣戰：誰惹我，我死也不饒他，我就是要吵！

於是被這狂歡場景激怒了的你，眺望西湖碧波，暢想：春來了，西湖楊柳枝也一定在春風中蕩起了嫩綠的秋千。於是想起美麗的西湖，你決定要和這背離文明的狂熱對陣，是這樣嗎？

31. 今晚，我又要赴杭

一

今天是情人節過後的第一天，也就是說這一年的歷史，又要在「無情」的三百六十四天中——等待下去，我是指那些自作多——的情人。

二

今晚，我又要赴杭，去見那兩位，他們因為把我和內人都——當成了好人，而搶走了我之摯愛的湖邊的閣子。

我一直試想，倘若我那次一見他們——就露出青面獠牙——哪怕是暫時的、是假的，權且將他二人的那無恥的、不要臉（！）的欲念給——嚇回去，也不至於有——我今夜的本來無中生有、本來莫需有的負罪的行程。

但明日，我只能了結了柳浪閣；但今後，我只能去那個再也不是我家了的杭州；但今後之後的今後，我只能四處在心路上——流離失所了。除非哪年哪月哪日，我再租回甚至購回那間空中欲飛的閣子。

本周，上海的一個舊友寬言道：「弄不好再過兩三年，政府一激動，就把西湖邊所有的民宅都強行拆遷了呢！」

那如果發生，無疑是我的積德，是上蒼下凡，是馬巴巴戴花更美，是地球從西朝東轉更快，是薩達姆選上了美利堅總統；是斷橋又合上了，是白娘子一腳蹬了許仙……是白蛇變成花蛇，是烏龜與王八結婚，是京戲在半空中叫板，是奧運會增添了從山下朝山上滑的高山速降項目，而且本人——還輕易拿了個季軍。

總之，那幾乎——等同於福音了。

那樣，俺既可安睡於湖波上，再打開了呼嚕。

三

但我今夜，卻還是要去的，因爲車票已買，因爲有一間直快車上的暖房（臥輔）已爲我備好，因爲那將是又一個——無人入睡之夜；因爲，車輪——不會輕易終止——只要我邁上那車廂。

我如果在車開到酣暢淋漓之時從夢中嚇起並呼叫：「乘務員，快，往回開！」

那時節，文雅的女乘務員，我想，准會變成帶大簷帽的乘警。

這就是：大勢——所趨；

這正是：大勢已去。

這正是：大丈夫決不回頭，好車只能往前開，好驢好馬既然已經溜出去了，就別再戀那槽頭……

是也！

評論：

眺望西湖之後，你又開始了親近西湖行程，可誰知，這親近卻是別離的前奏，怎能不叫人傷懷？情人可以是人，又怎麼不可以是物呢？不是有許多人，遠離喧囂街市，歸隱山野田園，依山戀水嗎？那麼，這西湖不就是你心中的情人嗎？可這一次，你卻真的要去那與情人相會的地方——柳浪閣再做最後一次纏綿了，你心中的悲喜可想而知！

可是，可是，當你聽說有可能拆掉西湖上所有的柳浪閣，為了讓你的情人——美麗的西湖，全方位一覽無餘喜迎天下人，你寧願失去與之約會的安樂窩——柳浪閣，你寧願在碧波上與她暢談。你渴望真有那一天，那時你會載歌載舞，你也會盡情狂歡，因為你把這當作了福音。想起「安得廣廈千萬間，大庇天下寒士俱歡顏」的詩句，你也一定有這悲壯的情懷吧？

你對情人——西湖的愛，不只是想獨自擁有她，而是想和天下人一起共用，這種鍾情和癡迷，是把自己的快樂建立在所愛事物快樂的基礎上，這不更是一種真誠綿長不朽的愛嗎？

可是現在還沒有拆除的時候，為了心中的西湖，你不得已要出賣柳浪閣了，縱有千般萬般不舍，可還是要告別。此時，真的要最後一次在柳浪閣與西湖約會時，你怎會不感慨萬千依依不捨？

32. 其它故事們的下場

在這篇同時有西湖，魯迅，毛澤東，高德剛，郭德綱，林語堂，鄧小平理論，我的書……等數也數不清的線索人物輪番出場的——「戲文」裡，這兩天又有兩個人的故事情節，有新的進展了。

其一：那個隻身架機繞地球亂轉的美國富豪（他名字我一下記不起來，你翻回去找吧！）還真的在前兩天回到了地面。他沒飛八十小時，他飛了七十六小時，但七十六小時據說——也算是新的紀錄。

還有，報上對他在空中是否大小便一類的事，沒做特別報導，卻說了許多關於那架飛機的事：它輪子也爆了，它翅膀也壞了；它空中漏油了；它差點兒讓大鳥給撞了，它——儘管那樣——卻又回到了地面。

多像一隻老鷹。

我對富豪能在天上連飛七十六小時的新聞，之所有關心，是因爲它涉及了我一直孤獨地熱心著的，那有關孤獨的領域。

我——當然是不孤獨的，但人家老王可孤獨啊！

你沒忘王順友吧！

王順友從 CCTV 下臺後，在「十五」（封建迷信的）和「情人節」（資產階級的）一系列節目——都徹底終結後，在萬籟俱寂之時，在萬家燈火變成暗淡之後，在狂歡的交響曲的最後一首歌收尾了——的今日，還在那第二十七個的長征路上嗎？

按說，他該在；

否則，他就是沒上班。

假如他說：「我都感動過中國一次了，第二次就讓齊天大去感動得了」——的話，群眾會怎麼想，領導會怎麼想，觀眾會怎麼想；群眾會答應嗎？領導會准許嗎？億萬觀眾如果知道了（他不走回頭路），還不把電視全砸了！

那准會安樂死「長虹」；

以及日本的「東芝」。

「東芝，東芝，大家的東芝」！

「有路必有豐田車！」——這些廣告曾經人人耳熟能詳，可今天中日之間——卻真的沒路了。

二

與必須在喧鬧後回到再也無法孤獨地享用的、更顯寂寞的小路上去的老王——品著同一番滋味的，假如我沒猜錯——該是三十三歲的郭老弟。

郭德綱終於開始倒楣啦！情人節《晨報》上一條消息說：小郭在春節期間，再也耐不住寂寞了——他開始不守約地——頻繁在電視上說相聲了。從「湖南衛視」到「XX衛視」，一場比一場距離拉得近，相聲也一場比一場講得「臭」（本來想說「平凡」來著），於是評論家認為從此相聲界——就再也沒故事了（原文是「閃了郭德綱的胖腰」）。

因為神話已破！

由於偶像變真；

還因爲——他沒聽我的話。

不過這也與出版社的效率有關，本書正常的出版時間是二〇二五年（那時西湖可能已經枯乾了）。

郭德綱太傻了：他應該只在德雲社說；他應該讓那一票——變得根本求之不得；他應該把德雲社中的椅子從四百減到四十；他甚至從今往後——每場就只對一個人說。

那才叫PK——Personal Kick呢！

你想，哪怕他一天演一場，一年聽他的相聲的，也只有三百六十五人，並且還常有因初一十五缺席的，因情人節缺席的，因清明節缺席的，因感恩節缺席的——因五一國際勞動節和三八婦女節以及「國際光棍節」（十一月十一日）缺席的。

那樣的一票——可多難找啊？

孤山（西湖的）萬歲，孤獨萬歲，寂寞千古；平凡千古，獨守空房精神永垂；早年的郭德綱，前期的王順友品格——萬古長青。

評論：

關注名人成名之前的孤獨，體會那一份孤獨中的艱辛執著和淒美；關注成名之後，是否還會守住那一份孤獨。若守住，那是心路繼續延伸，繼續寬廣，繼續暢通，繼續通向輝煌的必經之途；若守不住那一份令人感動的孤獨，則有可能在大紅大紫後，泯然眾人矣。

於是想起王安石筆下天資聰穎的方仲永，四歲時指物作詩，瞬間成章。可其父貪圖錢財，領著兒子走村串戶賣詩賺錢，以致仲永才能泯滅如眾人。

看來孤獨探索，是名人成名之前潛心攻克難關的必經之途。成為名人之後，能清醒意識到，孤獨仍是繼續前行的必備條件，耐得住寂寞的名人，也就有可能保持住美名。

方仲永若再潛心苦學，也許有可能成為著名詩人；王順友若再繼續孤獨之旅，他也許會再次感動中國，以致感動世界；郭德綱如果不熱衷炒作，再多拜師探索增長技藝，也許他的相聲路數會更寬廣。

孤獨也是一筆財富，在孤獨中潛心挖掘，那發光的金子就很有可能在每個人的鐵鎬之下。那麼，你出賣了那個令人矚目的柳浪閣，開始孤獨挖掘、積蓄西湖碧水的孤獨之旅，你的行程會順利嗎？當你禮贊這孤獨求索精神時，你會默念「路漫漫其修遠兮，吾將上下而求索」嗎？

出賣了西湖上的柳浪閣，你決定開始孤獨尋夢園夢之旅，是這樣嗎？

33.「夫妻相」終於有了科學依據

一

本人我一直在研究著夫妻相的現象，而且爲了配合本人的研究，世界上長得像的人——近來就更喜歡結婚了。真該謝謝他們！

在一次我兼職的那個「Y」大學「J」學院的一次郊遊中，總共來了十對，其中的九對——根據我頭一眼的判斷——就是「夫妻相」現象的證據。因此「現象學」——是我本年度考博想考的另一個專業。

二

情人節《參考》上的這個條目「愛情源自生物基因」——似乎為我的夫妻相現象學研究——提供了新的來自科學的佐證——即使我畢生與「科學」勢不兩立。

來自智利的這篇文章說：「人們對美麗的欣賞和尋找愛的過程實際上是兩個人的基因在做有效延續下一代的工作。即從兩個人第一眼相見之後，接下來的愛情遊戲都是在尋找最有利於基因結合、延續以及改善基因的人造過程。」

還有，「在眾多有可能成為理想對象的面孔當中，那個最終成為伴侶的人必定是與自己有著相似之處的人。」

還有：「最吸引戀人的面孔是與自己的父母或其他親人有著相似之處的人。」

更有：「在戀情的最初階段，人們在對方身上找到與親人相似或自己熟悉的某種氣味、面孔或表情時，身體內就會產生大量苯乙胺」，之後「便開始了所謂相互依戀的階段。這一過程是源於一種名為後葉催產素的化學物質的產生。」這種物質素有「愛情激素」或「戀愛興奮劑」之稱。

三

剛才抄錄的是智利人的——智者的話，接下的，就是我即興發揮的華彩。

華彩1. 正因為動物在與異性對眼時，需以親族人士的面孔做為參照物，動物之間的婚配

才如此的完美——也就是從未出現過豬看上了狗，狗相中了羊，羊相中了狼，狼戀上了人——一類的怪事。西方人士，倒是有搞人配豬，人配狗，人配馬——一類的「畸戀」。

華彩2. 人與自然中的山水，在看上彼此時，不知是否也會產生「苯乙胺」一類的「愛情激素」。

辛棄疾——就與「青山」搞過忘年戀。那青山——他愛上的——想必也有幾千歲或幾萬歲了，但他還表白：「我看你多嬈媚（好看）啊，但願你——也看得上俺（『我看青山多嫵媚，願青山，見我應如是』）」

那顯然是雙戀，比情人節還情人的既談情，也說愛。

於是只見「青山」她——「馬上在辛棄疾身上找到了自己熟悉的某種氣味，山谷中立刻產生出大量苯乙胺……，將辛大詞人拉進她的綠色懷抱和胸襟之中……」（畫面上一片的馬賽克）

明日，在我再回到已經犧牲過、毀掉過、玩弄過並拋棄過蘇東坡、白居易還有李白之流的、總愛淡妝濃抹的——小西子丫頭的——身前時，我看她用何樣激素待我！

評論：

這「夫妻相」，說的是相依戀的心理、生理認同感吧。戀緣於一種情結，而這種情結，則是在成長歷程中，積澱的審美認同情感吧。

雖然人各有志，但從古到今，志趣相投者可以跨越時空，成為知己。至於夫妻，那跨越的時空就相對有限了。

辛棄疾戀青山，李白戀美酒，蘇軾戀赤壁，陶淵明戀田園……那麼，你呢？你戀西湖，可你卻要賣掉赴約的家園，此情此景，你將怎樣面對？那難道不是一種割捨？你戀自然，戀西湖，和這些戀社稷卻屢屢遭排擠、貶謫的不得志文人墨客，戀自然卻又總是想著天下事的情懷一樣嗎？

34. 我只比孔子高了一頭(之一)

一

今天是○六年度的四月一日。

俺的新書《永別了外企》終於在西單圖書大廈上了架。

它——宛如一隻剛上架的——鴨子。

二

使我滿意的，是它——終於在寫成了五年之後出了來；

令我不滿意，的是它的身材——太小太小了。

它只有一般書的大半個個頭——那般的高。

在本人的書屋裡，有一排專用於陳列本人著作的空格。無疑，那個格子中的書，比周邊的

書的格調——甚至也包括孔子的《論語》——都高。

今天，在那個小格裡帥哥似的列隊站著的，已有了《馬桶三部曲》中的「美國總統」，有了英裔的克裡斯大人，有一根嘮嘮叨叨的「媽媽的舌頭」（書名），有敢與人對話的一隻母老虎（《我與母老虎的對話》），還有就是剛剛跟著排隊的、早被我「永別了」的——「外企」。

本人是因昨日在網上搜到了一條與「齊天大，永別了外企」有關的消息，才證實那本書真的已經上架的。在此之前的拿到樣書後的一個月裡，中國的人的海洋一直對它堅守著沉寂，我於是在九洲的無聲裡——苦苦地等待。

它，在圖書大廈二樓架子上挺著站立著的它，在我看來這次可能又會被冷落，因爲它的個頭實在太矮太矮。

「矮」字的右邊是個「委屈」的「委」。

它被陳列在一群個頭同樣矮小的由無名氏們寫的書裡，並不耀眼；

它沒被放進「人民文學出版社」的書群中；

那使它——沒達到它自己想達到的目的地。

它的目的地是哪兒呢？

可能是登峰造極。

三

那個令我感動的、在自己的博客裡提到了《外企》的，是個女子，她的博客的開場白是：

「這個欄目的主人，可都是女的——一高一矮，一胖一瘦……」。

無疑，提到《外企》的，該是那個矮的——因為那書本來就矮。她——那個「矮」女子，將本人的書以及于茅軾、吳敬璉等其他的偉大的經濟學家們的書——給一同購回到她的閨房。由於是女人的房間，想必不至於寒冷。

此時北京的天氣，雖然乍暖——但還寒。

四

我又在等待；它——也在等著。

那就是認同。

那就是認可。

若想在等待中暢快；

就該在期望中帶著零星的惡意低吟——那首無題的詩歌。

35. 我只比孔子高了半頭（之二）

一

上次說是一頭，這下又成了半頭，可見，人之頭——有一定的伸縮餘地。

我將幾本雜書中僅有的那一本比《外企》——還矮的書給揀了出來，並把它也排到了以

「美國總統版馬桶」打頭的「齊天大作品」系列之中。我之所以那麼做，是想證明，有比俺寫的書個頭更小的、別人寫的傢伙。

它——那本更矮的書，就沒脾氣地，排到了《外企》的——屁股後面。

那樣子令老子（俺）——在床上抱頭——大笑！

次日早晨，我翻看它的書名，才知道是孔子寫的——《論語》。

於是，我再次跳上了床，並痛哭了起來（這些當然是一種虛構）。

二

首先孔子才一米七二，孔子比本人要矮。其次孔子才出了一本書，那本書呢，才幾千字。因此委屈一下子《論語》，也沒有什麼。

當然，老子我無法證實際上孔子就是一米七二，但老子比孔子——在我心目裡，確實高明那個半頭——老子無爲；

無爲——還不偉大嗎？

無爲好啊！

據說俺的《外企》原本是打算按正常的尺寸印製來著，可一個不甘平庸、偏偏想有一點作爲的美工認爲書矮一點更新潮，於是他就把它給——侏儒化了。你說有爲好嗎？

我痛恨有爲；

我拿有爲——無爲，我無辦法治它。

三

我剛在字典上查到了侏儒二字，是指「身材異常矮小的人。這種人異常的發育多由腦垂體前葉的功能低下所致」。這分明在說孔子。

「儒」——正是孔子的弟子們。

本人「不儒」，本人是老子；老子總該比——小子高吧。

孔子千古留名，卻生得矮小；本人長得高大，卻默默無聞。關於這，後世可必有評說？

四

高德剛——高家嶺那個用一泡屎撐死一群豬的，也矮；

郭德綱——就更矮；

本人已不再願在這麼對聖潔的「名著」裡——再提郭德綱了——因爲別人沒事兒對他已議論得太多太多。

就此打住，就此同郭德綱 bye-bye。

哦，再只說一句——他要想長得個頭比俺高，只有等待來世，原因是俺二米九五。

在俺這種身材的人眼裡，只有松樹和姚明，才能進入視野，而其他——不幸地可能也包含了您——都從個頭上屬於——「小人」的類別。

你別怪我；

你該怪我的爹媽，你該怨在我降生的那一時辰——地球引力太弱了。

由之我被無端的撥高。

咳，這就是命！

五

《論語》混在俺那群至今總共是六本力作裡，挺顯眼的——它絕對的顯矮，我都替它費勁。

孔老二——何時能變爲孔老大？我不知啊！我母雞啊！我就是母雞啊！（小品中的粵語）知之爲知，不知爲不知。（雞雞爲雞，不雞爲不雞）

這是一個「雞窩」。窩裡的雞們——別管是大是小，都挺橫，並且還都帶著——禽流感，那叫做「雞瘟」。孔子——難道就是沒被染上「雞瘟」嗎？

他爲了傳他的「儒道」——「侏儒之道」，那樣四處流竄般地逃難，興許會在哪能個地段可能是魯國，還可能是齊國——攜帶起禽流感。

地段，還是地段啊！（賣房子用語）。

評論（*34*、*35*）：

雖然我的職業與商業相去甚遠，雖然我也從未與商人有過更深的交往，雖然我也從未想過要從事商業活動，雖然對經商我也沒有什麼興趣，但在你博客中閱讀了《永別了，外企》的部分章節後，我已被書中的故事情節吸引，被文字中所傳達出的思想理念觸動，被你在外企裡維護民族尊嚴的氣節感染，被你思維的多元化、靈動性震撼，被你自然順暢、縱橫馳騁、灑脫詼諧的語言風格折服。由衷地想瞭解在眾人都打破了頭，想盡千方百計進外企時，到底是什麼原因讓你要做出「永別了，外企」的決定？想瞭解，什麼人，經著商，做著「首代」，怎麼會想著去寫沒有多少商業利潤的書？又怎麼會有這樣幽默風趣渾厚凝練的語言功底和文學才華？

帶著這些疑問，二〇〇七年勞動節時，在省城圖書大廈，找到了你這本已出版了一年多的《永別了，外企》，有遇見熟人的感覺，欣然買下了。一口氣讀完這本書，我終於找到了答案，明白了你永別外企的真正原因：你看透了商場的大魚吃小魚，小魚吃蝦米原理，你厭倦了商場那永無休止的爭鬥，厭倦了在外企要像戰士那樣，為維護尊嚴，要和那些輕視我們的外人，進行永無休止的激戰。你要離開他們，捨棄你拼殺來的首代地位，你要在自己的國土上，踏踏實實地經營我們民族自己的企業。

你的書，是由商戰勇士你，邊勇敢拼殺，邊帶著傷痕創作的；你的書，是由來自前線的第一手實戰方針策略，彙集而成；你的書，是和著血與淚，充滿了硝煙的戰地日誌；你的書，是用一雙不同于一般商人，只瞄準了利潤的眼睛，在洞悉經歷背後的是非曲直後，而生成的哲思；你的書，是來源於生活而高於生活的智慧的結晶；你的書，是忍辱負重，主動肩負時代使命的你，把在經濟領域的探索，以赤誠之心轉換為寶貴精神財富，並奉獻給國民、人類社會的無價之寶。而孔子，只是傳達了一種如何讓人們遵從社會綱常禮儀的順民思想，而且在他生活的時代，他的思想也並未得到實施和運用。因此高與低，後人自有評說。

補充：忽然想起這兩節是你寫在愚人節的文字，不過，我腦子裡卻一直沒有這一個舶來的節日概念，更何況你「永別了，外企」！我也「永別了，外節」！

想起你心中的那個西湖的柳浪閣，祝賀你！《永別了，外企》，也是你為再造柳浪閣精心打造的一根頂樑柱吧？

36. 本人之怒髮開始衝冠（之一）

一

愚人節剛過，我在網上又一查，才發現，昨天發生的那些事，都是假的。

甚至連四月一號是什麼「愚人節」這種說法，也都是謊言。

可怕。

二

《外企》中有二十幾幅漫畫插圖，是人民文學出版社的一位叫王曉的編輯畫的。王先生是位高人，他爲我畫了那麼多「像」，卻一不留名、二不圖利，不信，你在那本書上，哪兒都找不到「王曉」二字，因此，我特意將之記下，以感謝他。

其實寫了該書的我，也沒留名——「齊天大」本來不是俺的名字，它原本的主人姓「孫」。只要我通過「百度」搜尋「齊天大」，被搜出來的，就總共有千條、萬條，其中有百分之九十九・九九，是一個叫「齊天大聖」的。

俺是一種微觀的、小數點後面若干位數的、零星的——存在。正如海德格爾說的「此在」

（Diesien），Diesien 並不足惜。

三

本人的《馬桶三部曲》中的兩個部分，聽說很快就會被英國的倫敦大學文學系——以英文的形式在網上登出來了，它們的一半叫「美國總統牌馬桶」，另一半是「餘力開電梯」。

英國友人 Harvey ——哈威近來一直在香港幫著操辦此事。哈威無疑也是一個紳士，因爲他畢業于牛津大學。

哈威同原先的本人一樣，也一邊玩著文學和文字，一邊經著商，他是美國哪家公司的駐香港首席代表——他正在代表著一個「外企」；而本人呢，卻剛剛用一萬冊的書籍和由人民文學出版社可動用的一切管道，包括書店，包括網路，包括小道消息和流言蜚語，向全國的幾十個省份的幾萬讀者們宣稱——「Bye－bye 了，外企！」

因此，俺與哈威不同。

何況，哈威假如要喊《永別了，外企》，那種效果，與本人不該完全相同，因爲哈威是個英國人；如果英國人都發誓說：「永別了，外企」——那到……那到是俺的一種機遇，俺會立馬停止賣書寫書，俺會一個猛子殺回外企，去頂替那些個洋人、外人的、愚人的空位子。

「愚人節」——對於愚人們來說，是三百六十五日的，是「狗日」的。

「汪——」

37. 本人已經怒髮衝冠（之二）

一

自從拿回《外企》的樣書，大概不到一個月吧，俺的頭髮，就一直——這麼豎立著；而這種現象是四十多年來，才第一次發生，這絕對是罕見。

二

別人幫我分析，說是因爲在《外企》一書的封皮上，有一幅王曉畫的漫畫像，那是一個毛髮立著、甩步朝前走的傻小子——他們說那就像我。於是，本人的前額上原來一直爬著、一爬就爬了四十多年的毛髮們，就在一夜間千家萬戶桃花開般地——崛起直立了。

這——很麻煩；

這的確——十分的麻煩。

這也太——麻煩啦！

三

憑我的閱歷知道，頭髮喜歡直立著的其他名人，共有兩個，一個叫岳飛，一個叫魯迅。

岳飛的像片，我雖然沒見過，但他曾經被怒髮衝冠過，這是一件連臭小子都知道的事，至於魯迅的毛髮一直直立，並立到他去世的前一個時辰，我想你只要見到過魯迅的容貌，就會比我清楚。

還有一點，魯迅從未——戴過帽子。不信你找來一張，哪怕是半張——魯迅的戴帽子的肖像，那樣你將獲得重獎。

重重的獎品——由我發的。

四

那第三個——毛髮直立的人，可能就是——被王曉先生用漫畫的筆法——放到一萬本書的封面上去之後，就再也不管了的——本人。

聽啊，那小子口出狂言：「永別了，外企！」

那小子之相貌——十分的不揚；

那小子的步態——絕對的堅毅；

那小子的來路——不清；

那小子的去路——不明；

總之，那小子——挺讓人犯愁和揪心的……

那就是我；

那，就是我；

那就是——我！

評論（36、37）：

再看《永別了，外企》的封面，這個怒髮衝冠邁著大步，朝前沖的外企首代，他的鼻樑上是什麼呢？白白的一片，既像來源於西方的蛋糕上的奶油，又像是中國戲曲裡小丑臉上的白粉，那上面有兩個幾乎挨在一起的，像兩朵紅火苗似的眼睛。為什麼只有這悟空似的火眼，卻不見金睛？

他的雙腳、兩腿和伸在前面的右臂，穿行在黑夜或者是淤泥中，他的頭顱和甩在後面的左臂，已染上了太陽或者是火的紅色吧。尤其是那火紅的怒發，照亮了他上半身。他是漫畫了的你嗎？這個叫王曉的編輯想傳達怎樣的思想呢？

也許他讀懂了你的作品：永別了黑色的外企，像那誇父一樣去逐日！逐日路途多艱辛，你也許會像誇父那樣焦渴而死，落得個小丑下場，可那怒發卻也有可能化為桃林；但那擁有火眼的你，卻也許會在辨識、揚棄中西方文化中取得真經，也許會追日到西湖邊上，與碧綠的西湖水融為一體，共同守望太陽！獲得永生！

這個漫畫中的「首代」，是朝著西湖方向逐日的你嗎？

38. 誰說小說已經故去？（06年4月02日）

—

三月三十一日《北京晚報》的讀書版上，有一篇題為「奈保爾宣稱『小說已死』」的文章，十分值得深思。

「印度裔英國移民作家V.S奈保爾是天才，也是狂人。近日，當他的新作，小說《魔力種子》在印度舉行首發式的時候，他當眾宣佈……小說這種文學形式已經走到了盡頭，它……差不多已經死了。」

讀過該文之後，我才知道自己又比這世界上的另一個著名人物——早熟了幾年。因為我停止寫小說，是更早幾年的事。我在寫完一個大長篇《美國總統牌馬桶》之後，就沒再寫小說了。而寫那個長篇，也全是怨的魯迅，因為人們一直批評他不會寫長篇小說。我於是試著寫完了一個，將其催生，然後擱筆。這樣，至少，後人不敢說——「齊天大不會寫長篇小說」的那種——一派、二派、三派……直至XYZN派的——胡言。

二

奈保爾這個人，雖然我第一次聽說他——顯然不太地道。他怎麼也——能在剛封筆完了一部分長篇小說後，立即宣佈從那以後——全天下所有的小說都死。那仿佛是剛放了最後一個響屁並變成了僵屍的人，在成屍之前，大歎一聲：「剛才那是全天下的最後一記屁啦！」

讓人想把臉貼上去聞、再做深呼吸都來不急！

文明，可能會一種種消失；語言，也一週二週沒了一種，但屁——無論是香是臭，做到絕跡，可著實不易。

人不放了，難道，還不准老虎、獅子和臭蟲——放屁嗎？（臭蟲一般放香屁，不信你試著聞一下），他也太霸道了——那個印度的什麼奈——保爾！

不是柯察金的其他「保爾」——就是跟他不在一個檔次！

評論：

小說這種文學形式是否走向末路，不是誰的一句話就能決定。至於對魯迅未創作出長篇小說的求全責備，也只是無端妄想，自以為是。

V.S奈保爾在他小說新作首發式上宣佈：小說這種文學樣式走向窮途末路。那是在宣告什麼呢？宣告他就是那個在末路上獨行的人？宣告他的作品具有振興這種文學樣式的作用？以此宣告吸引人們都來看這即將滅絕的長篇小說？這是一種炒作嗎？這種炒作，自以為宣告人類消亡，可以滋長自己繁盛，卻忘了他自己的繁盛，卻正可以印證人類並未消亡。原來個人和群體，在文明歷程中是互為因果的。即使你做的是窮途末路的努力，那也是在證明著文明依然在向前延續，這種文學樣式也依然有人在守護！

因此，V.S奈保爾語言的前後矛盾，正可以從反面告訴我們：在詆毀他人中成就自己，不叫文明；在發展自己中促進文明進程，才叫文明！

對這一說法的質疑，正是對小說——文化——文明的守護，正是對西湖美景的張望，是這樣嗎？

39. 我在「鄧論」課上大講「八榮八恥」

一

這是一個反諷的時代。

郭德綱一句「俺乃非著名相聲演員」——反諷了一太批已經成功地「著名」了的人士，同時也，幫了俺這類一直就不著名的人的——一個小忙。

忙——總該有人幫；

忙——總會有人幫。

正幫、倒幫、反幫、不幫——反而倒不那麼——重要起來。

我之所以一再地——用「著名」的標籤把自己打扮著，絕非是由於臉皮厚到了一定的程度，而是因爲郭德綱那麼一說「非著名」——就一下有名了，而且立馬，就變成搶手的熱眼的牌子；比如：張藝謀會說自己是「非著名導演」，趙本山會說他是「非著名小品演員」，魯迅和曹雪芹會說他們是「非著名作家」，孔子會認爲自己是「非著名教育家」，老布希會吹噓他是「非著名國家的非著名總統——的爸爸……」。

云云。

於是，留給我這類真正不著名的「小人」的帽子——就只有一頂貼著「著名」商標的、綠色的陽帽。

我只能著名；

我非要著名；我不想著名，我也得著名。我除了變爲著名，似乎沒有第二條出路，誰讓咱不著名來著？

——以上是上周我剛想出來的、一種著名的看法。

二

在昨天的「鄧論」課上，我大講「八榮八恥」。

我說：「你們不僅要以——服務人民爲榮，更要以背離人民爲恥！」

台下的八十個學生中的一半——都還沒來；台下的八十個學生中的另一半，當時正在睡覺。

是我有意讓他們先睡覺的。我每次講開場白時，都說同學們如果實在想睡就先睡吧——因爲下午一點三十分他們剛吃過午飯，而那時身體中的血液，多半正供應在他們的胃部，要等把胃給翻騰一番之後，才能輪到大腦，才能提供足夠的活躍的腦細胞——聽齊老師講述鄧小平的智慧。

鄧小平說：「甭管黑貓白貓，抓得住老鼠就是好貓。」對此我的理解是：他們在課堂上甭管是爬著，還是站著，只要耳朵別捂住，就是好學生。

小平在天有靈，可能不會笑我。

三

關於服務於人民，我無需解釋，可關於背離人民——我的解釋是——那可不太容易做到。

誰是「人民」？你和我——就都是人民嘛！我們的國家叫「People's Republic of China」——「中華人民共和國」，於是你只要是國人的一員，就一定跑不了——成爲「人民」之一了。想自己背離自己，那談何容易？！

四

孔子——也算是個人民吧。

關於孔子的事，近來還多了起來。

上周我們成教學院的部分學生，造了美國教師丹尼的反，要轟他下臺。我呢，作爲學生辦公室的主任，自然要從中說合。

學生說丹尼太古板；

學生說丹尼總共一次上課九十分鐘，卻用十五分鐘來批評一兩個遲到的人，問他們知道不知道幾點上課，學生甲說知道，學生乙說不知道，學生丁說知道一點；學生丙說可能知道一點，也可能一點都不知道……。

這樣說來說去的時間，就已經有十五分鐘了，在接下的第二個十五分鐘裡，丹尼所做的是點名的工作。他一個一個地點，他一種語言又一種語言輪換地點，他還經常因不識中國漢字，而多次點錯了中國學生的名字，而那大教室裡呢，一般常有一百五十個學生……。

在第三個十五分鐘裡，丹尼終於——開始講授他該講的 English News Reading（英語報刊選讀）了。

他講得很慢；

他講得非常慢；

他甚至講得——極慢。

以上——卻還沒有構成——對丹尼教師的彈劾；學生們彈劾他的真正原因，與他講授的內容有關——他選的教材是 China Daily（中國日報）。

在我主待的與丹尼 face to face（面對面）的發難會上，學生們群情激憤，問丹爲什麼總在點完名字之後、也就是離每堂課下課時間還剩十五分鐘的時候，就開始看表，就一直看表，他始終看表，他就一絲不苟地看表，看完後，他就宣佈下課。丹尼說因爲我那時已經沒什麼可講可說的了，因爲我要講的報刊上全是關於中國的事，而我呢？總共才來到中國一周，因此呢，你們說——我該說什麼？

老丹尼——他還急了！

老丹尼——他還火了！

在老電影《秘密圖紙》裡有一個老特務，他只要一急，就結巴，就會把「火」——拉開四段念，說：「誰…火，火，火，火……了？」

丹尼——被眾小將們彈劾著的丹尼，急得也結巴地——火起來了！

作爲中方教員，我只好使勁地——合稀泥。我說大家都先別…別——上火，中國和美國嘛，本來就山連著山、水連著水，我們一衣帶水嘛……哦不，那是跟那個小日本……。

我勸學生們向子貢學習，子貢嘛，你們可能沒聽說過，是人家孔老夫子的學生，人家對老師──那有多愛，多敬，多佩服多服從！

「哦，對，服從，服從……」對於學生我終於找到了「服從」的關鍵字。

至於美國老師丹尼，我則在談判結束後送了他一本書，是關於孔子的，名字叫：「Confucius as a teacher」（可譯「做爲教師的孔子」、「孔子是怎麼當教書先生的」、「師聖孔子」）。

丹尼問我爲什麼讓他讀那樣的一本書，我說：「讀了，你就知道了。」

兩天剛過，丹尼把書送了回來。我問他有何感覺；孔子的教學經驗，對改進你的教學方式會有用嗎?丹尼說：「當然我受益匪淺，Confucius 每收一個學生，就收一塊臘肉；我教著一百五十個學生，你們把我那一百五十塊肉──給藏到哪兒去啦?!」

丹尼說到這兒，差點掄拳打我。

小說死了嗎？

評論：

小說源于生活卻高於生活，小說通過塑造人物形象反映現實，小說中的人物既能以現實中的人物為原型，也可以虛構，還可以像魯迅說的那樣拼湊嫁接，但小說中的人物形象必須是典型環境中的典型人物，小說中的情節也往往富有戲劇性。

你說：「小說死了吧。」是在說：現實生活中到處都是充滿戲劇元素的故事，到處是戲劇化的人物和環境。生活處處都是小說了，虛假真實往往更難分辨了。是這樣嗎？

郭德剛以非著名著名，並「不知恥」挑戰著名同行；你以站與爬笑論，不捂耳朵都是好學生；你教鄧論，你又以每個國人既是人民，便「無法背離自己」，想到「知恥」之難；還有外教丹尼以「無聊」（無話可聊）為磨洋工理由，學生終於在不願服從「無聊」中「知恥」，而丹尼卻在讀《論語》中學會了不知恥——討要束脩。

這些戲劇化的故事情節，這些中西古今文化的交錯矛盾，不都是小說的有機組成部分嗎？你難道不是在透過小說主人公的言行，告訴我們要在辨識中探尋西湖般美麗的文明之根嗎？

40. 我本是一個無聊的人

一

注意，這個我，並不是我，而是I，是他——美國老師丹尼。

「I am a boring person……」（我本來就是一個無聊的人），丹尼對我認真地解釋說。

丹尼之所以有必要如此地對我解釋，是由於學生們一致反映他上課時太無聊了，無聊得讓人想昏睡，無聊得使人如坐針氈，無聊得連他自己都——無聊得一分鐘看一次表。

「該下課了嗎？」站在一百五十個學生前面的，無聊的教師丹尼一再地問。

「該了」。

「早該了？」

「活該了。」

二

我於是建議他向澳洲的「保羅大叔」學習，在講課時穿插一些個 Humor ——幽默，那樣學生上課時才有精神。

丹尼聽到「Humor」一詞後臉上呈現的驚訝——使我為之也驚訝了起來。

「Humor……？」

「Humor……？」

他一遍遍在口中咀嚼著那個字眼，仿佛極端的陌生。

那使我懷疑，林語堂是從美國——搬回來幽默的嗎？

莫非那幽默它——來自非洲大陸或是被印第安人最先發明的？

反正，丹尼用無聊給我上了一課。

三

丹尼在痛苦的思考了兩天之後，特意又找到了我：「齊老師，我認為在課堂上，還是不幽默——要好一點。」

然後，他舉例說明他只有在以下幾種情況下，才會幽默起來：

1. 絕不在大庭廣眾之下；

2. 在深夜；

3. 在無人的萬籟裡……。

「那麼，針對我這種特殊情況，你說，我上課不幽默——可以嗎？」

我爲難了。

「那……你就……」我那一顆本想幽默他一下子的心，也拔涼了起來。

最後，我同別的有關教師就決定：丹尼上課時，可以不幽默了。

評論（之40）：

外教所說的無聊，那也許是除了要講的問題外，不願像易中天老師講學那樣插諢打科，於是學生們就覺得無聊了。可是許多學生喜歡那些以現代時尚用語，解讀古代典籍的講壇學者，那熱鬧非凡，哄堂大笑的場景，正是現代學生崇尚的。

到底要以怎樣的方式傳播文明呢？當文明要借助於娛樂的方式討好走近眾人時，那些文明是貶值還是升值了呢？以這樣的形式瞭解了這些文明成果的後人，又會創造怎樣的文明呢？那也許是娛樂時代的文明了。那莊重典雅美麗多情，與青山藍天為友的西湖，會與這娛樂時代的文明接上軌，成為一體嗎？

厭倦「無聊」的學生，與不願在課堂上幽默的外教丹尼不相融合，正說明傳播和延續文明的人，同樣要具有膽識和魄力！是這樣嗎？

41. 他的《今生今世》(之一)

一

他的今生今世，雖已結束了N年，卻也曾那麼的風彩。

我是指胡蘭成的。

胡蘭成是個大才。胡蘭成的文字絕對是超一流的，我想用我的這杆粗筆，去描繪他的文字，無論是今生今世，還是來生來世，都是絕無資格的。

那應說，是一種如毒品的、誘惑力無盡的文字，其功夫真是前無古人，來者，也不知何在。

那是一種用文字組成的禪境。

禪只能悟卻無法形容，能形容出所以然的絕不是禪的境地。

我深歎中國語言文字的功力和魅力無窮——在再讀了他的《今生今世》之後。

（寫到這裡得快快收筆，妻女在日本壽司店前等我，說還不到五點，還是半價，再寫一會兒就不是半價了）。

（我逃下了樓，您先侯著）。

二

由於妻子讓我帶著她的那個坤包去，又由於那坤包中——有壽司店的打折卡，所以我就非

得拎著她（它）——去了。

「她」當然是指那個坤包，「她」本應是「它」，由於是了坤包，就變成了「她」了。

這是數量詞的性變，以及變性。

三

我拎著一個菱狀的不大不小的坤包，行走於鬧市。我緊張地，不自然的，尷尬地——提著她。

於是，我引來了旁人時有時無的目光。它們都從那些，也是時大時小的路人的眼中——瞟來。那些眼，之所以時大時小，全是因爲它們長在不同的路人的臉上。

如果所有路人的斜射（而不是「視」）的眼——都是一種尺寸的話，那可就……不正常了。

四

路人好奇地用眼斜注視我，是因爲手中的提包不大又不小。

如果她特別的大，那好解釋，我是替婦女解除負擔；倘若她極小，小到我能將之放入褲兜子裡，那也好辦，放進就是了。

可她確不大不小，我只能拎在手中，我無法釋懷，因此，我一個近兩米的大男子，在馬路上手拎一個粽子般大小的樣子極「坤」的包子，直眉瞪眼地——急走著。

有人於是以爲——我那個坤包是剛偷到的。

42. 他的《今生今世》(之二)

一

我腹含半肚的生魚,去了王府井的書店,我從書店的查尋銀幕上,找到了胡蘭成的另幾本書的名子——總共有五種,最想買的——「禪是一枝花」,已賣光了,於是就買了《山河歲月》和《中國文字史話》。

臨走前,我順手又查詢了一下「齊天大」,發現其名下——已有了六部書,並已包含了《外企》;

我比胡兄,竟多了一本著作,這使我也——吃驚了不小。

二

在這本以西湖爲主人的書中,無疑除了西湖之外,其它一切的人和物,都是點綴性的存在,由於我已決定,本年度的一切文字,只獻給西湖。

它們——都是杭州和西湖的祭文和供品。

三

胡成蘭與西湖的絕別是在他「逃離」大陸之前,而且那時杭州已經解放。

他去香港前,也就是在一九四九年前後的某一天,他的那位不知是第四還是第五的女友

（或妻子）一個名字為「秀美」的，到杭州去送他。

「我與秀美去看看西湖，西湖竟無遊人。我們到了孤山放鶴亭。那裡非常冷落，時候又是快要傍晚。但寂靜亦該有意味，瞑色亦該有所思，是春陰細雨亦該有春氣息雨情致。偏這等只是個心事索寞，什麼亦沒有。連在身旁的秀美，我亦快要想不起來她是個似花似玉人……」（胡成蘭《今生今世》，社科出版社二〇〇三年，296頁）。

那天以後，胡氏就遠離故國了，他再也沒回到杭州，再也沒看過西湖，再也沒見過那個不知是第三個還是第四、五、第六個妻子的——秀美。

他的那生那世的與西湖的緣份，在那天絕了。

四

胡蘭成這個少有的情種是那樣講述女人的：

「我于女人與其說是愛，毋寧說是知。中國人原來是這樣理知的一個民族，《紅樓夢》裡林黛玉亦說：『黃金萬兩容易得，知心一個也難求。』卻不說是真心愛我的人一個也難求。情有遷異，緣有盡時，而相知則可知新，雖仳離決絕了的兩人亦彼此相敬重，愛惜之心不改。人世的事，其實是百年亦何短，寸陰亦何長。《桃花扇》裡的男女一旦醒悟了，可以永絕情緣，兩人單是個好。這佛門的覺，在中國民間即是知，這理知竟是可以解脫人事滄桑與生離死別……李白詩『永結無情契』，我就是這樣一個無情的人。」（第317頁）

我之所以大抄了一段胡蘭成的《今生今世》，實在是太喜歡他的文字。另外，想將這大段話中的所有「女人」，都替換成「西湖」。之後，那段文字，就可以這樣讀了，不信你試試：

「我於西湖，與其說是愛，毋寧肯說是知……」你再接著，一口氣念到尾……「李白詩『永結無情契』，我就是這樣一個無情的人。」

這分明是在罵我，那張柳浪閣二幢X單元Y室的房契，不就被我無情地——出賣掉了？

都說胡蘭成對國家對老婆不忠，他——豈是我的對手？

老婆他有七個，而西湖——俺偏偏只有一房。

評論(*41*、*42*)：

看完這兩節文字，再以搜狗為工具，找到了有些耳聞的胡蘭成，也拜讀了他的一些文章，有段文字這樣介紹《今生今世》：「這是大漢奸胡蘭成的一本散文集，其中《民國女子》等章節提到了作者和中國現代文學著名作家張愛玲的一段婚姻，遂使此書成為海內外張愛玲研究的重要文本，但是其敘事態度既流氓又卑劣，玩弄八位女性於鼓掌之間，讀來使人憤慨，也是無數張迷們唾罵的物件。但是不可否認他頗有文才，善用典故和古典詩詞，其文學性可堪重視。也有人說：「讀他的《今生今世》，可抱這樣的態度：其人可廢，其文卻不可因人而廢……」

這個胡蘭成不但常常做著賣國的事情，也還常常周旋與多個女人之間，個個鍾情，個個留情。他曾與范秀美同遊西湖，留下與西湖有關的文字，他以知女子而道出得眾多女子傾心緣由，知而棄之，那又是一種怎樣的知呢？他也許是把解讀眾多風格迥異的女子，作為此生樂趣吧！

由胡蘭成因知女子而常棄女子，你想到了自己知西湖卻棄西湖的柳浪閣，這一份自責使只拿了妻的一個小包過街，就已怕被人疑為偷包，羞得無地自容的你，覺得這是對西湖的不忠，虧欠了西湖許多呢。你想怎樣來補救呢？胡蘭成後來潛心著書，你筆下的《誰出賣的西湖》難道也是你愧疚的文字嗎？

知而棄之，有不得已的緣由；棄而憐之，卻是情不自禁。西湖，你唯一的相知，這一份戀情自然深厚無比。於是，你重塑她，用你的所有文字；你禮贊她，用你所有的癡情；你融化她，以你赤誠的襟懷。

你知西湖，西湖也知你嗎？

43. 四月八日（西元二〇〇六年的）

一

本篇的題目裡沒有文字——除了月日之外，之所以突發奇想，將八日用做了題目，是因爲：八日是個該發工資的日子。

我們的學院每逢八日就發工資，而據說是因爲一到八，就該「發」。今天本該「發」了，可它都是周日，於是，也就沒發。我本是開過公司的。今後如果再開，就也將每個該發薪水的日子定到周日，而且一到周日，就不許員工上班，特別是會計。

啊，會計。

會計一般都不會算帳，至少本人以前當老闆時的那些個會計們——都是那樣。她們在找工作時，一聽說本人是老闆，就別管給不給錢都坐著不走，因爲她們知道，只有遇到俺那種老闆，她們的算不好帳的一技之長，才能得到重用。

於是，她們算來算去，算了幾年之後，就把連同我這個老闆在內的所有「天大公司」的人，算到了每逢八日，就盼著單位上班的——地步了。

你說我院那個會計她——咋大星期天的，還不上班呢？再說，今兒——是星期天嗎？

下月的薪金來了，一定得買本本年度的月曆。

在年中（五月）時買掛曆，一般都會是——五折吧！熬到年根兒，興許還一折呢？

這才能省下薪水。

二

昨日，在「鄧小平理論」的講臺上，我問座位上那些還沒入睡的同學們：「知道什麼叫共產主義嗎？」

「不知道。」

「那，知道什麼是社會主義嗎？」

「也不知道。」

「也就是說，你們就更不可能知道什麼是生產力和生產關係、上層建築和經濟基礎了吧？」

「對……」

因此，爲了講述更深的知識，我就告訴他們，共產主義，就是 Communism；社會主義，就是 Socialism，而「生產關係」呢，則是在生產時人與人之間的關係，比如，在本大學小馬路哪兒，有一個報刊亭，報刊亭中，共有四五個賣報的，其中那個男的，可能是老闆，女的，可能是老闆的老闆他老婆，還有如果是一個小孩子，就是他們的兒子或女兒，但再要是多一個的話，……同學們注意啊！不是超生的，就是被雇用的童工。因此，在學校的小報亭裡，就已經有了一種「生產關係」了，就是「雇用和被雇用」的，上面一層是雇主，叫做 employer；下面一層是被雇的，叫做 employee，這麼一解釋，同學們就明白了吧！

「哦……」

三

我越來越發覺，我這種寫法，跟寫「博客」差不多。這無疑——是一種悲哀。因爲我奮鬥了幾十年，連黑髮都快鬥成發白了（在這本書發行時，可能已經全白），只不過圖那麼一個——與眾不同。因此這要也成了「博客」，則，違反了作者的初衷。

我之所以不喜歡「博客」，是因爲徐靜蕾的《老徐的博客》一書，幾乎是與《永別了外企》同時，被廣州的「大洋網上書城」銷售的，而且開始的幾天裡，被點擊的數目相當，但昨天再一看，她那本書，已被點得超出了《外企》，而且還翻了三倍，這無疑又是一種——本人的悲哀和徐靜蕾的狂喜。

「哈，我超齊天大啦！」

她肯定那麼想。

一個小毛丫頭和另一個大老爺們，你說，瞎爭個什麼？何況我還不太知名。目前知道俺的名字的，似乎只有那書的編輯大姐。

四

上周進行過了的體育活動，據不完全紀錄，有踢足球，打籃球，跳繩，做廣播體操，負責抱球快跑以及——踢籃球。

之所以踢了籃球，是因爲——足球已經不夠踢了，或是那些個足球都沒氣了。

我一見足球沒氣或有氣無力，踢時，就氣不打一處來！

在與二十歲出頭的男孩兒們踢足球時，我發覺，我越不想踢中鋒，就越踢成了中鋒；當然，當本人見前鋒不像前鋒時，就自然而然地——沖到了球門前面。守門的年青人，一般是不敢守——我踢進去的球的，因爲那些球太旋，因爲那些球太急，因爲那些球——踢自一個年近半百的壯年男子之臭腳，更因爲那球——粒粒不是金的。

我想，假如我踢的球都是純金製作的，那麼無論冒再大的風險，守門的同學，也會將他們撲住。

還有，我在球場上，一直在口吐白沫地教導著男學生們：踢球時三分之一用腳；三分之一用腦子；三分之一用眼神。沒有腳，當然無法踢球；沒腦子整不出思路，就更——別想進球。眼神幹嘛的呢？是定位和尋找空當的。踢球時的眼——無論是兩隻還是四隻，一定要像雷達和羅盤那樣四方位地旋轉，總之，你要在快速的移位當中——知道誰是誰，知道哪兒是哪兒。

孩子們聽得，當然半懂半不懂了；

因此進球的——一般都是老師。

我在一而再再而三地進著球時，既有些自豪自滿，又有些心驚不安——這莫非是在迴光返照嗎？

都快五十時，我竟然還有一顆十八歲人的心臟。

莫非——這地球它不再轉啦？

誰知！

本院的一位姓鄭的老師——的親叔叔，上個星期剛剛去世。而她的那位親叔叔，據鄭老師說，只比我們大一輪。

一輪眾所周知，是從耗子（鼠年）起算的十二年個年頭。

鄭老師之所以用他——那個「已經變成白灰」（鄭老師原話）的人的年齡——與我們對比，是因爲我僅比鄭老師大了區區的六天。

因此，全院的每一個人，甚至也包括了絕大部分的學生，就都知道，老齊比鄭老師僅大六天的事了。

我是大她六天的另一隻虎。

我長得非虎，而她——倒還真像。

據傳說，鄭老師之所以「也」——來到了這個人世，是因爲她在娘胎中聽說齊老師已經出世了，她見到了由於齊老師來到人世給世間帶來的光明——以及希望，於是她對媽媽說：「媽媽，那我也出去吧！」於是，她就出世了。

這——當然是出於齊老師之口。

五

是一種叫什麼「猝死」的心病，奪去了她親叔叔的生命，而那「叔叔」也是只老虎。虎命相憐。

猝死何時來，猝死何時去，誰又知道？反正——是一種「猝」樣的「猝然之死」。「猝」在詞典上，只有一種解釋：「出乎意外。」而「叔叔」——正是在打網球時，在手中的拍子揮到最高點時，「出乎意外」（鄭語）——地癱倒下的。

我——於是釋然了。

我——於是，就更玩命地踢球了。因爲我一來沒打網球，又因爲我一直「出乎意外」地沒有倒下。

六

假如俺真的，像鄭老師的也是屬虎的親叔叔那樣——戰死于猝死於球場的話，那麼一來，柳浪閣和西湖會歡呼起來，因爲「她們」都將被從精神上解脫了：從此沒有一個北方的得了心理強迫症的人——再死纏於她們；其二，那個已睡到了天大（本人）床上的房子的新主人，那對老夫妻的女兒和女婿，也會在熟睡時，再也見不到齊天大的鬼魂。

天下從此太平；

萬物從此安靜；

世界又再次——被愛所充滿；

耗子再次——從第一個年頭復活。

直到——將下一個虎年給催生。

於是，另一群新虎——又訪問人間。

其中，可能不再有比我小六天的鄭老師，而她之所以沒來，是由於她聽說本人不願再次轉世，世間沒有了光明，還是娘肚子中——適合於睡覺。

那裡有一種黑燈瞎火的——踏實。

七

我又從出版社取回了一百本書，準備送朋友。編輯大姐說你先送著吧，送完了以後——再來取一百本。

後來我發現，下一百本，可能再也取不回來，是因爲本人的朋友——還不到一百。

魯迅在遺囑上好像說：有人贊助他葬禮的，千萬別收，但朋友——卻可以破例。

魯迅罵了一輩子人，卻仍有許多「被破例」的，至少，想贊助他的朋友——不會少於一百。

俺之書，卻只有老虎才能讀懂，而尚存的野虎，已不夠一百只了。

八

在上週三的西長安街的彩虹橋邊，有一個老者，邊叫著「攔住他，那人是小偷！」，邊追逐一個得意地在他前面使勁騎車的中年人。那車子在路燈下——飛奔；那車上的男子在狂笑。

我反應過來了，前面的是個竊賊，後面的是個受害者。

我望著他二人一騎一追，遠去了，我沒有追，因爲我追不上，另外，那可能很是危險；何況，彩虹橋路口——難道就沒有員警嗎？

九

另一樁怪事，發生於我前去參觀的一所民辦大學，在大學的二樓，發生了一起教師之間的械鬥事件：兩個男子吵著吵著，其中一個抄來一個紅色的滅火器——賊大的那種，想往另一個教師的頭上掄。

大廳的四處，都有沖出教室的學生觀望，如觀看虎鬥。

我們沒看完他們械鬥，就又進屋開「八榮八恥」學習會了。

我一邊做會議紀錄，一邊盤算：那位教師的腦袋——此刻花了嗎？

十

羅蘭·巴特說有一種叫做什麼「零度寫作」的——寫法，我想就是上面的那種方法了。所謂的「零度」，我在若干年前還冬游時，是用身體體驗過了的——這方面我根本不用人教，就會。

冬游時，心還是在跳的；

冬游時，表皮賊熱；

冬游時，從外向裡「拔涼拔涼」，而從裡到外——「火熱火熱」的。

我想，這是那種「零度」的寫法。

按「零上」的傳統的寫法，齊天大見著人追車跑，也該沖上去——抓賊，他倘若真的沒抓，就乾脆別提那件事情。比如「非零度」的、血總是一百多度的余秋雨先生，在描寫同一件事時，一定會心潮澎湃和義憤塡膺，至少要衝到彩虹牌下振臂高聲呼：「歹徒啊歹徒，你休走，著名作家余老師，已在此等待你多時了！」

然後高舉起手裡的狼牙大刀……

云云。

余老師假如沒表現出那種神勇——一般人一般是不會表現出來的——那麼「那件小事」，也不會出現在他的文章中，或許出現了，也是說別人沒見義勇爲。余老師們呢，准會對那種沒見義也沒勇爲的人——一痛的口誅筆伐和氣不打一處來。

我想，這就是天大和秋雨之別；我還想，這就是零下和零上之分吧。

真正的百分之百的零度，想保持，又談何容易？

十一

本段文字——本該是五分鐘以前寫的，它之所以五分鐘以後，才進入你的視線，是因爲本人剛才——晚上樓了五分鐘，而本人晚上樓五分鐘的更根本的原因，是樓下的電梯沒開，而電梯沒開的最終緣由，是那個開電梯的人——去上了廁所。

近來開電梯的人，上廁所特勤。她無論是大解，還是小解，都害得整個門洞的人，一致翹首地等待。而偏偏今天本人比她——更急於如廁，於是，家居八樓的本人，在樓下，眼巴巴地等她從廁所回來開梯，而她，今天卻遲遲不來，我真想去廁所將她抓回，但看門的告我她上的那個廁所——在三十層樓上。還有，已該更換N年了的、本樓的這部電梯，近來常鬧毛病。那電梯坐上去，就如同——坐已該退役的飛機——而且是戰鬥機。因此我近來每從電梯上泰平地走下來，就好比剛經歷了一次未遂的空難。

今天的報紙報導，說湖北有一架飛機，由於在空中遭遇雷擊，被打了若干的洞，但還是——平安無事地著地了——那無疑是奇跡，而俺呢——天天在本樓本門的電梯上——冒著那類的險。

對不起——讓您也跟著白等了五分鐘。

十二

今天進玉淵潭——儘管我有北京市的公園年票，而且儘管那年票，還包括了玉淵潭，我還是——交了五元錢門票，看來，今天與「五」有緣份。

由於是櫻花節。

一到櫻花節，我買的——花一百元錢買的年票，就失靈了，而本人偏偏一年才——用它這麼一次。

於是，我咬牙切齒地從懷裡——拿出了五元。

十三

我走在玉淵潭西湖的長堤上，忽然覺得，它——這堤，就是西湖的白堤。於是我小心走，於是我小步走；於是，我滿懷戀情地——走。

我走啊走，我走上了「外婆橋」哦，不，我走上了斷橋，哦，還不，我走上了一座無名橋。

因爲這，畢竟不是杭州。

江南憶，最憶，還是憶杭州吧。

在杭州的西湖我從來不用繳費；在杭州的花從裡，我無需花五元地漫遊；在杭州的西湖邊，也是這多的人，卻沒有沙塵；在杭州的西湖…我二月見的，是如夢的雪景……這樣我走啊走，走到了本樓的電梯跟前。我渾身發抖，我那是憋的。

評論：

閱讀這節文字，思考著一個個與「8」有關的問題。

「8」諧音「發」，教工若生活富足，怎會盼早發工資？大學生竟不知生產力和生產關係，經濟向前發展的希望，又將寄託在誰身上？娛樂火于文學，而又有幾人想瞭解，海龜為何永別外企？學生在足球場上疲軟，同事那屬虎的叔父在運動中猝死，你假想自己若在運動中猝死，那被你眷顧、癡迷的西湖也許會解脫吧？可那打撈迎接光明的隊伍，又怎會不冷清？為什麼人們為了錢不顧尊嚴？盜賊為什麼比受害者還猖獗？在講榮恥的大學校園裡，為什麼還有大打出手的施教者？為什麼冷峻反思的文學作品遭冷遇？煽情炒作的附庸文化受青睞？為什麼電梯管理人員為了自己方便而影響他人方便？為什麼公園年票在花展期作廢？

面對這一系列與物質，與金錢，與「8」有關的令人困惑不解的問題，還是那無需交費就可以暢遊的，早春二月，咋暖還寒的西湖美麗風景，讓人魂牽夢繞；還是那清純、淡雅，澄澈、迷離，亦夢、亦幻的西湖，可以安放、滌蕩那浮躁、物化的靈魂。

讀完這些由奇思妙想組合在一起的文字，我也在想：這些事件有什麼聯繫呢？它們都與錢財，與經濟，與社會人文價值觀念有著密切的聯繫。4月8日，是一個怎樣的日子呢？4與8相連是「4」「8」，若連在一起念快了，那諧音該是「死吧！」奇怪，我怎麼會有這樣的聯想？該不會是讓這些背離文明，影響阻礙社會向著光明方向發展的現象匿跡吧？

你是在憂慮：人們一味追逐的錢、利益，以及與之相關的經濟效益，正在把人的精神、魂靈引向死亡的邊沿；生命在過勞中也面臨著猝死的危機；我們的精神文明，也將在被商業娛樂文化取代中，走向衰頹。是這樣嗎？

若真是這樣，那西湖難道真的會平靜嗎？這平靜難道不會是一潭死水嗎？「4」「8」，死吧！想起劉禹錫那句：「沉舟側畔千帆過，病樹前頭萬木春。」笑對淒風苦雨，新事物必將取代舊事物！文明終將取代醜陋！本節文字是在為這些世俗拜金文化掘墓，是在為催生美麗、天然、清新、純潔，沒有銅臭味的西湖般美麗的社會文明景象而作。是這樣嗎？

44. 地鐵站裡的賣報女（06年4月15日）

一

剛讀了曹文軒教授的一段文字，說人家陀斯妥耶夫斯基那麼早，也就是早在大約一百多年前就不再寫下崗工人和拆遷戶了，可今天的中國作家——怎麼還沒完沒了地寫啊！

我讀到這裡的第一個反應——可是本能的啊——就是：「去你的吧，敢情你家的房子——沒被人拆……是不是！？」

可見，人與人的處境不同，對藝術的觀念也就有所區別；大學教授心裡想的連同肚子裡消化的——一般是精英和精華一類的物質，所以百姓們無從理解，更無法分享。說起那個陀氏，我心裡的氣就從四面八方而來，他一個半瘋之人，曹教授都讓他說話，咱下崗人和被拆遷的人好歹沒瘋，說上幾句就算不得文學了嗎？莫非，只有精神病院——才出產偉大的文學家？那麼好了，就不要再培養什麼作家了，將北京歷史最悠久的那家精神病院（叫什麼名字來著？）——的歷年病歷，翻出來列印，不就都成了——文學著作？！那麼，文學評論家們——也該從精神科大夫中選派了吧。

二

說起瘋言瘋語，還真有那麼一個案例——本周我批改了一個英語專業學生的畢業論文（我是她的指導老師），我批著批著就把字典搬出來了；我又批著批著，就再把英文的語法書拿出來了；我又批了下去，於是取出了德文語言，法文語法和泰文語法……。

後來看實在沒法批了，我就半路截來了一個同是英語專業的優秀學生說：「小劉，請幫教師這個忙吧……你仔細看看，這篇文章寫的……是英文嗎？」

她也左看看，右看看，上看看，下看看，又把那篇論文翻過去——從背後看看……之後，才說：「老師，好像不是……你快別給她改了吧，這篇文章中，每個字好像都是英文，但怎麼整整五大篇，沒有一句是按英文的語法寫的呢？」小劉走後，我陷入了深思：

1. 可能今天，本人遇到了一個瘋人；

2. 也可能這個「瘋人」——卻是全中國最有才華的英語語法專家，是個奇才，是個能在學完整整四年英文、馬上就要畢業之際——把所學的那種語言的所有方法體系——徹底顛覆了的——曠世才女！

我那一陣子的悸動！

但悸動完畢之後，憑理性，我覺得還是第一條判斷——相對的正確。

於是，我打響了那個「女才子」的手機說：「同學啊同學，難道你不知道，畢業論文是要用英文寫的嗎？」

她比我還驚訝：「老師，你學過 English 嗎？」

「……？！」

「……！」

三

剛才那個故事是在提醒曹教授，不是陀氏類型的普通人，更應該成爲文學描寫的對象，比如說下崗的我以及被拆遷的我的鄰人，當然更有地鐵站裡的那些個賣報的人。

本人每日一報；

本人在地鐵和城鐵中將懷中的那份報分幾口氣讀完後，才步行到學校裡去爲英語專業的學生——指導論文。

本人每日上班一般唯讀一種報紙，可報紙的名字卻無可奉告，因這本書是書而不是廣告。

四

你如果仔細觀察一下，就會發現，今天早上地鐵裡那個賣報的，跟昨日的她有所不同，昨天她的那些報（也包含了我讀的那種）是放在地上的，可今天，它們——都跑到她懷裡去啦！

昨天她還在擺攤，今天她卻不擺了；

大前天她還賣書（連同了本人的書？），可前天她就不能擺攤、也不能賣書了，而她之所以不能賣書，又正是因爲她沒法擺攤——誰能將幾十本書抱在懷裡賣啊？光本人的那本書，就會把她給放倒。

賣報人如此這般、這般如此地月月不同，日日不同，年年不同，季季不同，時時不同地——變換著賣報的方式，據說，是因爲地鐵公司的領導今天認爲抱著賣好，明天認爲放在地上賣好；本周想還是賣書吧，下周又想別賣書啦；本年想還是別——讓她們賣啦，後年再想萬一齊天大沒報看把車玻璃給砸了……咳，還是讓她們賣吧，但可不許賣書，尤其是那小子的書……

領導的思路是線；
賣報婦是他手中的風箏；
領導一心血來潮，賣報女就慌得屁滾尿流，一直流到俺那可憐的心田……。
可憎的長官意志！
打倒官僚！
給賣報女自主決定權！
「糟了……」
我忽然不敢再喊下去了，因爲曹教授已經正式通知我——你剛才寫的根本不是文學作品！

評論：

你說出的話是：給賣報女自主決定權！
而未說出的話是：給作家自主決定權！
是這樣嗎？
俄國十九世紀作家陀斯妥耶夫斯基，注重人性發掘，不斷拷問自己靈魂，被魯迅稱為「人類靈魂的偉大的審問者」。
作家都有自己熟悉或樂於表達的生活領域，其作品便習染了其中的印痕。陀斯妥耶夫斯基沉鬱的風格，既受愛酗酒，在窮人醫院做醫生的父親影響；對窮困者的憐憫，也深深刺痛著他的心靈；時而發作的癲癇症，也折磨著他的精神；因牽涉反對沙皇的革命活動而被捕，在執行死刑前一刻才改判成流放西伯利亞服役的經歷，以及後來想靠賭博來還債，卻欠下更多債務，

又為還債而寫作的艱辛經歷，更是折磨拷問著他的靈魂。「到後來，他竟作為罪孽深重的罪人，同時也是殘酷的拷問官而出現了。他把小說中的男男女女，放在萬難忍受的境遇裡，來試煉它們，不但剝去了表面的潔白，拷問出藏在底下的罪惡，而且還要拷問出藏在那罪惡之下的真正的潔白來。」──《罪與罰》為他贏得世界性聲譽。

那麼他作品中所反應的問題，以及對這些問題的思想透視和哲學反思，應該是他獨特生活閱歷，艱難心路歷程的結晶，是任何人無法替代和企及的，這由文學的獨創性原理來決定吧。他借助于文學作品藝術的反映自己的人生命運，以及由此而產生的思考，這也是由他自己來決定的。也就是說：陀斯妥耶夫斯基有寫作的決定權。

那麼，今天，我們所處的時代，所面臨的問題，理應是作家創作的首選題材。每個作家，更可以根據自己的生活領域或樂於表達的領域，來決定自己的寫作內容。那麼貼近、親歷、感受到下崗、拆遷問題的作家，自然會情不自禁的反應這些重大的社會生活問題。

那麼，賣報女缺少自主決定賣報方式的權利，便自然成為你關注的問題；西湖──被你注入了思想、靈魂的西湖，不得已被出賣，更成為你食不甘味、寢不安眠的痛，便盡在情理中了。是這樣嗎？

一 45. 相约河坊街

四月十五日，也就是昨天的「北京晚報」上，竟有一條杭州清河坊的消息，題目是：「民間茶會杭州鬥茶」。

「杭州清河坊民間茶會昨天在杭州吳山廣場拉開帷幕。此次茶會推出鬥茶，品茶，展茶，炒茶，茶藝歌舞等一系列活動，重現古時民間茶會的風貌。圖爲太極茶道的表演者在民間茶會上表演倒茶絕活。」

但圖，你是看不見的——因爲我沒法從報上——抄圖。

但你可以憑想像，看到這樣一個畫面……。

我還是說不清楚。

那就算了。

二

在二月下旬，也就是我第二次赴杭出賣西湖邊的柳浪閣之後——的第三天，我又去了那裡。我先從樓下仰望了半天我原先的家，然後，又去了「家」邊上的吳山廣場和清河坊。

我企圖尋找可以取代它的第二居所，於是，在吳山廣場邊上，我找到了一個小旅館，好像叫「城徨飯店」，至於它真叫不叫「城徨飯店」，我在此，又由於不是在寫廣告，就沒必要澄清了。

「城徨飯店」與我的那個空中的閣子一樣，也可以一眼看到城徨閣，唯有不同的是我不是它的主人了。它有上百個房間，還有門位及前臺小姐，這一點好似也不同於我那間閣子。據幫我打理柳浪閣的徐兄說，有一次他在柳浪閣裡也接待過小姐，而且不是一個——六、七個女孩兒，打扮得妖似的那種——偏要租我那兩個臥室，說想當做宿舍。老徐聽了只是猶豫了一下，那六、七個小姐就一下撲了上去，象花果山的小母（女）猴兒似的，說大伯大伯快租給我們吧，這兒幹活兒多方便啊！

徐兄後來——就沒租給她們，而且用圓睜的大怒目——把她們給轟走了。

是因爲徐嫂來了電話。

三

「城徨飯店」給我打的——是半價，因爲我對他們說，我要租一或兩個月，興許還是三個月。他們聽後，立即就拿來了一張發黃了的 VIP 卡，我因此，在五分鐘裡——變成了 VIP 式的人物。

當她們追來，問我啥時真住一或二或三個月時，我說：「大約在冬季吧！」然後我就走了。

我去了清河坊和吳山廣場。

但那天沒人「鬥茶」。

鬥茶是在前天，是被四月十五號《北京晚報》稱爲昨天的四月十四日。

今天是四月十六號了。

今天還只是春季。

評論：

西湖「鬥茶」秀已成往事，西湖柳浪閣亦屬他人。曾鍾情於西湖的你，曾是柳浪閣主人的你，如今卻以西湖過客的身份出現，那是怎樣的傷和痛？是失去家園後，可望不可即、觸目驚心的傷和痛。

但此傷此痛卻能夠看得見摸得著，只是那像西湖一樣美好的許許多多事物的遺失，卻已是連影子都看不見了！更令人心痛的是：目睹那些正在遺失著，即將失去蹤影的美好事物，一點點從眼前、指縫間消失、滑落，有良知的人怎會不伸手去打撈！去遮挽！

此痛使身在西湖春色中的你，依然感到冬的淒厲寒徹。是這樣嗎？

46. 八恥和八榮

一

爲了使同學們對「八榮八恥」有進一步的認識，我在這周的「鄧論」課上，採用了這種方法，強化他們的理解能力。

我讓他們倒過來想一想，也就是將「八榮」與「八恥」顛倒了，做置換練習。

「同學們啊，假如人們把『八榮』當成了『八恥』，而把『八恥』當成了『八榮』，那將是一種何等悲哀效果啊！」

我簡直說不下去了！

因為「他們」——也就是那些顛倒「八榮」、「八恥」的人，竟然：

1. 以危害祖國為榮，以熱愛祖國為恥；

2. 以服務人民為恥，以損害人民為榮；

3. 以封建迷信為榮，以崇尚科學為恥；

……

第一種人——我用汪精衛做了例子，問：「你們知道大漢奸汪精衛嗎？」有的還真不知道，但我卻沒告訴那些不知道汪精衛是誰的人——汪精衛是誰。壞人的事——還是少宣傳好。

說到那些以迷信為榮、以科學為恥的人，我沒例子。就問座位上有沒有相信「風水」的人，隨一聲「有！」，一個還真跳了出來。於是，我讓他走上講臺，說說風水是怎麼回事。他上臺後，先是緊張，緊張之後，還真說了五分鐘的「風水」，說到《易經》，說到陰陽五行……等等。

奪回話筒以後，我對同學們說看見了吧，這就是以迷信為榮以科學為恥的鮮活的例子。因此繼續攻讀「八榮八恥」並從「正」的角度學習而不是從「反」的方向學習——有多麼的重要！

在我剛剛宣佈由於剛才那種同學還在同學中大量潛在，以後的八次課都只講「八榮八恥」、每次專講一種時，那個同學又跳回了講臺，搶了我手中的話筒，流著淚說：

「老師們，同學們，我真的錯了，我已經徹底完全誠心誠意地體會到——風水術是迷信了！」

我也搶了話筒並當堂宣佈「八榮八恥」教育——由於已經收到了這麼重大的效果，從下節課開始，就講點別的。

大家鼓掌歡呼。

二

無疑以上的部分情節，有杜撰的性質——你別全信。但以下這段關於「風水」的故事，卻不僅是故事，或者說是真事：上周隨兩個人到一個朋友的家裡，朋友的房子要租給這兩個人。朋友的房子面對中央電視塔並可俯視三環大道。只見三環路上車水馬龍，又見中央電塔使勁放光。那兩個人還沒定下來租還是不租，據說他們是做高科技生意也就是IT產業的。由於他們一個是「總」，一個不是「總」，是「總」的那人就比較挑剔了。房子，是沒什麼好挑了，但他挑出了「風水」上的「巨大問題」，他說（我其實沒太聽懂他說的是什麼）那條三環路——也太直了！應該呈「弓」字型——才對，那樣就不「沖」這所房子了。他還說那 CCTV 塔位置不好，因爲塔是「五行」中的「金」，臥室裡有一顆大「金釘子」的影子，是極不吉利的。

我的朋友聽了心急如焚，因爲他還在那間臥室裡住過呢！

「你看……有什麼解招兒嗎？」我也心情不好地說。

「雖然不吉利，但也不是不能解『沖』，比如，在對著塔的那扇窗子上擺一盆花。」

我先慶倖他沒提讓三環改道或將電視塔平移的建議，又尋思那窗子全是玻璃的，怎麼吊一盆花呢？

「你看……什麼花合適呢？」

「狗尾巴花或『死不了』都行。」

「死不了」是一種草樣綠色植物。

那兩個IT青年最後還是租了房，但由於「風水」有嚴重問題，朋友只好又打了一折，可能用於把三環遮掩或吊一盆死不了的狗尾巴花吧。

由於剛發生了這種事，你就該知道，本教師對「風水術」——有何等的不滿了吧。實話對你講，你也別告訴別人，那個學生假若不當堂懺悔的話，那麼下八節的「八榮八恥」——就都是爲他一個人預備的了。

老子（不是老師）要奉陪到底。

評論：

課堂上把榮恥倒置，雖是假談、閒談、偶談，但現實中此二者倒置的事例，卻是屢見不鮮，真真實實，確確切切。為打壓房租，而以「風水」說事的機巧人，已把榮恥置之度外。那麼為了名利，巧立名目，無視榮恥的事件，問君能有幾多回？恰似一江春水向東流，浩浩蕩蕩難停息！

於是美麗的西湖，知榮恥的西湖，不會倒置榮恥的西湖，便在你心中樹立了豐碑！於是你想讓這不朽的豐碑，中流砥柱，阻遏飛流！是這樣嗎？

47. 歡喜佛的歡喜(06年5月3日)

一

又到「五一」了，一到這種日子，全國人民自然而然地就歡喜了起來。

有的甚至於——歡呼。

二

昨日剛由承德返回。

在承德——我去的最後一個大廟裡，有幾尊歡喜佛，起初我以爲它們都是「皆大歡喜的」那種佛。之後我才知道，它們是另一種——情的歡喜。

那些佛——兩兩抱在一起；

那些佛，有的有三張臉；

因此，我在驚訝之後，也隨之——歡喜了起來。

那種感覺——挺好的。

三

據導遊的小馬說，人的佛意有三種境界：

境界一：有情；

境界二：無情

境界三：又有情；

那些個歡喜佛的境界，據小馬說，就已經被提高到了第三種。

四

你身居——第幾種境界？

我問你呢！

你瞅我做甚？

五

在兩天的遊山玩水過程中，我總共「歡喜」了那麼幾次：

一次是脫離了大部隊——我讓八十多人到處找我，而我——卻偏說他們丟了。

我的第二次「歡喜」——第二次在哪兒來著？是找到了二十五年前我去過的那個閣子：那閣在記憶裡，那閣在心目中，那閣在夢幻裡，那閣在沙塵中。

那閣那天，就又在我的眼前；那閣那天——就在我掌裡柔搓。

那閣很平凡；

那閣在避暑山莊；

那閣我已二十五年沒見。

那閣它依然在；
那閣二十五年後應還在；
那閣它二百五十年再往後仿佛——依舊地「歡喜」……。

性的歡喜？
「生」的歡喜？
「心」的歡喜？
「豎心」、「橫心」的狂跳？

我爲閣而跳；
我爲閣而沉默；
我爲閣而脫隊叛逃；
我爲閣而歎地球快轉；
我爲我的相隔四分之一世紀而故地再游——慶興無比；
我爲不見得能四分之一世紀之後君再來而心情不好。

我爲歡喜而歡喜；
我又爲歡喜而鬱悶；

我爲鬱悶而鬱悶；

我爲歡喜而傷悲……。

六

有人發現，本人之轉世——可能不是歡喜佛，而一定是善財童子；

於是我就信了，並與那善財之玉像合照。

我在快門下落的片刻，發覺，善財之玉像也在焉笑……。

七

在該托生觀音的同觀音合照、該托生「歡喜」的——通常愛搞男女關係的那種人——也與「歡喜」合影之後，剩下能托生的物體，也僅剩下了「可回收」和「不可回收」的兩種垃圾箱子。

於是，我指定王老師——托生爲「可回收」的；於是我又指定另一個王教師——托生爲「不可回收」的。

「可回收」——我是指在來世——無疑是一件福事。本人還行，本人之遺骨雖然不可回收（由於太硬），本人之精神——藏在這些字跡裡的——卻「可回收」。

我對此還有那麼點信心。

於是，本人是一種有「可回收」、「不可回收」——二重性的東西。

儘管有人說俺不是東西。

那——他又是何類東西？
當然——還有他們。

八

我給一位由於心慌而被眾人從纜車上連拉帶拖拖下去的、臉色已再無「歡喜」的女老師——送了這麼一個對子；

左聯：大腦片刻癡呆；
右聯：半身瞬間不隨；
橫批：「S教師下纜車」。

這個對子其實，應用而是頗廣的：那些臨槍斃的，比如陀斯妥耶夫斯基；還比如臨領結婚證的和臨離婚的，臨當上總裁的，臨上戰場上；臨上考場上；臨下考場的；臨死的；臨場被逼著發揮的；臨報幕的；臨謝幕的……

那些；
和那些……。

九

在下山的路上，我鼻裡一陣發酵的清新，因此，我對同隊的年輕人歡呼：
「聞，人家農家的馬糞，多香！」

等眾人都挺使勁的聞人家農家的大糞了，都隨後笑倒了下去，我呢，卻不以爲然，繼續趕路。

十

我用一一〇元人民幣，買了一個「如意」，它是玉的，而且是清代嘉慶年做的。我起初不信，但反復在午後的陽光下打量——才發現那是真的。我懷疑，是那個農家婦女不識貨，把一件「避暑山莊」裡的盜來品給亂賣了？

而那個賣它的農家女，可能，也懷疑我是個強盜。

「這是個強盜，不給他就搶，還不如賣了，還能掙上個一一〇元。」她先那麼想，因此她明知是件稀世珍寶，卻一一〇元出了手……，我想：這都有可能。

一一〇，是個報警電話，之所以用它買東西，是由於：如意能保平安。

十一

另一件寶貝，是一尊毛主席的銅像。我用一張紙的他的頭像——一百元錢——換了一個沉甸甸的他的銅像。

第一尊是銅像；

第八尊也是銅像；

但有人說它是石膏——是假的，於是，我將主席的「頭」放在頭邊問：「老人家，他們說您是假的！」

主席一聽──馬上就急了。

十二

一個真佛，能壓一大堆假佛，其中──也包括著「歡喜」。

該歡喜──

就歡喜──吧！

就──歡喜……吧……

評論：

反復讀這三段文字：

性的歡喜？「生」的歡喜？「心」的歡喜？「豎心」、「橫心」的狂跳？

我為閣而跳；我為閣而沉默；我為閣而脫隊叛逃；我為閣而歎地球快轉；我為我的相隔四分之一世紀而故地再游──慶興無比；我為不見得能四分之一世紀之後君再來而心情不好。

我為歡喜而歡喜；我又為歡喜而鬱悶；我為鬱悶而鬱悶；我為歡喜而傷悲……

得出：

分論一：歡喜是愉悅神經被某一種人、事、物、場景、意念觸動後所萌發的不自禁的情態吧。

分論二：歡喜這種情感雖由不同器官接受刺激萌生，但心卻是確定是否歡喜的終端裁判。

分論三：長久以來的嚮往、夢想是奠定歡喜的基礎。比如一個閣子，或許就讓你隔山隔水的想到了西湖的柳浪閣，因此而歡喜，而痛楚。

分論四：歡喜與鬱悶、悲傷形影不離，不只是真善美能使人生歡喜心，其實假醜惡一樣能使人生歡喜心。不只是假醜惡讓人有悲傷懷，真善美也會讓人有悲傷懷。

總論：歡喜佛的歡喜，歡喜與悲傷都是歡喜。

聯想：那麼為如魂牽夢繞的西湖柳浪閣一樣美好的文明，已經或正在被出賣著而產生的痛，寫這些為呼喚遺失或正在流失的文明回歸的文字，也都是歡喜了！痛並歡喜著，是你寫此書的真實情感嗎？

48. *Luc* 的幻覺

一

隨行的美國猶太裔年輕教師 Luc 在看完千手千眼佛以後，追著我問一個問題。他問：「既然在佛教中一切都是 illusion，那麼又如何解釋有那麼多種分工不同的佛呢？」

「illusion」，是錯覺，幻覺，假像，幻想，錯誤的觀念——的意思。

Luc是說，既然人世的一切，都是假像和虛幻的，可有可無的，那麼那麼多種佛——也就可有可無了，也就——形同虛設了；也就——成多餘了。

當然，當時他只見到了千手千眼佛，觀音菩薩，善財童子和文殊；當然，那時他還沒走近那個——供奉了幾種姿式的男女同體的——歡喜佛呢！

那時的 Luc——可能還不知何爲「歡喜」；

歡喜或許還沒有——在他提問時——與他結緣。

二

「Look！（你看）」我回答了。

我於是 Look 來又 Look 去的草率地回答了 Luc 的問題。

我先問他懂得什麼叫死——Death 嗎？

他說還沒概念。

「Look 這就好！」我接著解釋起什麼叫涅槃，所謂的涅槃就是「得了好死」的——那種死法，而一般的死法相對於涅槃來說呢，就是「不得好死」了。

Luc 若有所思，問怎麼個死法在現在，才算是個好的。

我說：比如說寫上幾本書……。

三

在看完歡喜佛後，Luc 就啞了，他於是——再也不追我問何爲「好死」了。

四

我一個幻覺，就「幻」出了——四分之一個世紀。

我在煙雨樓的隔岸，遠觀著遠山、山上的倒栽蔥式的棒棰峰和湖影，以及小船，外加「被我丟了」的八十人的團隊。只見那湖水在動，只見那棒棰在下墜，只見那煙雨樓在晴日下煙雨迷朦……

這難道——還不是 Illusion 嗎？

這似乎——足以說明問題了吧。Luc，Look，這——就是你需求的真諦。

它在煙雨裡；
它在雲雨中；
它在晴日下；
它在匆忙內；
它在歡快間。

它在燈影下；
它在沒感覺的時段；
它在彈指的縫隙間；
它在你回答問題時；
它在忘乎中——被「所以」了。

那——就是假像和幻覺；
那——就是錯誤的觀念。
誰又錯了？
不是你，就是我，要不就是——它們。

評論：

持久的歡喜是超越了現實中的某一具體物象，而萌生出的游離於物質世界之外，穿行于精神原野，有著夢幻般綺麗迷人色彩的情感。這種情感，只有那些超越了自身物的需求，以精神探險為樂的人，才可能獲得！

你心中的西湖，莫非就是一種精神的載體，你正在超越著她，正在呼喚其精神、魂魄回歸中，獲取著持久的歡喜。是這樣嗎？

49. 我那柳浪閣——莫非也是個幻覺？

面對著那煙雨樓，我想，我那曾有的柳浪閣，難道不也是一場 illusion 嗎？

我在承德總共才住了兩個夜晚，其中的一個，還夢見了它——還是那個閣子，它竟占了我夢的——二分之一。

我無心于承德的這閣那閣、這樓那樓，因爲——它們不是仿蘇就是仿杭，而我——才是來自真正的杭州。

我本在杭州有家。

而有真「家」之人——又有何苦百里驅車來——盯著假的看呢？於是，在眾人上下樓閣之時，我在路邊的、被野花團聚著的石椅上——打呼而睡。

我在夢中——白日的——笑那些仔細觀摩假天堂的人——太癡！他們都——大腦片刻癡呆！

本人由於腦健，才在園中、在石凳上斜臥，才可「半身瞬間不隨」——地呼呼大睡。

我睡滿了半個行程；而我那睡態——真好比臥佛。

評論：

讀到這裡，我有些震驚，順著你的思路，我們竟異口同聲：那柳浪閣——莫非也是個幻覺？可我卻是此時才分明的看到你寫的這一節文字。為我——一個讀者，與你——一個素未謀面的作者，借助于博客這種形式，在這本正在書寫著的書中的第一次會師，歡喜一下吧！

當思想超越了實物，到達了一種夢幻境界時，再回頭以夢幻的心，感知眼中的一切實物時，又皆是那夢幻的載體了，然後再以此為思考點，萌生更多彩、更廣闊、更綿長、更持久、更真切的夢幻，再輻射影響改變更多的實物，並實現以一種精神文明，影響、推進、加快著社會物質文明向前發展的進程，進而再推動整個社會文明的發展進程。

原來：實物——夢幻——實物——夢幻……實物夢幻同步！只是在這一發展進程中，此實物非彼實物，此夢幻非彼夢幻！正如此歡喜非彼歡喜。

那麼從西湖到喚回如西湖般美麗世界，再到以這樣的世界中萌生的更美好的夢想為起點，營建無數如西湖般美麗的家園，並在此基礎上建構文明程度更高的精神家園，再以此為平臺……那時，社會物質和精神文明，將不斷地螺旋式上升、向前發展著，當社會發展處在良性迴圈狀態時，文明遠景便真若千手觀音所為了。

可現在，西湖，作為這夢幻載體的西湖的柳浪閣，都已可望而不可即了，真是任重而道遠呀！是這樣嗎？

50. 童仁醫院沒「童仁」（06年5月12日）

一

據說人眼是——心靈之窗，而童仁醫院眼科診室等侯看病的那些人的眼——卻在我路過時，是緊閉了的。

我對之用瞪大了的雙眼——表示驚恐。

這是另一種的——恐怖主義。

二

童仁醫院二樓——齊驟著大眼小眼的人群。他們都來自——全國各地，或者說全國心靈之窗有了污垢的人，都來此歡聚了。

我見有眼斜的；

我見有眼瞎的；

我見有目光不正的；

我見有眼睛通紅的；

我見有目帶凶光的；

當然，我還見到有對那些眼瞎、眼腫、眼紅眼斜的人——熟視無睹的。

我指那些個眼科醫生。

那些個眼科醫生——多半架著自配的眼鏡，從眼瞎、眼腫、眼斜眼光不正的眾人的團夥裡——先無表情的穿行而過，然後，再給病人把——瞳孔放大。

只見那些醫生或護士——手急快地從褲兜裡——掏出一小瓶——用於「放瞳」的藥水，點入病人的眼中，然後再去點下一個人。於是第一個人的眼，就隨之閉上；於是第二個人的眼又隨之大睜——也是爲了放瞳。

我本以爲——只有人死，瞳孔才開，但我這時才知，大白天，大活人的瞳——也能大。

於是我——本來無關的我，竟然也特想——放放瞳了。

我想用放大了倍數的目光——再打量打量這個世界。

三

眼科病房的四壁上，全都倒懸著與眼睛有關的宣講圖片，其中一幅令我雙目圓睜，它說：

「朝眼球內打針，其實沒什麼事。」

大意是那樣。

它用了一大幅的圖畫，表示朝眼球裡打針——其實沒什麼；

它又用一千字的話語——說朝眼球裡打針——其實沒什麼；

它仿佛還用輕聲的歎息，說你爲啥那麼怕——往眼球裡打針喲！

我看後大聲心說：又不是朝老子眼球裡打針，老子怕他媽個什麼？！

顯然，它——那幅宣傳畫上的邏輯——是荒唐透頂的，因爲別說往別人的眼球裡打針，就連往別人的眼球裡摻沙子、倒硫酸甚至於鐵水滾燙的那種，我也是沒什麼意見嘛！

四

童仁醫院——已經不見了「童仁」，我是說「童子」的眸子眼仁和眼神。

童子的眼仁——百分之百是清澈的；

童子的眼仁——百分之百是明鏡般的；

童子的眼仁——是大而無雜念的；

童子的眼仁啊——是無需來這好比早市的雜亂無章的——童仁醫院的。

童子之眼還如天窗；

童子之目宛如天仙；

童子之眼應像必像——那傳說中的天池。

評論：

常聽說：醫者父母心。可今天康復醫院院長，給我們這些——將要從事青少年心理健康輔導工作的教師，授課時說：「醫護人員對患者的愛遠勝過父母。因為父母可以教訓孩子，而醫生不能；父母可以命令孩子，醫生也不能；父母可以接受孩子的感恩回報，而醫生卻也不能……醫生只能付出愛。」因為坐在第一排，分明看到這位專治精神疾患的院長，說這些話時，眼睛明亮透徹。一個整天面對迷失自我的患者，能擁有如此明澈眼仁的人，令人肅然起敬！

你說：童仁醫院沒「童仁」，「童仁」就是「童子」的眸子眼仁和眼神。童子的眼仁，清澈、明鏡般、無雜念、如天窗、如天仙、如天池，如你的夢想家園——純潔無瑕的西湖，你莫非在說：沒有愛的「童仁」的醫生，正遺失著為患者著想，關愛患者的職業道德。

是否有高尚職業道德，是否文明從業，是衡量社會進步與否的重要標誌之一。眼見愛心缺失的庸醫，你為西湖明天是否會繼續清澈而擔憂。是這樣嗎？

51. 笑的實質

一

從心靈之窗說到了臉上的笑容。

凡人都會笑，不會笑的——全天下僅有一人，當然，那就是我。

那就是我。

二

在本年度的學校運動會裡，我只是負責帶領學生方隊，通過那主席臺，而那主席臺上，顯然坐的——並不全是主席。

主席一般——名額比較有限。

但無論如何，我告訴由我指揮的那一百零八個學生，在他們高聲叫喊著通過主席臺時，一定要笑上一笑。

對於那種笑，我進一步解說，說它既不許是嘲笑，也不應是冷笑，更不能是訕笑，還不該是蔫笑暗笑、轟堂大笑皮笑肉不笑……。

「那……」學生們議論紛紛並交頭接耳著，他們似乎還沒把握好我說的那種笑的技巧。

「總之，你們在笑時，心裡該想的，就是主席臺上就坐的，既不是獅子也不是老虎，更不是壞人，而全是領導！」我越說越亢奮了。

我的亢奮，一下化解光了一百零八個學生的那些苦悶著的臉。

於是，我見到了陽光。

三

那天，在我們的隊伍實際地通過主席臺時，在體育進行曲和震天的口號聲裡，他們——還

都笑出來了。由於我也混在人群當中，我背對主席臺上的主席，我最終沒能——細緻形容他們在向主席臺甩頭的那個瞬間，臉上的究竟是哪一種笑容：冷笑？狂笑？還是蔫笑，囅笑，但我卻毫無疑慮地、再清楚不過地「目擊」到那些個主席臺上坐著的男主席臉上的笑法了：他們肯定喜笑得星光燦爛！個個活像歡喜佛，而且屁股尖早已遠離了凳子！

因爲——我的那支隊伍當中，有大半是身著血紅色職裝，足登高腰皮靴，臉上化著濃妝的空姐學校的女學生！

評論：

這活像但又不是歡喜佛的笑，讓我想起杭州大佛寺楹聯：「大肚能容，包含色相；開口便笑，指示迷途。」想這臺上各位主席的笑，雖已被歡喜佛包容，卻不知歡喜佛是否也已給他們指點迷津？

又想到西湖西北飛來峰前靈隱寺楹聯：「峰巒或再有飛來，坐山門老等；泉水已漸生暖意，放笑臉相迎。」想那大慈大悲歡喜佛，坐飛來峰山門前，「說法現身容大度，救出世人盡歡顏」。那該是何等愜意的事情！

又想起王安石《登飛來峰》詩句：「飛來山上千尋塔，聞說雞鳴見日升。不畏浮雲遮望眼，自緣身在最高層。」年近三十歲的王安石，在任浙江鄞縣知縣期間，已局部實踐青苗改革，後屆滿回江西臨川途中，登飛來峰。當時，他既能正視改革的掣肘和自身的孤決，又能樂觀瞻望前景，抒發人生志向。比李白《登金陵鳳凰台》中「總為浮雲能蔽日，長安不見使人愁」更勝一籌，與杜甫《望嶽》中的「會當凌絕頂，一覽眾山小」意境相似。

在社會變革時期，常有「浮雲」遮蔽眼界。能高瞻遠矚，不畏「浮雲」，笑對蜚短流長，執著圓夢，是迎接太陽的姿態，也是彌勒般的濟世情懷！

如歡喜佛般包容色相，指示迷途，虔誠守望西湖純潔美好，也是你不畏浮雲遮望眼，執著要圓的夢想吧？

52. 是人就有出處？（06年5月12日）

一

由於今天該寫三千字的指標實在沒法完成，於是我只有再寫那個郭德綱了。上次寫到他的時候（不記得是幾個月前了），他還是他，可今天再提到他時，他便是「它」了。

他成了名人；

「他」就成了「它」。

一切名人中的人的血液，別怪我直言，都是抽空了的，由此，「他們」變成了「它們」，「她」和「他」也變成了「它」。

「它」與石頭有緣；

「它」是非人物化的；

「它」是另類和變異化了的；總之「它」已成了與你我不同的「非你我」，「它」已成了名下之人物，而大活人變成了「人物」後，不就「物質化」了嗎？

因此，我絕不想在活著的時候，變成個「郭德綱」。我寧願當那麼一種會變形的——金鋼。

二

前一陣子——當郭德綱已成爲人們口中咀嚼的「香糖」式的人物以後，侯耀文和石富寬說話了，他們說郭德綱哪兒是個沒出處的孩子啊，他還沒火的時候，就早拜俺們爲師了！石富寬也說：沒錯，於謙是我看著長大的！

耀文師傅還說：「你們（指我們）可一定幫我看好這個孩子，可千萬別讓他學壞！」

聽後，郭德綱連連點頭，意思是俺不學壞，俺不學壞，俺真的，絕不學壞。

可是話剛落地個把子月，他就迅速並迅猛地——學壞了。

這使我想起那句老話：「男孩子不好管！」

三

侯耀文說郭德綱不是從石頭縫跳出來的，而是從他門下爬出，是想說明兩個理論：第一，世界上根本就沒有天才，哪怕是一隻猴，也需從一塊石中蹦出來；其二，一旦人成了名，哪怕你根本就不是人，是猴，或老虎和貓，也有人認你爲親孫子，當然，是通過你管他叫爹或爺的方式，這種現象，叫做名人的「反效應」，即成名之後，一大堆原來的名人，會放下名人的高

傲，主動朝你招手，認你為親，把你當孫子，或乾脆就把自己變成石頭，來將就你，

——能孵養出猴子的石頭。

在郭氏連饅頭都吃不上的時候，耀文師傅是絕不會在中央電視臺的黃金欄目中大喊：「那小子是我的徒弟！」的；同理，在於謙也只有一個或兩個觀眾時，石傅寬准會說，「這小子，誰都沒看見過怎麼長，咋一下就竄得這老高！」

要飯的乞丐，無論在電車上，還是在斷橋墩上，無論管誰叫爹，興許都沒人答應，所以就始終當不上孫子，即使喊了，也沒有應聲的「爹」，於是乞丐自在。

同理，悶頭寫書人寂寞的時候，是最快活的，因為最起碼既沒人說我是他的徒弟和孫子，更無人指著我的腦爪頂子說：「他，是老子看著長大的！」

評論：

一般人的出處，均來自于父母。可「名人」的出處，便在一般人之上，又加上老師（或師傅），使得老師與「名人」相得益彰，名聲更加遠揚。當然那些名不見經傳，勤勤懇懇悉心傳道授業的老師，因付出辛勤勞動而成名，實屬天經地義。比如毛澤東的老師徐特立先生，魯迅的老師藤野先生。

當這些「名人」歷經艱險，終於出名時，可也還有些不勞而獲的「名師」，往往會出來與「名人」敘交情，說出處。

這種眾人都想吃唐僧肉的世風，古來有之。《儒林外史》中的范進，窮時無人過問，就連趕考時向岳父借盤纏，也被罵得狗血噴頭；可中舉後，岳父送錢送肉。而在他中舉前，窮得揭

不開鍋時，也未曾露面的張鄉紳，卻在他中舉後，既前來敘舊情，又送錢送豪宅。

面對這樣的世風，你慶倖自己可以快活自由的寫書，無須受所謂「名人」騷擾。你可以自豪的說：你的書，就是你自己奉獻給這個世界的一份獨特的精神財富，它們不靠任何人揚名，也無需為任何人揚名，它們是你自己的獨創，她們始終保持著精神獨立！

那麼，這西湖，這美如畫的民族文化聖殿的出處，除了孕育她的自然，癡愛她的民眾，呵護她的園丁，又怎能少了不輟筆耕的你呢？

53. 俺不具備翻譯「素質」的素質

一

在眾多的翻譯的門道中，比如英翻中，中翻英，俄翻日，日翻俄；人話翻鳥語，鳥語轉爲人話等，最困難的，莫如漢譯英，而漢譯英時最不容易的一個詞彙，叫做「素質」。

俺不具備把「素質」翻成 English 的本事，因此，你在這文中通篇找不到一個 English 的「素質」。

近來天天幫學生修改論文，光「素質」，他們就搞來了七八種說法，我邊看邊指導，說：這就充分說明你們的素質——都不如老師的高！聽後，他們個個若有所思，帶著「反省中」的神色說：「齊老師，我們終於整明白什麼叫『素質』了！」

看來，他們仍沒徹底完全或完整地——整明白哩！

二

在北美的加拿大生活了十年，連黑髮都變成白髮了，口中也吞吐出上億次的 English 了，裡面，竟連一個與「素質」有關的詞彙也沒有。

是加拿大人根本沒素質？是他們素質都太高或都太低？

美國人與加國人比素質，顯然的低下，卻未見加人指出過；印弟安人比白人明明素質高，卻被他們轟入了山林。可見，素質並非決定了一切；因此，一切也不因素質而改變。

「國人的素質」是個太常見的問題，也是文學中的主題。

國人的文學中，除了男歡女愛，接下的，恐怕只有「素質」。

「懷念狼」——賈平凹寫的，說的是狼比人素質高；

「紅樓夢」——曹雪芹寫的，說的是女的比男的素質高；

「美國總統牌馬桶」——齊天大寫的，說馬桶的素質（Quality），比馬桶上面的使用者高。

……

在中國生活，的確能明顯領悟到人與人某些方面的、除了政治面貌個人品格是否遵紀守法、曾否男盜女娼之外的——那麼一種神密兮兮的「傢伙」，它在人身上的存在，它決定著人與人細微的差別——比如在女兒中學開放日時，穿得衣冠楚楚的家長們爲了一張孩子的報名表，竟搶得如餓狼見了綿羊似的——那就是，所謂的不是馬桶的 Quality（品質），而是人身上的——「素質」吧。

而一邊旁觀的俺——是一個「素質高手」?!

評論：

你為國人不知素質為何物，卻口口聲聲談論素質憂慮；你慨歎「有素質」的異國人，並不常談素質；你為素質低的白人，驅逐素質高的印第安人鳴不平。

你說：俺不具備翻譯「素質」的素質！那是在說：你不願用其他語種曲解母語含義，你不屑解釋國人津津樂道的素質問題，你不贊同靠空談提高素質的謬論。

於是你寧願讓大家相信，你不具備翻譯「素質」的素質！但你卻自覺踐行著構築民族文化大廈的使命，你卻始終凝望著美麗的精神家園——西湖！「位卑未敢忘憂國」的陸遊，有時代責任感和使命感的你，是否有素質已無需贅言。

是這樣嗎？

54. 看！悲劇玩的連環把戲(06年5月21日)

一

近幾年來，我與悲劇們的博弈，是戲劇性的：它一次次使出它的殺手鐧，我一次次地接招，好歹都抵擋回去了；但最近，它又一次地來，跟女人來月經似的，而且一來就不願意收場，來的稀裡花拉的。

我不知這種事，算不算是個悲劇：本人第二次考博，又沒被錄取，本人考的是「中外阿Q比較」專業，考的博士生導師是蒿教授。本人去年先考了一年，先通知說被錄取了，後又補充說沒被錄取，原因是名額被轉給了——另一個愛哭的女生，我說「另一個」，並不是說我也愛哭，而是專指她哭。今年我又被複試，並已被告之「建議錄取」，卻在最後一刻，在電腦的顯示幕上看到了「未錄取」的——三個字樣。我去問究竟為何，回答是：你沒與導師溝通好。就這樣，本人連考了兩年，兩年都過分數線了，都被複試了；兩年都被「擬錄取」了一回，都被人叫「博士」了一回，卻在那最後一個該令本人心潮澎湃的時刻——沒能澎湃起來。兩年後我才知道，我最最根本的問題，是不會與導師——溝通，因此「溝通」這個詞彙，在本人兩次失敗以後，突然變得強大強悍和堅強了起來。

我要溝通；

我需溝通；

我想溝通；

我不會溝通；

我與它——溝通之間，似乎還有條「溝」哩！

二

比我更會與蒿教授溝通的、能舉出典型實例的共有兩個人：一是王哈，另一個就是「哭」走了本人第一次機會的那個女生。

曾在報上看過一則老外學中文的報導，說老師在黑板上寫了一個「笑」字，又寫了一個「哭」字，然後就讓學生們猜，哪個字是 Laugh，哪個字是 Cry，於是有人說上面有個「竹」字頭的，是哭，而上面有兩個「口」的，是笑，人總是用「口」來笑嘛！這種把該哭或該笑搞混搞擰了的事，也就是本人眼下未被錄取後的哭笑不得。

三

「王哈」當然是一個異名和匿名，他是去年與我考同一個導師的學生，後來，他先考中了。今年按成績和常理說，我也該考中，該管他叫小師兄，可由於我沒從他身上學來那套與蒿老師溝通的技巧，就沒能真的成爲他的大師弟——他比我小十多歲哩——而他那最令周圍人矚目的與蒿教授溝通的本事，是直接，當著眾人的面，管蒿教授叫「爸爸」——他說：「您既然是我的導師了，就是我的親爸爸，你打我也行，罵我也行！」

王哈的那種表白——後來我才意識到，無疑地爲我與蒿教授之間的溝通，既設置了障礙也提高了門檻——因爲我僅小蒿教授兩歲，只差兩歲的，勉強叫「叔」還可以，隨便「表」一下就行了，可叫「爸爸」——恐怕邏輯不通，又何況是「親」的？換句話說，假如我也學小王的方式那麼溝通一下老蒿的話，那麼他准是個 Superman（超人）。一般人與其它物種的區別，是需長到足夠的份量，才能衍生後代，而兩歲就生孩子的動物，一般是短命的，如小豬或小狗——而狗似乎在兩歲下小狗，也算是早育哩。

其實小王與蒿老師之間的年齡相差，也只有十一二歲，因此小王管老蒿叫「親爸爸」，無疑，是令蒿老師「早來得子」。

在王哈的榜樣下，我也曾——有過管老蒿叫「親哥」的念頭的（如今再也考不上他的博士了，不妨把一些過程中的黑暗都拿到光天下面）——但我說不出口：我是有親哥的人，小王榜樣的難度，就是在那個「親」字，爲了當上博士，管導師叫一聲爸爸或哥哥弟弟侄子孫子，——是不掉價的，人需要務實嘛，可一用上「親」字，就會弄假成真。我聽說，王哈當著自己的父親，也管蒿教師叫過「親爸爸」哩！

哈……。

四

蒿教師除了被叫「親爹」之外，另一個最喜歡上的「被溝通」方式，是陪他打乒乓球。我總共陪他打過兩次，兩次都把他贏了。而小王呢，從考博到考上博，似乎在幾個三百六十五天之中，只有在幾個類似耶穌受難的日子裡——沒陪蒿教授打——乒乓球。

我在與蒿教授打球時，不小心地，總是叫蒿教授揀球——不是因爲那些球打太臭了，就是由於那些球打太正宗了，一旦正宗，它們（那些白花花或黃乎乎的小球兒）——就狠命地往蒿博導的心窩子上跑！我連後悔想把它們從半途中抓回來，都來不急！

因此，我的博士道路就半途而廢。

五

蒿教授在最後向我說明他不要我的原因時，也是帶著濃厚的學者華姿的：「老齊啊，你咋連一篇正經的文學學術論文——都沒整出來呢？你沒成果啊！」

「那……我那六本已經出版了的文學著作……就不算文學成果了嗎？」

「可你沒寫過論文，我們又怎麼能證明你能寫出博士論文呀！」

他的口氣中，還帶著明顯的恨鐵不成鋼和可惜。

蒿教師在說以上理由時，電話裡我能聽出他的心率不齊，我知道，那是讓我那幾個沒來得急收回的雞屎黃色的乒乓球給——堵的。因此，他用這種方式，把那些個球——給我傳遞了回來。

他同我那些其它的悲劇的製造者們一樣，用把戲，用傳統的「五彩戲法」，在與我博弈，在捉弄著我……

……和你。

評論（之*54*）：

溝通是人際交往最常用的手段之一，達到預期目的，稱為有效溝通。王哈溝通有方，榜上有名；你溝通不力，名落孫三。你講的溝通故事，真令人哭笑不得！

以認父攀親、冰凍球技方式溝通，雖悖常理，但卻有效；以常規、常情溝通，雖合理，但卻無效。有效與無效之間，似乎有一條潛規則：不管手法如何，只要能愉悅博導私心、虛榮心、找不著北心者，則溝通成功；反之則無效。

想起不管方式，只要結果的黑白理論，想起在不管長遠發展，只管經濟效益的今天，在眾多江河湖泊，污染日益嚴重情況下，天之驕子——西湖的冰清玉潔，不知還能保持多久？這也是你寫此文時的憂慮吧？

55. 我的論文題目

其實，我早就擬好了我的那篇博士論文的主題——《悲劇新論》。我一直以爲朱光潛的《悲劇心理學》，實在是太該更新了。因爲二十一世紀的Tragedy——悲劇，在天天變化著形式，比如一個高等學府中的擔任中外文學比較研究所所長的蒿老師竟然不通一門外語，這是悲劇的一種；其次，會八門外語的本人，竟被中外文學研究所拒之門外，又是一種悲劇。蒿教授自認爲是錢鐘書的再版，卻不懂一門外語，我沒敢管自己叫錢鍾書第二，卻比錢氏多粗通幾種外語，不也是一種悲劇？還有蒿教授以中外阿Q比較研究見長，而我，卻從他身上不僅發現了阿Q的原形，還隱約觀摩到了阿Q的新生，這，好像也是一類悲劇現象。

蒿教授實在太像狂人阿Q了，這一點，尤其本人落榜並發誓再不考他的搏士之後，就更加清晰。這是一種職業病。養狗的人像狗，研究蛇的有蛇性，整天擺弄阿Q造型的人，久而久之與阿Q合二爲一，無疑是敬業精神的一種體現。而本人呢，由於是被蒿教授給否定了，又通過寫這種文章在文字上否定他，不也是阿Q精神的——現代傳承？

蒿教授無疑是熱愛魯迅的，熱愛到了與本人有那麼一爭的程度。

「我是魯迅！」他心想；

「我是魯迅！」我心說。

這樣一來，兩個「魯迅」打起來了。蒿教授在拳臺上，由於佔據能從椅子上往下跳的優勢地位，就那麼一拳出手，把魯迅的兄弟我——給拳擊了下去。

於是，我只有放棄當博士、當教授；因此，我只有去做那個從來以嘲諷博士和大學教授爲職業的——魯迅了。

因此，我勝了老蒿一籌。

魯迅例來用文章同大學教授們開心，他之所以那麼做，我猜，也是由於他考博時——碰到了蒿先生這類的博導。

魯迅因此，只有用齊天大式的如椽的大筆，去野蠻攻擊那些個假斯文的教授。

蒿教師並不算假斯文的一類，蒿老師似乎壓根就沒斯文過。據「寓言大學」體育館乒乓球處負責人反映，蒿教授曾帶領他的得意弟子王哈，因想少算半個小時的場地費而人家按規定不同意，就破口大罵管理員，罵得比阿Q和「狂人」都難聽難懂！其中的王哈在蒿老師默認下，還差點兒動手打人！

當然「動手」——是本人惡意的編造，但「大罵」及「破口」——可是真的喲！

蒿教授曾在唯一的一次與我平起平坐的交談中，說：「老齊啊，我跟你一樣，做學問，用的也是野路子！」

可當蒿老師用野路子把學問做成爲正經八擺的事兒後，就再也不願與俺這種學術上的野人

——相泣爲伍了。

蒿老師脫離了草根，看上了西服，成了一個外語一門不通的——「中外阿Q問題泰斗」。

那使中外阿Q——都交口稱讚；

那令古今狂人都——彈冠相慶；

那將，成爲新時代學術上的主調；

那當然，就成了本人「悲劇新論」的原型和問題的焦點。

蒿教授於是成了這本《西子湖出賣記》的——一個「號外」的話題。

評論：

這個不會外文，但卻被譽為「中外阿Q問題泰斗」的博導，以沒有「正經學術論文」為由，冠冕堂皇將會八門外語的你拒之門外，卻也榮幸的成為你論文《悲劇新論》中的原型和焦點。

這一循環往復的過程，他內心也許得到了安慰：你會那麼多外語，我不錄取你，既不會顯出你的能，也顯不出我的殘缺。若錄了你，豈不是讓我這個博導很不自在、很沒面子？

他因為研究魯迅的小說人物阿Q而成名，他因為得到弟子推崇而精神勝利、找著感覺。那與中國阿Q相比較的外國阿Q，或許是他從國人的譯著中蒐來的，而那已不是原汁原味。只要是阿Q，就行了，誰還管他什麼滋味？打有什麼了不起，那是兒子打老子！你會那麼多門外語有什麼了不起，還不是要靠我這不會的來評判你、來承認你的價值！我偏不滿足你的願望，誰讓你讓我不舒服？你不舒服了，我才舒服呢！

於是，弟子不許賢于師，古訓「弟子不必不如師，師不必賢于弟子」的美談，也已被這個真實故事顛覆了！

嗚呼！遙望西湖——我們的聖女湖，在歷史長河中，她的襟懷應該越來越廣博，可這一狹隘的「弟子不許賢于師」謬論，又怎能不令人惆悵？

56. 其它零散的趣事

本周的趣事，除了蒿教授不敢帶本人玩那件以外，還有幾樣。

1.在我就職的這個教育部直屬高等學府的每週五一次的會議——那會議一直開到了晚上七點——討論了一個怎麼也討論不清的話題，就是本院教職工一旦在學院的走廊中遇見了生人，臉上應該有怎樣的「標準表情」，也就是說，那種表情究竟應該是什麼樣的，才能算「提高服務的品質」。

這個問題從下午四時一直討論到了七時，開始討論時大家臉上還笑容滿面，可到了後來，已超過下班時辰之後，大家的臉就漸漸深刻了下來，於是我說：「對，就是這種表情！」；

2.有一個學生的母親一個猛子沖進了校區，說是想——打她的女兒！我身爲學辦主任，只好將她攔腰抱住，並苦勸她別沖進學院去掌擊她那已經二十歲了的——女兒。

她理由是女兒罵她——用的是手機短信。她拼命想叫女兒離開我們學院，去投考一個音樂學校，因為她的後夫——也就是這個女兒的繼父，是那個音樂學院的教師。可女兒不從，她就在家一掌——把女兒的眼眶砸了個口子。女兒也急了，不回家了，還給她發了短信：「我就不聽你丫的，你這個瘋婆子！」

按說，她只要用短信回罵她女兒就行了，可她——偏偏跟我一樣——也不會發那短信，於是就只好，將胖拳提到了風華正茂的校園。

我終於把她苦勸住了並請她去吃飯，她說不吃不吃，就轉屁股回家去了。

在週五的「校園禮儀」討論會上，我用孩子她媽的這個活生生的實例，問與會的大家，碰到這類的生人，你們說，我臉上的表情該如何呈現，才算服務到位？

3. 我又想念起了魯迅，我上周想魯迅想了，總共有那麼兩次，一次是想暴打蒿老師和王哈的時刻；另一次，就是女兒被X中學的特長班給拒絕了的時候。聽說今年小升初進了特長班的一切一切的學生的特長，就是在各級的教育委員會裡有熟人，能遞上教育官員「大寫」的條子。於是，我敢緊想起了熟人魯迅。魯迅就在教育部工作，官職是僉事，相當於副處級。可仔細再一琢磨，恐怕魯迅寫的條子，現在也不太好使，他任職的那個教育部所屬的政府，是一個叫袁大頭（世凱）的管的。

4. 傍晚去拜會范兄——從加拿大回來的老同學，他曾是北大歷史系的教師，而他的那些二十年前曾一齊教書的同事，現在都已成了博士生們的導師。范兄用電話一個一個地追問老同事們，問現在的中國學術界如何，他那些個「博導」同事們的回答幾乎象背書似的：「我們可都是些流氓啊！」

范兄撂下電話，安慰了因考博被暗算了的本人：那你還考什麼？

評論：

服務禮儀貴人性化、貴真誠，若不分場合情境，一味追求標準，豈不是僵硬、麻木、教條、弄巧成拙？

母親不顧子女感受，強迫孩子就範，叫家長作風；

特長班不管孩子實情，以上司條子為據，叫長官意志；

博導不論考生才華，排除異己，叫學術近親繁殖。

西湖！西湖！守望著精神家園——西湖的你，心緒怎能平靜？

57. 學者式流氓

我的另一個博士論文的侯選題，你可能已經猜出來了吧，就是蒿教授與流氓集團關係的考證，這篇論文，我想一定要先追溯學者流氓的歷史，從上古時期開始考察，再將視察的焦距逐步拉進，拉到來往於妓院和北大之間的陳獨秀，然後再看上一看被魯迅寫過和論戰過的那個才子+流氓，接下來，就開始聊蒿教授的故事了。

蒿教授選博士生時，女的可能性比男的——要高出百分之百。

我去年第一次複試時，在「等待複試室」裡，就見過一個穿著高跟鞋的競爭對手，她一進去，蒿教授等博導，就歡喜的——歡喜佛似的——笑了，笑聲一直伴著複試的全過程，而那女博士，也在幾個男性博導的追著她的笑聲的餘音中，走出了那個複試室。

其它還沒輪到的人見她出來了，忙上前問：「怎麼樣，怎麼樣？」

她笑而不答。

下一個輪到的是我，我也含笑地進去，博導們一見我是同性，就抓緊地把笑意收回，然後像審薩達姆一樣，將問題遞給了我。

蒿教授在我第一個問題還沒答完時，就沒興趣再問了，只見他雙手抱拳：「老齊啊，今年可能要對不起你了，前一個複試的結果——實在是好得太——出乎我們的意料之外了，歡迎你明年再來！」我心往下一沉，心說——這丫的不喜歡男性。

第二年，也就是今年，當我第二次在複試室心態坦然地等待被召時，無論我面前飄動多少朵鮮的或是不鮮的——花，我都無所謂了：一來，九人之中，只有一個人可能被淘汰；二來，我不是唯一的博導們的同性；三來九人之中，還有一個沒有碩士學位。

先是一個女的，被博導們召了進去；

再是一個女的，又被召進去了。雖然室內的笑聲也有，其中蒿老師的笑聲最高。他與一個也姓「蒿」的女學生，在樓道裡初次見面時，就動情地說：「咱倆雖然是初次見面，可咱是本家啊！」

對此，我並未感到太大的壓力，因爲一來，她雖是異性，但她畢竟才與蒿教授第一次謀面；其次，在去年到今年的三百五十六天之中，我即便再同導師「同性」，也是進行過幾次有效溝通的啊——我是指同蒿教授打的那兩次讓他滿地揀了若干次球的——球。

後來，複試的結果，你們已經知道了——蒿教授沒錄取我，說我沒能在五天裡，拿出一篇文學學術性論文，說我在四家中國最有名氣的出版社出的六本文學作品——總共一百五十萬字的東西，對文學來說「算不上什麼東西」。

聽，他連人民文學出版社出的文學作品也說——不是東西，而他呢，搞比較文學時——我質疑，究竟取材於什麼樣的「東西」呢？

蒿教授在人民文學出版社也出過兩千冊的書，而本人的哩，起印才一萬冊。因五倍之差而敗下陣來的我，只有從自己的性別中尋找原因：

「難道我下一個博導非是女的不成？」

據目擊者說，蒿教授上星期已經在他的車子的後座位上，帶著一個女學生，在一兩個男學生的擁護下，朝著乒乓球臺子的方面——輕鬆行進了。

蒿教授自然，騎的是二手自行車。

我不知那個蒿教授後屁股上坐著的女孩子，是否就是那個在我第二次複試時同室備考的也姓「蒿」的女學生，反正，我不在一齊走向乒乓球臺子的——他的弟子們的隊伍。

評論：

性別歧視，常指招聘時，用人單位不願招收女性。可看這節文字，知招博士，也有性別歧視，只是與招聘情況相反，被歧視的竟是男性。

難道這正應了那「同性相斥，異性相吸」的磁性原理？難道塵世真的成了一個大磁場？難道搞學術研究的，在組建研究隊伍時也要遵循這一「科學」原理？

難道西子——西湖，非要與被污染的濁流融合？

不！守衛西湖！守衛依山面佛、潔身自好的西子！

你就是那怒髮衝冠的守衛者嗎？

58. 湖的陰魂（06年5月27日）

一

聽說本人的書在五道口的「光合作用書店」上架了，而且不只一本，就於今天——五月二十七日，跑了過去。

我上午，跑去了一趟；

我下午，又跑去了一趟。

我本來晚上也想再跑過去一趟來著，可晚上，也就是現在，我坐在了遠離五道口幾十公里以外的——家裡。

因此，我只有用心去跑——我用心跑去，去看我新上架的、我的第六本書。

二

我在「光合作用」中，不只是碰見了曹聚仁的《魯迅傳》，還碰到了這本由鐘敬文寫的《西湖的雪景》。《西湖的雪景》上上下下，有許多張帶雪的西湖的像片。其中的幾張，正如我今年春節過後去西湖把柳浪閣出賣後所看到的雪景——一樣。

那是一個寂靜的早晨；
我住在浙大校園附近的一個個體戶開的小客棧裡。
開店的是一個廣東女人；
我沒了家，卻看到了窗外的雪。
那是春前的最後一場大雪；
也是杭州的幾年來有過的唯一的一場值得記住的雪。
我踏雪去了西湖；
我在到西湖的路上，走過了一片被雪壓得哈著腰的樹林。
那天早晨的空氣，是那麼的清新；
那天的世界，包括了西湖上的斷橋，似乎被蓋了一塊白布。
那是塊屍布。它蓋的是我曾有的柳浪上的樓閣，以及我死去的一場大夢——我的博士夢。
它是「白樓夢」。

三

我的博士夢，在已見了蹤影的兩年後，又被另一塊屍布給遮蔽住了，那塊白布的紡織者，就是蒿某人與王哈一類的僞學者。「僞學者」們是日本人不再在之後的另一夥「僞軍」，他們噁心的，是那個本該由對知識懷抱童心的本人一類的志士。

俺是學術志士。

俺的志向，是將王哈和老蒿一類的以學謀私之人——一個個放倒，然後拿出去祭奠西湖裡的鯉魚。

「快過來，吃吧！」

我對那些西湖的魚說。

它們卻可能嫌他們噁心。

我與魯迅一樣，也從來不愛用最惡毒的情緒和仇恨的語言，去對待自己的同仁，但在蒿、王那類的小人面前，我按納不住地——想把我知道的七、八種語言裡的——所有髒話，都用盆，一股腦橫潑上去。我欲用穢語熬就的屎盆子，給他們二人淋浴！會拍馬屁的王哈，在那種時候，我想也會一邊用猴尿給他的導師搓身子一邊哼哈地說：「我的親爸爸，啊，這他媽是哪國產的香波？！」

評論：

鐘敬文先生在《西湖的雪景》裡這樣描寫：「西湖的雪景因為難以捕捉所以彌足珍貴，雪花的飄落因為總是淺淡所以要耐心等待，等待時的幻想因為前人的鋪墊而充滿神秘，焦灼後的激情讓你在盡收眼底後的貪婪裡才驚覺，這是在人間。」這夢幻般的西湖雪景，讓我想起明人張岱筆下的西湖雪景：「大雪三日，湖中人鳥聲俱絕。是日更定矣，餘拏一小舟，擁毳衣爐火，獨往湖心亭看雪。霧凇沆碭，天與雲與山與水，上下一白。湖上影子，惟長堤一痕，湖心亭一點，與餘舟一芥，舟中人兩三粒而已。」出身官宦家庭，一生未做官的張岱，以清淡簡約之筆，以「痕」、「點」、「芥」、「粒」作比，由大到小，把隨視線移動而變化的雪景，描繪得如朦朧畫，夢幻詩，給人似有若無，依稀恍惚之感。那時的張岱，以因國破家亡而隱隱作痛的敏感心靈，真切捕捉到了西湖雪景的撲朔迷離美。

西湖的雪向來是美若夢境的，更何況江南的水本不結冰，液態的水，在要把固態的雪擁入懷中並融化它時，那空中飛舞的若仙花朵，在降臨到湖水懷抱，在還未來得及融化時，便會如受驚的水蝹般柔美閃動，湖水在悅納了雪花的嬌嗔後，呵護著如初入愛河般羞澀的雪花，共奏這由空中花朵到水上昆蟲，再到終成西湖一分子的變形圓舞曲，這融化了的雪，如脈脈含情的少婦，平添了西湖的生機、希望與夢幻色彩。

若天寒地凍，西湖也會以結冰的方式為雪花鋪一張舉世無雙的水晶床，讓毛茸茸的雪，舒適安臥。被雪覆蓋了的西湖，雖給人冰冷寒徹肅穆之感，可內心卻也在不斷吸納著地熱，悄悄奔湧聚集著能量，隨時準備融化冰雪，還西湖本來面目。

可是，你眼中的西湖雪景，怎麼就黯然失色了呢？怎麼就缺少了迷人的夢幻色彩呢？原來這雪覆蓋了你柳浪上的樓閣和閣樓上做的夢，那樓閣與夢想是你愛西湖的載體，在夢想破滅時，這雪，於痛苦的你，無異於屍布！而那些玷污了學術聖潔，污染了西湖純潔的偽學者，就是破滅了你夢想的元兇！在你心中，他們無異於白布紡造者！

這表面看似純潔的「雪」，在與西湖雪景固有的美好意象對比中，更顯出了污濁，更加重了你的痛苦，是這樣嗎？

59. 我捐了一棵棗樹（06年5月28）

一

魯迅曾說他家有兩棵樹，一顆是棗樹，而另一棵呢，它也是棗樹。

魯迅並沒簡單地說他家有兩棵棗樹，我想幸虧，魯迅他家總共只有兩棵棗樹，假如他家共有十棵樹而那十棵——都只是棗樹——的話，那麼魯迅那篇文章的開場白，可能就比較長了：「我家有兩棵樹，第一棵是棗樹，第二棵還是棗樹；第三棵呢，更是棗樹……第九棵，仍是棗樹……第十棵呢……好像是棗樹，又不完全是棗樹……我出去看看吧！」

這就是魯迅行文的大師風格。

二

我今天捐出去的，也是一棵棗樹，學名叫梨棗樹，費用是五十元。

我是在一個名叫「太陽村」的地方捐的，「太陽村」裡住的都是在押服刑人員的小孩子們，據說我捐出去的五十元，既能用於植活一棵棗樹，讓我在秋季去收那些棗子，而且還能爲一個在那裡居住的孩子提供半個月的生活費。

三

我在獻愛心時，或是在被稱做「愛心人士」的時候，著實地爲自己的義舉感動了。但我有一個更能令大家感動的想法，就是大家與其五十、一百地含著熱淚奉獻，還不如一下子奉獻到底——把他們的家長趕緊從監獄裡放出來。

四

有一個操廣東話的「奧林匹克花園」的業主代表，說了一通令本人十分氣惱的話，他說大家趕緊爲這些孩子做點什麼吧，因爲只要我們大家都伸出手的話，這些個孩子就不至於變成壞人——儘管他們不太可能成爲傑出的人。

這是典型的「血統論」！誰說爸爸媽媽被抓的孩子，就一定有可能變成壞人？李敖被抓兩次，他的女兒李文——不還沒變爲壞女人嗎？蒿教授之流的博導的孩子，難道就沒繼承下流氓基因嗎？哪怕是「文流」？！

五

我認領的那棵價格五十元人民幣的棗樹，在二〇〇六年九月時節，按理說，會長得比魯迅他家前院的那一棵要好，比他後院的那一棵更好，只可惜蒿教授和王哈們，卻沒福氣吃我那棵樹上的棗子，哪怕是落入黃土的棗泥——他二人在那個秋季，不會是被開刀就會是被問斬。

哼！

評論：

有「種瓜得瓜，種豆得豆」的因果迴圈說法，也有「龍生龍，鳳生鳳，老鼠生兒會打洞」的遺傳基因理論，於是便有人認為：爸媽是罪犯的孩子難成大器。

自然界的瓜豆、龍鳳老鼠，都是平等的，無高低貴賤之分。人本身也是平等的，可世俗卻要將自身分為三六九等。面對這種「血統論」，眾人憤憤不平，這也是二〇世紀八〇年代初，印度電影《流浪者》，進入中國引起轟動的重要原因。法官拉貢納特根據「罪犯的兒子必定追隨其父」的荒謬理論，錯判強盜兒子紮卡有罪，紮卡越獄後被迫成了強盜，決定對法官進行報復，拉貢納特中計後，趕走了懷孕的妻子，致使妻子在大街上生下拉茲。拉茲跟著母親在貧困中長大，紮卡又威脅引誘拉茲做了賊。拉茲在飽經流浪與偷竊生活後，遇上了童年好友麗達，二人真摯相愛，拉茲痛恨自己偷竊墮落生涯，渴望以自己的勞動謀生，但是，紮卡在繼續逼迫他，而當他面對親生父親時，父親的荒謬理論更使他前途無望。電影《流浪者》極大諷刺、否定了「血統論」，而在二十多年後的今天，這種觀念依舊盛行，令人痛心！

若以「血統論」推斷：偽學者的子孫必難成真學者。你預言這些偽學者：終有一天，會吞食下自種的、結束他們偽學者命運的那顆黑棗。而你預言自己認養的、象徵魯迅先生直面慘澹人生，毫不留情批判偽學者精神的、帶刺的、根植於民族文化沃土的棗樹，定會在金秋結出碩果，並會在黃土地上生生不息。

到那時，偽學者將無藏身之地，民族文化將真正百花齊放，百家爭鳴。那時傾力認養民族文化大樹的你，將成為西湖柳浪閣名副其實、真真正正的圓夢人，西湖將真正成為民族文化的聖地，是這樣嗎？

60. 什麼是最值得買的書

世間最值得買的書——我是指性價比——我認爲有這樣的幾種：

第一種當然，是齊天大寫的書，這是一個名知故說的說法，因爲雖然你可能聽得不太順耳，但你在讀著這行文字時，無疑地已經買過齊天大寫的這本書了。

因此我沒說錯。

第二種你該買的書——我還是從性能價格比的角度來說，仍然是——齊天大寫的書。這使我想到了「上當」。當你上了第一個人的當時，一般來說，你可能不願再去上那個人的當，但有一種情況卻是個特例，就是在你得知第二個人也不是什麼好東西——如「君子」一類的（這世間除俺「大聖」之外有真「君子」嗎？嘿嘿……）的時候，讓你選擇，你毋寧回過頭去，再上第一個人的當。

看書也是同理：我越看魯迅的書，就越覺得是在上當，爲了證實他還會說真話，就從《全集》的第一部一直看到「書信日記」外加他和許廣平間的情書（《兩地書》），而在讀魯、許二人情書的時候，我雖明知它們那不是真情書——真情書是在床上寫的——卻還傻乎乎地看著，你說這種讀書法，還不是傻讀書真上當的那一種嗎？

因此，你需接下去買齊天大的後續作品。

第三種書我勸你讀的是名人寫的關於另一個名人的傳記，這類書是書中的上品。如梁啓超寫的《李鴻章傳》，再有我上周買的曹聚仁寫的《魯迅評傳》，本周買的錢理群寫的《周作人研究》，以及二十年或兩百年以至兩千年過後，有人寫的那本《齊天大傳奇》（你是否覺得本人得了「自我崇拜症」？咳，該崇拜的人都崇拜光了，實在沒別的辦法；但願你別得上）。

梁氏是名人，李氏是名人，名人寫名人的書，從投資的角度看，算是上了「雙保險」；一個名人貶值時，另一個，還可能堅挺嘛。

民國的曹聚仁，就是「鳳凰衛視」那個白髮嫩臉的主持人曹景行的爸爸，曹氏一生寫了上千萬（或是四千萬）字的作品，還不算大作家嗎？由他寫的關於魯迅的傳奇，即使魯迅哪天什麼都不是了，也還是有收藏的意義的。

錢理群我才知道，第一個他已於二〇〇二年在北大的教職上退休，第二他本也是杭州人士，只不過「沒幸」出生於西子湖旁，而降生於了四川。

凡與杭州有點關係的人物，我都十分關心，近的如王小丫——中央台裡的那個，遠的如老徐。

我是說遠在杭州的老徐。徐兄上周來電話，我以爲買我的柳浪閣的那家人反悔了，不禁心中一喜，他卻說的另一件事，說他兒子六月十八日結婚，叫我去做證婚人——我只得去了。我在去闊別已三月餘的那個杭州前，正安排這樣幾件事：其一，調整一下《鄧小平理論》的上課時間，其二：整頓好心緒。

還有，老徐竟說要想當一個好的證婚人，一定要穿得像模像樣的！而本人最不情願做的，正是打扮得像蒿教授那樣一看去道貌岸然，二看去形同小人——的樣子。

俺莫非爲了兩周後的返杭，要重披那套價格五千元（日本的貨幣單元）的、購於上世紀80

年代東京的、那套鎮壓在破箱子底的——西裝？！！

評論：

什麼是最值得買的書？

表面看來你是在贊成把性價比大小作為是否值得購買該書的依據，但細看深究，才知你是在評判「性能與價格之比」與購買價值之間的關係。

性價比，是性能與價格之間的比例關係，在購買產品時，我們都會選擇性價比高的產品。但是，產品的性價比應該建立在同一性能基礎上，也就是說，如果沒有一個相同的性能比較基礎，得出的性價比便毫無意義。

那麼，對書而言，這相同的性能比較基礎是什麼呢？書是民族文化的載體，能像清澈的水滴一樣匯成民族文化湖泊，應該是書的性能比較基礎吧。若這樣界定，孜孜不倦為背離民族文化的書籍掘墓，像挖掘匯入西湖的清澈水源那樣，筆耕不輟的你所寫的書，當然性價比高、值得購買了。只是這價值，還需要具有熱愛民族文化慧眼的編輯讀者來識別和認可。

雖然不同人對書的性能界定不同，是否值得購買因人而異，但作為一個國家，一個民族，也應有一個通用的評價文化產品優劣的標準，即由有關方面衡量界定書的價值，來引領文化產品的消費，奠定圖書消費的相同性能比較基礎。而不是像今天這樣，根據書的市場銷售份額，以及書中隱含的名人效應利潤，來引領眾人的文化消費。當文化被經濟——利潤——金錢引領時，文化又反作用於經濟，那樣迴圈衍生出來的新文化，就會越來越污染或遠離民族文化的江湖了。

當你要穿上那購買於八〇年代，被鎮壓在箱底的西服去西湖，見證國人的婚禮時，你的驚歎、焦慮油然而生，民族文化根基何在？西湖，民族文化的聖殿！西湖，澄澈難保的西湖！西湖，令人憂慮的西湖！

開放到迷失自我，與閉關到唯我獨尊，所犯的難道不是同樣的錯誤？

這是你的疑慮嗎？

61. 我與書之間的風情萬種

一

天大的戀人，是書。

天大的事，有了書，都好辦。

本人與書的交情，可分成這麼幾類，曰：買書，讀書，送書，寫書，借書。

我幾乎日進一書，本人花在精神食糧上的費用，一般比飯費要高。於是本人生活在一個自製的圖書館中；本人，就是一個家庭圖書館員。本來在杭州的柳浪閣上，本人也建了一個小圖書館，房子失去之後，那些個書都被老徐用汽車馱到了他家的閣樓。

那些本來我用幾天就一下子讀完了的書，據說已經成了老徐半年以來每日必然享用的精神食糧，而且其中的幾本，還教會了他做詩——老徐就是因為整天尋思著把詩寫得更好，才差點

把已經經營十幾年了的他的那個本來想用於養老的公司——給整倒臺的。

可見書是一種毒品、是嗎啡。

在老徐那個他用帶兒子的耐心——培養起來的弟子，想一下子把他的公司買斷卻不想花一分錢時，老徐的痛苦，是可以想見的，他——一個可憐的CEO，於是寫了一首七言詩，並把那詩，出示給咄咄逼人的弟子。我在一旁看了，心說，這老徐也不看是什麼關口，還整這個景色幹嘛，讓他走人不就完啦？！

可見古詩害人。

我記得，留在柳浪閣中的那批「遺書」裡，有一本《文心雕龍》，還有幾本《蘇東坡全集》中的散卷。

在去年第一次博士複試時，老蒿就考了一道與《文心雕龍》有關的題。問完後，他用那沒有任何氣質的眼神瞪著我，像是《紅岩》裡徐鵬飛審問著許雲峰——他問我招，或不招。

我於是招了，說我不會，《文心雕龍》落在杭州老徐哪兒，你能否讓我用手機，給他打友情求助電話？

由於手機電池沒了，老蒿就讓另一個女的當博士生了。

我敢向偉大領袖毛澤東主席保證，老蒿去年曾真想把本人收入他弟子的名單裡來著，爲此他還險些同另一個Q大的博導互相做人身攻擊——我是指真動手，而他真想把我錄取的最根本原因，是那第二個女生實在是——太難看了，難看得還抵不上一個男性的朋友！（就比如葛優！）

好歹我也會打乒乓球；
是杭州的那個破閣子——在去年害得我丟了功名！
我恨杭州；
和西湖。

二

我的第二大愛好，是送書，我今年送出了一本萬萬不該送出的書，就是把那本由人民文學出版社出的《外企》托人送給了僅大我兩歲的蒿老師。因爲蒿教授已有若干年沒——出什麼書了。蒿教授正在內心像阿Q、狂人一般「吶喊」著：「俺怎麼還寫不出一本新書啊？」的時候，本人的書就像早產子兒和多產兒或是雜種一樣——稀裡花啦連踢帶踹地從他爹（俺）的小肚子裡——出來了，之後我還到處在「寓言大學」中奔相走告，並托了人，讓他對蒿教授的紅色耳朵根子玩命的喊：「你去年沒要的那個考博士的——他……他又出一本書啦！」

我是在把書托人給蒿教授送去並在書皮上用血紅筆寫完：「請尊敬的蒿教授指教。」以後的第二天的清晨，到二〇〇六年考博的現場，去參加第二次複試的，結果又通過了，但結果又沒被錄取。

所以書壞；
所以我恨書。

評論：

愛之深，恨之切，愛恨交織，是種難以割捨的情感！

買書，讀書，送書，寫書，借書的你，與書結下不解之緣。這書，本是傳承文明興邦振國的精神法寶。尤其那些詩句，更是傳統文化的精髓。可有詩情，懂文明，傾注真情，以人性化的方式管理企業，或因為太尊重人而無法生存，或差點被以真情栽培的部下據為己有。就連想走進從事傳承文明的文化活動門內，都被所謂的「文化人」掌門人拒之門外。

怎會出現這樣的結果呢？

難道是那些書害得你丟了柳浪閣，失去精神家園？難道是那些書害得你與博士失之交臂，失去走進高等學府探求西湖奧秘的機會？

是，也不是。

說：是！是因為表面看來的確如此。你受書的薰陶感染，傳承了「敬人者人恒敬之」，「己所不欲，勿施於人」理念。在《永別了！外企》一書中，為了尊嚴，你辭去首代，毅然告別外企。在《可憐天下CEO》一書中，你的確因為施行了人性化管理，失去了企業。還因為受書影響，以為「君子之交淡若水」，以為把自己最珍愛的書，送給讀書教書研究書的人，就是尊重，導致與博士無緣。還有你的朋友老徐，因為受你影響讀書、吟詩，有了文化內涵，愛部下若子，卻不料差點導致在自己這個「父」還健在時，被那個悉心栽培的「子」獨霸了企業。

說：不是！是因為，世界上任何事物都是相互聯繫的，一個巴掌拍不響呀！你和老徐住在西湖邊，讀著書，受了書的薰陶感染，可是其他人呢？有的根本沒讀書，便壓根不知文明是什麼了；有的讀了書，卻只把自己當作了兩腳書櫃，依舊不文明著；有的卻因為讀了書，而變得圓滑、虛偽，表裡不一。那麼，當和這些人在一起共處時，無論經營企業，還是從事文化活動，文明一方往往被不文明一方所嘲笑、愚弄。

因此說：這表面看來是書的問題，其實並不是，而是讀書和讀書人的問題，或者說是社會的問題。正因為這樣，你雖恨著書的靈魂棲息地——西湖，但卻時刻牽掛著她，嘔心瀝血，忍痛寫下這本懷念她的書；你雖恨著那些讓文人的心靈雕刻上龍的精神的書，但你卻依舊孜孜不倦的買書，讀書，送書，寫書，借書。

因為有愛，才會有恨；因為有恨，才會更愛！這是你的愛書、愛西湖情結嗎？

62. 我與我的「主題公園」

一

Kurt 是本學院請來的一個外國教師，我以前一直不太理他，因爲他長得像是英國人，口音也像，半陰半陽的，直至這星期他做了一期講座，介紹的是美國而且在提到美國時，總愛用「My Country（我的祖國）」，我才發覺我認錯人了，想與他多多交際下去，只可惜他下周就要離開，回歸到他那個可愛的已使他有了 Homesick（思鄉病）的祖國裡去。因此，我與他的友情，直到這篇文章爲止。

（瞧，他都快六十了，還這麼戀鄉！）

二

Kurt 介紹說美國有幾種公園，其中的一種，稱做 Theme Park，就是報上常說的「主題公園」。我本以爲「主題公園」是中國人發明的，誰知是來自於英語。我第一次去美式的主題公園——東京的狄斯奈樂園，是二十年前的上世紀的八〇年代，那時的國人大多還處於水深火熱，而本人卻不好意思地暢遊於美式的過山車上。當然，那種所謂的「暢遊」是大呼小叫外加緊閉雙眼那種風格的。不是說人只有「雙眼」嗎，可一上仿佛是賊船的過山車，你卻連第三隻眼也不願睜開了。

是吧?!

三

從 Kurt 所說的主題公園，想到了本人已經發表了的那些本書——它們不——都是一座主題公園嗎？

首先，它們都是有主題的；

其次，它們的主題都蠻突出；

再次，他們的主題源自於——本人一生的那各個主題，有的人活了一輩子，主題只有一個，如商人的，就是錢、錢、錢；如政客的，就是權、權、權；如掃馬路的就是一掃帚，一掃帚，另一掃帚；如學者蒿教授之流的，就是一本抄的書，另一本抄的書，再一本抄的書……

本人的一生，都是迪士尼——快樂的主題；好萊塢——做夢的主題；文化大革命——瘋狂的主題；小魯迅——野草的主題；小汪精衛（早期的）——與東西洋人周旋的主題……

提醒你，早年的汪氏——也曾是一條漢子！

早年的魯迅弟弟——啓明先生，也曾有一管子熱血，可汪氏晚節不保，可小周氏中節不保，可齊天大俺——還沒到討論該保不該保的晚年。

俺就儘量保吧！

四

回首那些已經封存的「藝術作品」，我已經留下了的，是一：一個語言狂歡的主題公園——指《媽媽的舌頭》；

二，一個上世紀九〇年代國人在浮躁中發跡的主題公園——《馬桶三部曲》；三，一個猶

太企業王國的興衰史——《永別了外企》。以上幾個「主題公園」都是十分完整的，有入口有出口，有玩累後休息的地方，而那種地方多半是齊天大的痛處所在——寫悲劇形喜劇的人，往往是哭著寫的，他們越在哭時，你們——讀者們就越在開懷大笑之中。我昨天在《作家文摘》中讀著一篇介紹著名影星趙丹的文章時，就心痛得差點大笑出來：趙丹一生僅活了六十五歲，其中的十年，卻是在監獄裡過的。「有趣」的是，他第一次入獄的五年，坐的是國民黨（盛世才）的大牢，第二次呢，卻是共產黨的文革中的牢，而將他放進牢裡的，就是江青——他曾愛的情人。再有更值得你我連哭帶笑的是他——趙丹，是在先演完《紅岩》中的許雲峰之後，才真坐的第二個五年的「真牢」，演許雲峰時，他坐的是「假牢」，他「出獄」後，就真進牢了。你說這算不算佛教所說的「輪回」？我想趙丹在第二次坐牢時，在那漫長的五載中，想必是體味到人生該有的一切的一切了吧，他或許會在第二天睜開眼時，手到處摸，說：「江姐，江姐，化妝的咋今天又遲到了！」，但隨後一想，這不是在作戲，這是真的當階下囚。

「囚」字下那一橫，如果想拿開就能拿開就好了——我得去與有關文字管理部門商量商量。

趙丹在那第二個五年裡天天想的，不僅是找江姐，而且也一定包括了——取下「囚」字下面的那一橫杠。

說回「買書」的話題，我本年度沒買成幾本想買的書，至今心頭還念道著，其中的一本，就是《趙丹回憶錄》。我在馬路對面的「興達書店」發現了它，本想買，後一轉念，先看看賣盜版書的我那朋友，他是否也賣。他說還沒盜《趙丹自傳》呢，我說那就趕緊盜吧，他說需求不足啊，一盜就得賠。我說我每週都來你這裡買書，連齊天大的《外企》都預訂了那麼多本，總量一定足夠你加印一本盜版的《趙丹自傳》了吧。在我們來回來去爭論和進行可行性論證的時候，我再返回「興達書店」，那原版書已被別人買走了。

我咋總這麼倒楣！

你——我是指工商部門，可千萬別因盜版主謀罪而投本人于趙丹住過的那間牢房，因爲我告訴你，小說家是幹什麼的：我們整天虛構。所謂「虛構」，用老百姓的話，就是胡思亂想和胡說八道，因此我剛才說的那些，即使被出版了，也不該是有效供詞。

不知者無罪；

明知卻胡說，更不能算是過錯，否則全天下姓胡的，就再也不敢開口了。

（胡姓人氏趕緊鼓掌！）

五

再回到 Kurt 和他遺留下來的 theme——主題。這本書也有主題嗎？這本書來自如畫如詩如夢如醉的——杭州西湖，它本該是個神聖的 theme，卻不幸地，竄出了郭德綱和王哈、蒿教授外加魯迅這些從不同的角落以不同的方式「剎」西湖美景的人物，當然，更包括那個把西湖換成了銅錢的本人——本人因此最不乾淨。

本人是湖邊的秦檜，鑄就本人的，是一堆白鐵，正如王小波書中說的，本人是《黃金時代》裡的白鐵人物。

本人懺悔。

但——

本人無辜。

那「有辜」的是——？

評論：

想起「青山有幸埋忠骨，白鐵無辜鑄佞臣」的名聯，「青山」和「白鐵」本是無生命之物，既不會「有幸」，更不會「無辜」。可這杭州西湖的棲霞嶺，因為埋葬忠烈之士岳飛，而幸運地被人朝拜；白鐵因為被鑄造成奸佞之人秦檜夫婦，而很無辜地被人貶損。卻原來這無生命的事物因被人們賦予了一定的意象，便有了善惡之分。這承載著人們價值取向的意象，也算是主題吧。

公園有主題，活動有主題，人生有主題嗎？

由六十歲外教 Kurt 戀鄉，你想到商人戀錢，政客戀權，清潔工戀掃帚，偽學者戀抄襲，是的，他們的人生，都有一個主題。

而汪精衛、周作人、江青卻是中途更換主題者。汪氏和周氏中途棄明投暗，留下漢奸名；而江氏更換主題後，既以國母身份禍國殃民，又給她的前夫趙丹帶來五年牢獄之災。

而你呢？愛書是你人生的大主題，如每本書都有自己的主題一樣，你的人生在愛書的大主題下，又分了許多小主題，彷彿是圍繞著大主題而彈撥的多主題變奏曲。因為你以書來表現人生，因此你人生的主題便與所寫書的主題同步。那麼，這些書就是你人生的主題曲、履歷表、航向標、軌跡圖了，而且這些主題，還會以文字為載體，留給後人評說。

無論人生主題多寡，只要那主題是在彰顯著自己的價值取向，且這取向又與促進人類社會向前發展的價值取向一致，這些主題便將成為自己不朽靈魂的外在意象，被自己或後人繪在歷史畫卷上。

這本來自如畫如詩如夢如醉的——杭州西湖的書，雖適逢你人生遭遇挫折，但此書便也是你在挫折中，依舊執著奔向主題的見證了。既然你所寫的書的主題，就是你的人生主題，那麼這書便不會因為現實中有波折，而改變你人生的大主題，這西湖的柳浪閣也會像棲霞嶺那樣，因為你而有幸！

我想這西湖，始終是你人生大主題的外在意象，是這樣嗎？

63. 被恐嚇了的博導

由於接連兩年考博落第，我不由得對因考博、因上了博士而倒了楣的人的命運，關注了起來，也可能是爲了喂飽本人的這種好奇，由之倒楣和倒了血楣的人及事——也就在瞬時裡增多了。

本周的一起，是北外的一個女博士生，在馬上就要畢業的前夕，被校方給開除了，理由呢，是因她威脅恐嚇了她的導師。

還有再上兩周的一起，是發生在人民大學的一個女博士生，也是在快要拿到學位的前夕，

一下子，由於沒想開，從樓上跳了下去。

我沒在幸災樂禍，我對當事人的家屬，表示深切的悼念。

我只是慶倖——有那麼一點，沒含上那棵溜酸的葡萄。

我還有一些個疑慮。

疑慮一：是什麼原因，使得一個該是淑女一樣的女子，去用美軍對付伊拉克人的方法，對男導師實施了恐嚇——如果她的「恐嚇」，是如校方說的那樣證據確鑿的話；

疑慮二，導師事先就——沒恐嚇過她嗎？

再有：爲何偏偏是女子博士生，一被開除二跳樓？

還有：她們的那些個男性導師們是否像「寓言大學」的蒿教授那樣，死拉著她們去打乒乓球。據目擊者親眼看到：最近蒿教授又前呼後擁地去打球了，在他們行進的路上，有王哈，還有一個女學生，那個女學生，從正面是看不見的，因爲她被放在蒿教授的腰後——他騎車帶著她。

我聽後，先說聲他媽的，然後暗勸小女子別走上前輩的老路。

本人斷斷續續與那些學者們，打了若干年的交道，如魯迅形容的才子+流氓的，最近也接觸了不少。首先他們肯定有想流氓的欲望，正所謂正常人的七情六欲，與那些「土流氓」「真流氓」「小流氓」「臭流氓」們相比，一般的「學術流氓」們，還是比較——有分寸的，他們能用讀過的書藉裡傳授的法子——比如《金瓶梅》裡的，再比如《簡愛》裡的——將婦女唬上——自行車的後座。

這就是培根所說的：知識的力量。

你瞧知識有時——真有那麼點力量哩。「智慧」與「知識」的區別，在於「智」下的那只眼睛——「目」，而為了得到學位，別管是什麼一種的「士」，婦女甚至包括本人一樣的男子，都一律地陷於盲「目」——這正是那些導師們看得再清楚不過的地方。

女兒書架上有一本動漫的書，叫做「流氓兔」，此時它進入了我的視線。你說連兔子都有點要耍流氓的欲念，何況是那些白讀了一輩子書的博導們呢？因此，他們為了證實自己的實力，證明沒白念了一輩子書，就偏偏得——找機會把女學生往自行車後車架子上——放一會兒了。

我猜蒿教授那時一定把自己當成《三國》裡的呂布了吧，一笑。

評論：

當傳授知識成為親近女性的力量時，女士終因無法承受這超越極限的強力，而在情急之下恐嚇男博導，無奈反被開除。知識因性別而罩上迷亂色彩，道義因勢弱而被顛覆。

嗚呼！知識與習染者的性別、強弱有關嗎？莫非這被比作西子的西湖，也面臨著被男性偽學者親近的厄運？莫非你要站在湖邊，守護西子，絕不允許道貌岸然的偽學者褻瀆她的冰清玉潔？做西湖的守護神，是嗎？

64. 我要當證婚人啦！

一

俺活這麼大了，而且已婚近二十年，還不知證婚人是怎麼回事，可老徐偏偏指定俺在兩周後去參加他兒子的婚禮時，去當證婚人。

我要給杭州人證婚了。

「證婚人都需要做些什麼？」我問。

「是需要講講話的。」老徐在電話裡說。

於是，我便緊張了起來。

我講些什麼呢？

二

我私下認爲，徐兄之所以讓本做證婚人，總共有這幾種原因：其一，本人家庭生活穩定；其二，本人是外地人。別管杭州那間房賣或沒賣，本人都還不是杭州人，即便我始終對北京人講，我本是杭州人。再有：就是本人雖然只講一些個「鄧小平理論」，但本人目前的身份，是一所大學的編外教師。

在本周的「鄧論」課上，學生們與我在被我說的鄧小平的偉大人格魅力感染得不行了的同時，都忘了還有期末考試，而且那上一學期的、由專家們出的考試題目我在試著答後，也只得了——區區的二十一分。

我爲了對好幾十名同學負責，就把這種情況當堂公佈了，說二十一世紀的齊老師，在答由別的老師出的「鄧論」題目時，也只能答——二十一分。

開始有些個譁然，但我馬上用堅決的手勢，讓大家們安靜，然後說：好在齊老師這次出題。

於是同學們大喜。

我立即將題目寫在了黑板：你怎麼理解「解放思想、實事求是，外加與時俱進是當代馬克思主義思想的精髓？」

關於這三條理論的組合及應用，我是這樣解說的：「一，缺一不可。比如，你思想不解放，你就是榆木腦瓜，因此你需要發揮想像力，需要開竅，但你在開竅的同時，卻不能太亂思亂想，你必須實事地求是。你不與時俱進，成嗎？你總不能與時俱退吧！何況地球什麼時候倒著走過？」

廣大同學瞪著黑白分明和紅綠相間（我課上有少數民族同學）的大眼，仔細地從齊老師的每句談吐中——吸收著真理。

蒿老師的課——我是親聽過的，他講課時比我沒章法太多了，而且更不懂得爲人師表，他口若懸河，知識火花亂蹦，而且味道極其難聞——他是個煙鬼，而且上課也抽，也就是說我要是被他不幸錄取的話，就會在下一年裡得上「二等煙民綜合焦慮症」，而且弄不好還進入晚

期。

哦塞！

三

在我們這個百花齊放百家隨便爭鳴的時代，要想做證婚人需具備的第一個條件——是家庭穩定，而且是長期穩定，這我想是不太容易的，至少那些博導們做起來比較困難，因此，老徐這次堅決沒請博導證婚。

蘇東坡三十歲在杭州做官時，曾在西湖邊喝茶，喝茶時一隻小船劃來，船上有一個十分養眼的女子，於是蘇子就一下子傻了，在女子划船去時，他竟「竟目送之」，然後晚上死活睡不著覺，寫下一首「江城子」，其中有一句「忽聞江上弄哀箏，苦含情，遣誰聽？欲待曲終尋問取，人不見，數峰青。」第二天，老蘇又到原處喝茶，那奇女子又划船來了，原來人家也是慕名而來，也是想見他的，「無由得見，今已嫁爲民妻。聞公遊湖，不憚呈身以遂景慕之忱」。

人家那才是真的男女相互景慕，而且有船浪漫的道具，比自行車上馱女人去打乒乓球，似乎高雅得多，後胎突然爆了咋整？！

人心多麼不古。

四

老徐除了前兩條外，給我提了第三條絕對困難的當證人的條件——那就是用西裝把我打扮起來。

「難道穿大褲衩不成嗎？」我疑慮的問：

「不成！」老徐十分堅毅。

我明白了——老徐是想讓我這個首都去的人給他提提氣，漲漲威風，尤其是讓他那幾個在暗中與他格鬥的、剛剛背叛了他的弟子們看看，俺老徐還是有那麼一兩個拿得出手的朋友的。

「該出手時就出手！」

於是我這個朋友，該出出手（醜）啦！

但對於我來說，現在要我穿正經八百的西服並打上領帶，要比維繫家庭安定團結——要難上一萬倍！

俺天生拉塌！

尤其是在《永別了外企》以後，我早就永別（拜拜了）西服了！

「老伴兒，咱的西服讓蟲兒吃光了嗎？」放下電話後，我趕緊問，因爲近來我家上竄下跳的那幾種叫不准名字的小蟲兒——都一個個賊威猛！

五

剛才的那些，是我人不在杭州卻整天跟我周旋著的杭州的事兒，還有一件，比這還有些意思，就是一個叫「群」的杭州藉學生，前兩天從杭州返校答辯論文，我一見她，就趕緊問杭州最近有什麼新的故事，她說沒有，與我二月底去時沒什麼區別。這個學生與我相反，她一到北京，就死活不想回杭，而我呢，一到杭州，就死活不想回京，看來是都托生錯地方了。見她實在說不出什麼有關杭州和西湖的新故事了，我就有一搭無一搭地問她：「那個柳浪閣，已經開

始拆遷了嗎？」

我當然指的是被老頭老太太的女兒女婿「霸佔」了的、我的那間吳山腳下（能一一數青峰！）的蜃樓。

「你現在知道齊老師有多壞了吧！」在場的另一個同事說。

然後大家一笑，

就了之了。

評論：

我國自古就有締結婚姻的儀式，尤其現在，得到了國人前所未有的重視。

西湖老徐遠隔千里，請你為其子做證婚人，可謂用心良苦。他希望擁有和睦和諧穩定家庭的你，給今天和未來的西湖人，帶來幸福、安康的福音。也希望你把首都文明之光，播撒到西湖上。讓西湖後人，在你——來自首都高等學府的長輩的祝福聲中，開始新生活；還希望西湖這古老的文化聖殿，在古今文化對接的基礎上，中西合璧。可對於這穿西裝似的合璧，你卻是深惡痛絕的。

牽掛並在乎與西湖有關的任何一件事，除了因為西湖是你的精神家園，你對西湖有著難以割捨的依戀情結，還因為那些偽學者時刻都在踐踏著西湖尊嚴，玷污著西湖的純潔。

西湖的現在和將來，更令你憂心忡忡。你為此憤憤不平、寢食難安，才有了人在北京心在西湖的感覺。

西湖，那個已不屬於你，讓你愛恨交織的柳浪閣，即使拆遷了，遁去了外形，但它依舊是你靈魂永久的棲息地，是這樣嗎？

65. 這個世界會好嗎？

一

我有一本關於梁漱溟的書——《這個世界會好嗎？》，是一本訪談錄，一個叫「艾愷」的美國人對晚年的他進行過一次採訪，過後製成了此書。此書自今年三月十二日被從西單圖書大廈買回後，就一直被遺忘著，上周才又被翻了出來。打開封皮之後，第二頁上寫著它的「出處」：「〇六年三月十二日，周日，書城，考博最後一周」。

由於我買書幾乎已經成了「每日必須」的行爲，於是本人就索性將寫日記和寫記錄買書細節——二者結合了起來，「〇六年三月十二日，周日，書城，考博最後一天」，說的是二〇〇六年三月十二日是個星期天，我在西單書城買的，而買的那天呢，距我參加博士考試還有一周時間。也就是說，接下去的一個週末，本人就第二次進了考場，然後又焦急地等待複試，得知進入複試了，就發現這個世界是那麼的好；複試時感覺良好，就覺得那個世界可以變得比原來的更好；最後的結局呢，你們是知道的，我一個個地發現了蒿氏、王氏一類的小人群體中的骨幹，心說「完啦！」，這個世界——還像俺想像中的那麼好嗎？再接下來，小人「嘩啦」又多了起來，我於是認定了這個世界恐怕還有待改進……於是，我的手掌無意中——碰到了躺在桌

上角落中冷眼看看我的——此書。

它說：兄弟已在此恭侯多時；

我馬上沖它一抱拳：失敬，失敬。

二

梁漱溟無疑，是個大哲人，尤其是晚年的他，他精通儒學和佛學。佛學我是要學的，我需要學，我需要用佛——來歡喜一下被小人們用氣功進攻過的心。小人打你，與歹徒們不同，歹徒是用踢蹬，而小人打人——中國式的——是用《武林外傳》上常用的梅花點穴術。以前他們也想打俺，但俺全身上下沒什麼穴——是死膛的，但這次他們打中了，他們一下子又發現——本人的那個唯一的穴，是在後脊樑那兒，於是，老蒿和王哈就用小梅花掌放了一點功，因此本人就中了奸計，本人的脊樑，如魯迅所說，是中式的——中國人的脊樑。中國人的脊樑，在西方不怕打，因爲西人不會氣功和暗功，在中國就比較危險，尤其是在高等學府，因爲高等學府中人與人相爭，全是利用暗器。我在加拿大公司裡工作不高興時，可以同西人一連兩個小時地對罵，罵完了，彼此一拍屁股，就忘在腦後了。那是一種痛快的，直來直去的文化。後來回國後在商圈裡遊蕩，商場上只要是因爲錢，誰都能拍桌子瞪眼，一拿到錢了，又馬上稱兄道地——那是一種短兵相接的商業文明。在商場上我雖然那麼的「野蠻」，卻一直被譽爲「儒商」，說明百分之九十九的人，比老子粗魯得多了！眼下俺走進學府了，算是一種回歸，我進去一看，小人也一片一片的，而且都身披著教授、博導一類的包裝。就像日本人用優雅的包裝纏繞著賣狗屎蛋子似的——還都他娘的賊拉美麗！

看官注意，我剛才雖然嘴髒了一下，卻是萬分的痛快，因爲在學府中無論你如何想罵人打人以至犯強姦罪，有一個規距——你必須顯得斯文，因爲你別忘了，你可是個知識份子！知識份子能隨便說「他媽的」嗎？你如果是校長，說了，要成爲副校長，你要是院長，說了，一定會變成副院長，你是教授——變副的，講師——變成助教……。

而俺此時此刻，在西元二〇〇六年的六月，還只是一個——編外的「助教」。

所以俺眼下，罵人還比較危險。

在我目前的處境之下，我充其量只能——罵罵東洋人了。

原來我在加拿大時，是可以先罵罵外國人，再罵罵中國人的——我是指罵素質低的那些；回國以後，外國人是不能罵了——人家聽不見了；就只好罵罵國人——罵那些有流氓習氣的小商小販；可如今的我是最爲不幸的，由於我身居高等學府——我得了「罵人目標失去症」，我生活在最最文明的世界裡啦！

是個「香格里拉」！

是一片淨土。

因此，在「淨土」中學著不粗魯地對付流氓和小人——我需向梁漱溟這類的老前輩虛心請教——他應該精通佛學中的「淨土」理論吧。

三

梁氏原來也有「一失」的時候——雖然他無疑是個智者，他竟被第二個媳婦（老婆）給騙

過了。她同他結婚時，號稱四十歲（當時他五十），卻是四十七歲——她竟往下虛報了七歲！於是，喜劇出現了：世人都議論老梁晚年大喜，娶了個比他小十歲的小女子，可誰知——那女人連這事也敢做假。

讀到該處我不禁放聲大笑——不是在大馬路上——我心說完了完了，比起梁老先生，本人考博遭人暗算的那麼點兒事，還算是輕的哩！你想啊，幸虧梁氏仍是娶了一個比他小三歲的媳婦（40+7=47，50-47=3），要是她一不做二不休乾脆瞞報個三十到四十歲，老爺子再盼著晚年得子，再遲遲來不了，那麼這世界——還能他娘西屁的再好起來嗎？

評論：

你那個長在後脊樑的穴，該是骨氣穴吧！

面對「斯文」笑臉，面對冠冕堂皇的偽學者，你的反擊，不但有可能會被世人誤解，嘲笑，而且還有可能被那些嫉恨你有骨氣的偽學者，貶損，誹謗，甚至會被他們永遠拒之門外。你自嘲自己得了「罵人目標失去症」，是在說，人們已默許了偽學者的做法，你的「罵」已無法引起世人共鳴了，你為這個世人不願挺直了胸膛做人的時代，而悲哀。

既然由當代文化精英，固守的這一片淨土——高等學府，都已打上了世俗烙印，那麼，文化在這喧囂塵世的地位與純潔度，勢必會遇到前所未有的挑戰。

為此，你痛心疾首，高呼：這個世界會好嗎？

為此，你心系西湖，叩問：西湖會好嗎？

66. 中國人的傾訴癖

一

從梁漱溟對美國人艾愷大談人生最後理想一事，我放任想下去，想到了一種奇異的現象，就是：似乎中國人的聖人們，多少都有些個見了外國人就有一肚子話想說，一說起了，就再也收不住的——癖好。

由於「癖」字上還有「病」字旁，於是這又是一種病態無疑了。

早年，毛澤東在延安見了美國人斯諾就似乎相見恨晚，就有什麼說什麼，就一說就不想停，而且還說了很多很多的——連中國人都從來沒聽他說過的內心裡的故事。這當然，令同是同胞的其他中國人感覺新鮮。

在中日之間快要正式全國開戰之時，魯迅也曾與日本人內山完造懇談過中日之間的事，據內山回憶說，有一天魯迅問他：

「老闆，孔老夫子如果此刻還活著的話，那麼他是親日呢？還是排日呢？」

聽著這十分愉快的漫談，還是最近的事情。

「大概有時親日有時排日吧！」

聽見我這麼說著，先生就哈哈地笑了起來（摘自曹聚仁《魯迅評傳》）。這說明，就連骨氣那麼硬實的中國人的脊樑魯迅，在梁骨上也有著彷彿我的——暗穴。那穴特別怕被人點，因為一點就容易中傷。我從魯迅身上著實也體會到中國人那無限寬闊的胸懷，就是在中國人和外國人都有很多毛病時，如果條件有限，我們還是專揀中國人的毛病挑剔，而且一發現身上有穴，別管是腋下的還是腦門子正中的，一針下去就保管見血。

對外國人呢，就只有傾訴了。外國人一來，國人都顯得有一肚子難懂的話——要說、想說，不說還不行，於是好像那些中文半通半不通甚至根本不會的外國人，都成了中國政要學人的天上掉下來的（如林妹妹樣）——知已。

江青說了；

毛澤東說了；

魯迅說了；

梁漱溟也說了——那些個從不（沒）對國人說過的話。

我慶倖，慶倖艾愷寫的文章——他與梁氏在一九八〇年，也就是二十五年前的對話內容，在二十五年後如實地出版了出來。否則我們真還不知道，這世界究竟會好，還是不會好，是很好太好不太好，還是馬馬虎虎地好——或是不好不壞。

有一點，我值得驕傲的是，雖然本人會一肚子的洋話，卻從來沒一發而不可收地對著「八國聯軍」吐露過那些個「不合時宜」。我的「馬桶三部曲」，倒是讓倫敦大學文學院看中，據說要譯成英文了。

但他們只是想譯其中的兩部——那兩部嘲諷國人的作品，其中的另一部《馬桶經理退休記》呢，畢業于牛津大學的 Harvey 卻執意說不譯，說不譯的原因是他把我給的書弄丟了。其實，我以爲他並沒整丟，而是因爲那本小說的擠兌對象，是個大不列顛的子民。

那倒是Harvey愛國的——一種舉止。

二

追加一句：我那再也拜師無望的專搞中外阿Q品性對比研究的「寓言大學」的蒿教授，似乎並無想找洋人傾訴卻沒得到回應的機遇。

因爲他至今——還沒搞懂一門子洋文呢。

評論：

傾訴，是人與人交流溝通的一種方式，但傾訴也要看對象，並非知無不言，言無不盡。

你說：聖人有對跨國界知己傾訴的癖好。

我想：也許是因為有些問題不便與國人交談，也許覺得外人不會對自己構成威脅，也許是想聽聽來自異國的知音的不同見解吧。這也許等同於我們往往因為這樣那樣的顧忌，不願把自己想法告訴身邊朋友，而卻願意毫不設防的，告訴一見如故的陌生人，求得交流溝通釋懷的愉悅吧。也許還因為聖人骨子裡覺得，自己與國人之間有著一定的等級鴻溝，這樣敞開心扉的交流，有損自己的形象身份吧，也許還因為在這些聖人心目中，總覺得外國人比中國人高明，可以給予一些導引和幫助吧。

不自信，難自強；不自強，便寄希望於外援。

而外國人在與中國人交往時，傾訴的願望似乎不夠強烈，也許在他們心中，覺得自己無論

智商還是情商，都在中國人之上，因此便也就失去了傾訴的興趣。尤其那個畢業于牛津大學的Harvey，在翻譯你的作品時，也還能考慮到維護國家形象，令人讚歎。

可研究比較文學的偽學者因不通外文，竟連傾訴的機會都沒有，若有，也許更會滔滔不絕吧。而你雖精通外文，卻有著晾曬外國人劣根性的嗜好。

學外文，與外國人交流，但不媚外、不盲目迷信外國人，也該是無論聖明，還是平凡的國人，都應有的骨氣吧！

你希望西湖，洗濯國人傾訴的劣根，給國人肌體注入自信自強自立的骨氣！

是這樣嗎？

67. 對這個世界的又一個疑惑

一

帶著「這個世界會好嗎」這個問題，我反復打量起周圍的世界來；我不打量不知道，一打量就嚇了一跳——原來它（世界）是這麼不如人意。

首先，蒿教師那類的人，還佔據著它（這世界）的學術界，還在輔教人，教育人，並指揮著他的似人的學生們——拼命打球。

上周在本校舉辦了乒乓球超級聯賽，是由電視向全體市民轉播的，而蒿老師的那張極像學者的臉，也出現在電視螢幕上了——難道他也在同那些孔令輝類的世界級名將們對打著球嗎？這當然是誤會，他那是在觀眾席上，切磋著名將們的球技，然後在第二天，將那些個世界最發達的抽球方法——使用到王哈身上。

因此我們可以想見——下星期王哈會因為四下裡揀球，而跑成半身不隨。

我慶倖——那不是我。

我還在明地而不是在暗地裡——嬉笑起蒿教授同我單打時那些個四下黃鼠狼般的——揀球的動作；

他是個大肚子。

他身著小背心；

他足蹬據說只要一脫下來，整個體育場的煙感裝置都要大鳴大放的，味道極不平凡的——大皮鞋。

——為本人揀球。

二

我上周對這個世界的第二次失望——來自於有些個搞教育的人——實在是品味太低……了。

事由如此：

1. 學生們進行英語演講比賽，我叫教員們當評委，所謂的評委，就是坐著打分。第一天打分之後，那些教英語的教師們（也包括王哈）——都沒說什麼；但到第二次打完分後，就有老師急了，問我——這個主辦老師——發什麼樣的紀念品，我說比賽還在進行當中，紀念品嘛，就等決出前三名以後再慢慢發吧。老師們一聽，頓時有人更急了，說不是問學生的，是問我們教師的！

「教師的……？」我蒙了。

「是啊，你讓我們兩次免費給學生當評委，怎麼一點兒表示都（他媽的）沒呢？」

（注：由於是人民教師，他們不便將內心的國罵公開化）

我於是就——又聽傻了，我才知道他們是在為自己要獎品，也就是說，比賽的還沒想到獎牌，做裁判的倒是先搶了起來。

我一邊失望一邊猶豫，心說怎麼能快點把他們給打發走呢？馬上主意就來了，我說：

「在請你們當評委的同時，我們還請了幾個學生當義務記分員，你們看他們還沒提什麼獎品的事。要不，我跟他們商量一下，萬一有什麼人贊助的獎品了，讓他們——讓給你們的老師？」

「那……那不就等於說我們當老師的還不如當學生的嗎？」他們的臉也有些難色。

「您回答得——完全正確！」——我那時的聲音十分乾脆。

三

剛才的那個故事——絕非像其它的那樣純屬編造，我記錄下它，是為了證明：1. 有的人白活了比別人大的年歲，卻仍然——屁事兒都不明白；或者倒過來說，他們明白的——也僅是屁一類的事情。2. 學習了英文，並不會使人一下子進入英語文明的境界裡面。English 雖然境界並不太高，但其中還或多或少有那麼一些個西人的「高尚品性」，如平等啊，博愛，無私無畏什麼的。那可能來自基督教的教義，或者幹完了壞事以後的反思。王哈一類的蒿老師的弟子，就屬於這類雖然滿嘴的 ABC，內心卻沒有什麼現代文明的因數的——小混混。當然，這興許與老替他的導師在桌子底下摸球有關——原先的一些個「開化」卻由於長期的頭部朝下——給逛蕩沒了。

四

起先，我還想如果蒿教授也被請來當打分員，他會不會也朝我要獎品，後來又一想，我怎麼糊塗——他不會 English 嘛！這，做為一個博導——倒真值得重獎。

評論：

你對這個世界的又一個疑惑：是對這個世界，人們越來越強烈的物化需求願望的擔憂嗎？當人的一切行為都與物的需求緊密聯繫起來時，靈魂就已成為了物質的牽線木偶。當這種物化需求，在從事物質產品生產者中盛行時，有識之士已開始擔憂了；而當這種需求，進而已滲透到從事精神產品製造者靈魂裡時，那麼他們所製造出來的，洗濯人們靈魂污垢的精神產品，就帶上了物化需求的烙印，打上了物化需求的底色，這種傳達著物化需求心聲的精神產品，再作用於社會，那麼這個社會最終將成為物的奴隸。那麼再下一步，人的倫理價值觀念也將會更趨向於物化了。

正是看到這一危機四伏的現實，你才為從事高等教育的人師的功利做法而痛心。你才為西湖這一文化家園被截流，被貶損，被打著振興文化大旗的偽學者污染得即將變質而憂慮，是這樣嗎？

68. 審美也會疲勞（06年6月25日）

一

近來時常有人在耳邊說著「審美疲勞」——這樣一個既新鮮又有趣的詞彙，無疑，這是一個值得收入我的書的中的話語。

審美——也會疲勞？

可能是的，我近幾年發覺自己的形象在獨生女的眼中愈來愈走下坡路了，這興許是她見怪不覺得再怪，見偉大不再崇拜偉大的緣故；還有，我發覺在婚慶喜宴上人們見第一眼新娘子時，眼睛不由得一亮，再看第二眼第三眼以及第四五六眼時，眼睛就再也亮不起來了。更何況，本人還有輕微的眼疾？

稼軒詞曰：「我見青山多嫵媚，那青山啊，她看我——莫非也——有那麼點意思？」可那意思，大多是出於第一眼的，第二、第三眼，也就是幾次眉來眼去之後——那眼疾，它也就快犯了吧！

二

辛稼軒又名辛棄疾，那個「疾」字，就是指眼中的病。

我看西湖——難道也有過審美疲勞嗎？

我看我那個「閣」子——難道也該有審美疲勞嗎？

在我在杭州已再無家可歸之後我再到西湖邊時，只要抬眼看到從西子湖邊的哪兒都能一眼看到的、湖邊最高的城徨閣時，我便再也不是在審美了，我是在「審」著一種失落和虛空。

需知，在俺「柳浪閣」的臥室裡，老子躺著——甭管橫躺豎躺，反躺正躺，左躺右躺，躺床上躺床下……，甚至立著躺，都能——瞥見，瞟見，瞪見，窺見……那個城徨閣子，因為它——就站在吳山頂上，而柳浪閣呢，也就在吳山腳下；那城徨閣曾是俺家中的——一幅背景圖啊！

但從那以後——也就是從那對老年寧波夫婦她們——看上了俺的「閣子」之後，俺一下子就——失落了兩個閣子；一個自家的「閣子」和另一個從自家閣子裡能立著、臥著瞟視的——全城也能看到的代表著杭城，保留著杭城象徵著杭城的閣子。

一個小閣，一個大閣；

一個暖閣，一個冷閣；

一個裡閣，一個外閣；

一個空中的閣，一個山頂的閣；

一個已不再歸我的閣，一個本不屬我卻任我賞析的，如今卻又不得不跟隨大眾從遠處觀望的閣……。

我閣不再；

「閣下」再無真人。

於我——那城徨閣，不由得使我望之「誠徨」，使我爲之「誠恐」——我誠惶誠恐于世道變了，人物變了，裡外變了，景色變了，歸屬變了，感覺變了，世道變了，人心變了，古今變了，角色變了，黑白變了，主次變了，心情變了……西湖變了，審美變了，美醜變了。

我於是疲勞；

我只能疲勞；

我焉能不疲勞……？

我不想再想下去——因我已有氣無力。

評論：

審美疲勞大概是由心理變化所致吧。

對成長中的孩子而言，父親的形象有一個從高大到低矮，再到高大的過程，在自我意識逐漸強烈的青少年眼裡，父親的形象正處於侏儒期。

對一種景致，因我們的心境視覺不同，感受迥異。那在國破之時「望春」的杜甫，感時傷懷，看花濺淚；觸景恨別，鳥鳴驚心。那在「千里鶯啼綠映紅，水村山郭酒旗風」中徜徉的杜牧，突發「南朝四百八十寺，多少樓臺煙雨中」感慨。

那西湖上的柳浪閣，屬於你時，你隨心盡情飽覽兩閣風景；可當它易主後，你只好悵然遙望柳浪閣，誠惶誠恐眺望城徨閣。

你說審美也會疲勞，是說對那些玷污了，或正在玷污著西湖澄澈者，已失望之極。是這樣嗎？

69. 也有不疲勞的

唯有審視她——西湖時，我從不疲勞。

在一切的疲勞的事情結束之後，我又一次來到她的身邊，我靜坐著，她靜躺著，我審視著她，她任我觀察，我無言，她無聲……，我看她千百遍了，她看我，不知是「應如是」還是「總如是」，亦或是從來——就沒把我當一回事。她是千年之美，她是大眾情人，她是審美人眼睛免費搭乘的公共汽車；她是令萬人銷魂失意的一個魔女……她無論是淡妝還是濃抹，都使今人和古人爭風吃醋；她不管是有情還是無情，都讓人易老易衰；她令我靈不在天；她使我魂不守舍；她是西子她又不是西子；她是一個湖她又不是一個湖，從她的營養液裡撈出的魚，被放上桌子上是酸的（西湖醋魚）；被她的體嗅薰陶後長出的草——也是清香的（西湖龍井），而我呢，而今成了一個被她的總也審不疲憊的美，所遺棄了的——浪子。

我該不該回頭；

我可不可回頭；

我能不能回頭？

我在湖邊想著想著，不由得嘗試著回了一下頭，我欲乘風歸去，我欲忘卻這個無情無義的勾引了我十幾年了的野湖和村湖——以及神湖和妖湖……，於是我成功的把頭調過去了，我猛回頭我猛抬頭了，我因此睜眼看見了——吳山和城隍閣子。

我只得草草棄湖回京。

我動用了第三十六計。

評論：

誰心中沒有赤誠的愛、熾熱的情？誰眼中沒有癡戀的人、癡迷的景？戀人，雖人之常情；但把物當作人來愛，依舊令人為之動容。

陶淵明愛菊，李太白愛酒，而你獨愛西湖。你為她癡，為她醉，為她文，為她舞，奔她來，被她棄，忍淚忍痛，為她逃。你愛西湖，情有獨鍾，卻不得已要出賣她；你愛文學，一往情深，卻被偽學者拒之門外。

情到深處人孤獨，但孤獨的你，為西湖，依舊忍痛筆耕不輟。

你說審美不會疲勞，是說你對西湖的愛將永不褪色。是這樣嗎？

70. 考試時期的「八榮八恥」

一

人的生活可以分爲許多種「時期」。

有「文革」時期，有「非文革」時期；
有光榮時期，有不光榮時期；
有輝煌時期，有不輝煌時期……，等等，而我，目前，正處於不輝煌的時期——的正中。

二

我唯一能將自己不輝煌時期——或時代——轉變為最輝煌和最牛B的時代以及時期的方法和方式——就是裝裝糊塗，就是自我嘲弄，就是聲東而——實際擊西。

季羡林老人在文革時期，在他最不輝煌且根本不知道能否再看得著輝煌、在他的膀胱腫成了汽球那樣大小的時候，用的也是我這種虛度日子的方法以及方式。

人生最怕的——恐怕就是虛度。於是，北京人在郊區開發出了一個「十渡」——「實度」光景區。

人們到十渡，去「實度」生活；
去替自己超度。

三

我而今，雖然生活中充斥著大堆大堆的一見了他們就聯想到「虛度」二字的如蒿教授，王哈，王八一類的小人惡人壞人和連小人惡人壞人都不如的人，但生活它——是不能你讓它停就停的啊！你總不能說：糟啦！今年俺生活中多了一個流氓，俺停下來慢活一會兒，等好人多了，俺再接著活吧——可你的歲數——它不想停，它不願少活，它躍躍欲試，它信誓旦旦！

——無論你遇到了好人壞人還是奸人閹人，你每年一度的生日——它該來還是得來！

這不，明天，又是我一周歲的日子嘍！

四

為了迎接本人四十四周年的這個華誕，我從物質和精神上都做了準備，物質上的準備是少吃些巧克力類的甜食，精神上的準備是少上街，少見些蒿氏、王氏、Q氏、狂人之類的人，多與自己氣味相投的人交談，並且——多寫點兒這類的文章。

這類的文章，寫起來有點兒像在排毒。

吾身上盡是毒素。

我隨身攜帶著毒品——甭怕——它不是Drug——那樣你崩了俺好了，我是說社會問題的積蓄和暴發。

病發了——它就是毒素和癌。

比如，昨夜小雨中，我追著給買盜版書的小販報信：「城管的來啦！」——這算是一種病和含有毒素的行為嗎？如果是，那麼，一旦那個小販被抓，我吃什麼，他又吃什麼？我吃的是書，是精神食糧，為了有的吃，咱吃不起原裝的吃剩的不還成嗎？那他——那個賣書的——一旦被抓、被搶被盜被追捕被擒獲了、被沒收了——又去吃什麼喝什麼說什麼幹什麼——呢？

他只得失業；

那是他能幹的——唯一的「業」嘛！

是——得給人留條活路。

五

寫到剛才那個地步，猛回頭一看原先的標題，才知道文章都快結束，還跑著題。

我的學院——目前該進入期末考試嘍！

作爲學生辦公室主任，我被要求著，用繁體的毛筆字，在樓道最現眼的地方（如實）寫下了這麼幾行字：

期末考慮時期應知：

1. 以按時到場爲榮，以到時不交（卷）爲恥；
2. 以帶學生證爲榮；以什麼都沒帶爲恥；
3. 以不亂搬桌椅爲榮：以瞎搬桌子爲恥；
4. 以神情自若爲榮；以賊眉鼠眼爲恥；

最後的一行：作（做）弊者，千古罪人！

我剛寫完，聽同屋的一個女教師說「千古罪人」太嚴重了，而且作弊的「作」不是我寫的那個「做」，於是，我先在「做」字上加上了括弧，在前面添了個「作」之後，在「千古罪人」右上角，用興災樂禍的筆體寫上一句：「你沒學位啦！！」

評論：

你說自己「隨身攜帶著社會問題積蓄和暴發的毒」，以「寫點兒這類文章」的方式來排

毒，那麼你筆下的人物，便是你主動尋找的、要排出毒汁的患者了。醫者父母心，你竭力阻撓病毒肆虐，悉心呵護患者健康，你的真誠、愛憐、愛心，甚至憎恨、諷刺、嘲笑，無不彰顯良知和責任。

天下興亡，匹夫有責。魯迅為喚醒麻木民眾，「揭出病痛，以引起療救者注意」而棄醫從文；你為排泄社會問題病毒，棄商為文。殊途同歸，都為促使社會健康文明發展，奮筆疾書，彰顯大愛。

面對「教者以偽為榮，學者不以假為恥」的榮恥迷失劇毒，你又怎能熟視無睹？面對西湖繼續被江湖人污染，你又怎會不痛心疾首？是這樣嗎？

71. 我的四十四歲

一

西元二〇〇六年某月某日，也就是後天，本人就要在平和的狀態下，度過第四十四個誕辰了。這本不是大事。它之所以令我值得一寫，也使你值得一讀，是因爲，一本叫《四十四歲必讀書》的書說：「四十四歲，可不得了啦！」。

它的作者，是一個叫「方州」的，這個名字，聽起來像個假名——與本人的假名「齊天大」類似（不是平假名，而是片假名，或是「騙假名」注：假名是日文的字母，一笑）。「方州」要不是個假名或筆名的話，我剛才寫到它的時候，也不至於連打了六個噴嚏（又一笑）。

（肯定是此刻我被人惦記上了。）

二

《四十四歲必讀書》（中國華僑出版社，○六年二月出版）這本書，是本人年初買的。那時距本人的第四十四個周歲，還要有六個月的光陰。我在架上發現了它之後，雖然褲兜裡沒錢，但立即下了將其買回去的決心——我生恐一不留神它被別的、快要到四十四歲的人給——抄走。

三

這本書的封面上，有一段讓任何一個快要到四十四歲的人看了既心酸又害怕的話：「聯合國教科文組織在一份權威報告中指出：四十四歲是青年與壯年的分界點：人生的生命曲線呈下降之勢，而工作、家庭的負擔曲線呈上升之勢。四十四歲正是這把『中年剪刀』之軸。關注四十四歲，就是關注生命的第二個起點。」

還有：「四十四歲，以加法整合觀念，以減法拔算人生。」——這無疑是活一歲少一歲的意思。再有：「你拼死拼活爬到了梯子較高的一層，但你有沒有回頭看一看自己是否爬錯子梯子？（沒錯，俺是爬錯了，又咋啦？）也許最應該做的是稍停頓一下匆匆前行的腳步，給自己四十四歲的歷程做個總結，想一想怎樣能給自己減負（一別再考博，二別再寫書抄書行了吧！），使自己活得更輕鬆，更有價值；讓平淡的婚姻重新迸出激情的火花（平淡嗎？），讓逆反的子女回歸家庭（這倒是有必要！），讓自己從更加圓融大度（還是圓滑，狡滑，油滑？）的處世技巧（處事也有技巧？！是演雜技嗎？）在社會交往中進退自如（還是維穀？）……四十四歲需要總結，更需學習（向誰？），畢竟只要你想，一切都還來得及。」

瞧，「方州」書的封皮上能放這麼多字，比我的「外企」要多多了。

哦，還漏了另一行字：四十四歲等於「中年剪刀」。

四

按兵法知己必須知彼的說法，我在那一天真正、正式到來的前一百多天，就整天，就沒日沒夜地研讀假名叫「方州」的這廝的這本書——帶著這類的疑問：

1. 他（她？）咋不寫一本《四十五歲必讀書》呢？
2. 聯合國的那份報告——它真的「權威嗎？」
3. 我不過他媽的四十四了——又能怎樣？
4. 老子招誰惹他媽誰了？！

五

《四十四》這本該死的又不敢不看的書裡，有這些個無聊的主題：關於事業的、情感的以及關於健康的。光健康上該注意和提防的——人過四十四以後，就有這些種不想得也肯定要得的疾病：亞健康，高血壓，心臟病……，以及骨質疏鬆。外加一些生理上的變化……還有心理問題：有人悲觀，有人失落，有人沮喪，有人痛苦（可別都讓老子得上！）……

還有的就是這些：挫折感（還好，只適合於女人），更年期（還好，絕大部分是女的），煩躁期（我說人活著總有「時期」吧！）——以及自卑（沒錯！）再加上「人到中年的無力感」（咱早就幹啥都有氣無力了）……。

關於情感的《四十四》，「方州」說了：

1. 路過的野花不要采（咱家在長安街上，跑的全是飛馳的汽車，一采就准被撞死；再說，那柏油路上也長不出野花啊！）；

2. 忘了那個「同桌的她」。（我個子全班最高，每個班的人數又都是奇數，所以總是沒有同桌）

3. 別冷落你的丈夫（該給老婆看）；

4. 精神出軌也是出軌（啊，呸！）；

5. 拒絕辦公室戀情（……？）；

6. 別讓友情變成了婚外情（！）；

7、8、9、10. 婚外情面面觀、網戀，婚外情的……

從以上的條目可以猜出，「方州」是個搞婚外情和進行網戀的專業人士。

六

「方州」的這些個話，倒是合乎我的口味：「別讓自己變成一隻刺蝟」、「當心患上年齡恐慌症」、「攀比：自己找來的痛苦（我在拍馬屁驢屁和牛屁猴屁刺蝟屁蒿教授屁方面，焉能取勝于王哈?)」、「不堪重負的四十四歲男人」(是我自找的，還過現在還可以，一週僅工作六十小時，做夢想工作不算在內)、「家裡的事操心要有個度」(絕啦?不過，我操過心嗎?)、「心病還須心藥醫」(比如看魯迅的書，莊子的書，齊天大的書)……。

其它的：「與社會脫節是一種悲哀」(所以我才上班並教書育人)、「笑看世態炎涼」(說晚了)、「如果心中還有夢想，這是最後的機會」(「博士」兩年受阻于「黑哨」，我明後年還考嗎?)，「別讓孤獨淡漠了你的心」(我有老子的「無為」陪著呢!)，「不要讓過去的失敗困擾現在的你」(說的輕巧，你自己試試!我呸!)，「用變通的眼光看待問題」(柳浪閣儘管在肉體上失身了，可柳浪閣與雷峰塔一樣，只要精神不死，一百年後再站起來?)……

還有：「常洗腳不如常洗腦」——俺上床從不洗腳，你管得了屁?!

關於「處事」，假「方州」讓我學得圓滑，也就是前面說的什麼「圓融大度」，還說什麼：

1. 心直口快討人嫌;
2. 不快不慢跑得遠;
3. 做人不能太硬氣;
4. 別自己往臉上貼金;
5. 話到嘴連留半句……

更有：

1.正確面對自己年輕的上級；（她比老子都小二十歲了！）

2.別跟年輕人較勁（老子較得過嗎？）

3.不遠不近剛剛好（好比觀賞北極熊！）

4.不瞭解的就別開口（你住嘴！）。

最後一句，最適用于這個「方州」，因爲他（她？）——我看壓根就不是個四十四歲的超級男人（比如我），至少——他（她？）和距離四十四歲還差一兩天的我——沒什麼共通的心態。

他太不瞭解眼瞅著就要到四十四歲的、想停都停不了、想止也休想能止住的——我了。

於是，我立即起身——到茅房去把這本「方州」編的破書扔掉。

我用這種獨特的方法——慶祝「中年剪刀」的張開。

七月一日於北京家

評論：

生命如河流，一息尚存，奔騰不止。

高山是河流的發源地，大海是河流的歸宿。而人的生命來自於母體，終結於大地。這由海洋和陸地組成的地球，是人類賴以生存的自然環境。那麼，我們人類的生命之旅，也該如我們比鄰的自然界朋友河流一樣，只爭朝夕，向前！向前！向前！

正如河水不會逆流那樣，生命之旅也從來不出售返程票。如果非要人為的劃定該在某一年

齡返程了，那也是在為自己倦怠生命找藉口。

生命旅途的每一份經歷都是全新的，正如河流流經的每一個區域，都是它從未涉足過的那樣。既如此，生命旅程便無所謂折返點。既如此，就該坦然樂觀接納這些景致，無論它們以怎樣的姿態出現，我們都該把它們當作，生命給予我們的獨一無二的饋贈。在樂觀積極主動的面對中，吸收更多有益於生命健康的物質精神食糧，創造更多有益於我們自身和社會的物質精神財富。這正如河流在奔騰中悅納無數小溪流，灌溉更多農田，在得到與付出的置換中，既發展壯大著自己，又施恩於焦渴土地那樣。

人的生命旅程也如樹木，春有花香，夏有繁陰，秋有果實，冬有滄桑。處在這一季，就悅納這一季的景致，發現這一季的閃光點，創造這一季的樂趣。而不是在追悔抱怨遮挽上一季中，錯過這一季的景致，為下一季增添新的遺憾。

如果生命旅程真有一把無形的「剪刀」相伴，那也該讓我們隨時用它，把那些無益於我們身心健康，類似於杞人憂天，意在逆轉生命行程的無稽言論剪碎。這把「剪刀」也該成為我們擁有平和平常心態，笑對每一季的不同景致，在生命河流裡奔騰不息，在腳下土地上耕耘不止的得力助手。

河流雖然最終要回到大海懷抱，我們雖然最終要融入泥土，但河流卻在奔跑中，擁有了穿山越嶺回歸大海的博大胸襟，我們也擁有了不懈追求執著圓夢的豪邁情懷。

那麼，對未來而言，我們與河流同在世界上存在過。河水在蒸騰凝結墜落中迴圈著生命的三種形態，我們每個人都是人類的一份子，我們也都曾以自己獨特的方式，在這個世界上存在過！

何以為證？喜歡文字的人，敲擊下的那些文字，就是生命軌跡的延伸。這些文字就足以見證你的生命軌跡，你在魂牽夢繞的柳浪閣上望見的吳山，更可以見證你對西湖的癡迷。

雖然未來的我們，或許已經以另外一種形態存活於泥土中，但這些文字裡，依然存留保鮮著我們的精神和魂魄。

讓這不朽的生命，與堅強不屈的人格尊嚴共存；讓這生命長河穿越萬水千山，回歸大海懷抱！那麼對於追夢的你來說，四十四又是什麼呢？不就是一個極其普通的，通往夢之旅——西湖的里程碑嗎？

四十四，對你而言，事事都可以歸結到一件事——繼續走近西湖，繼續去圓夢。是這樣嗎？

72. 44歲的「三樂」

一

《孟子・萬章上》說君子共有「三樂」，哪「三樂」呢？父母俱在，兄弟無故，一樂也；仰不愧於天，俯不怍於人，二樂也；得天下英才而教育之，三樂也。

按孟老夫子的這三種樂，我齊天大要比蒿教授、W教授和N教授之流的「寓言大學」的博

導們——強多了——儘管老夫後天，就四十四歲了。

其一，他們父母、兄弟俱在嗎？

反正我的都在。

其二，他們敢說「仰不愧於天，俯不怍於地嗎？」他們我敢肯定，是有愧於天的——因爲本人就是天，本人就叫「齊天大」——他們連齊天大的天——都敢反，那還不是無法無天了？是賊大膽！

是和尚打破傘！

「怍」音同「作」，等於「慚愧」，English 是 Feel shamed，後面需放個「老子」——Me，他們應有愧於蒼天老子啊！你想，用「黑哨」拒絕一個老天爺的代表，那還有啥好日子過？

本人是老子莊子合爲一體的「小聖」，

嘿嘿！

孟子的第三個快樂——得天下英才而教育之——現在，在他們不敢容納俺這個全天下少見的「英才」之後（算啦，俺也不假謙虛了）——就更沒任何戲了。因爲天下英才之總合＝齊天大聖啊！

好像還不夠嘞！

凡人——有金猴聰明嗎？

你說！我可憐的與三樂再也無緣的博士生導師們吶。

（聽說北大馬上就要廢除博導，噓，你千萬別跟人說！）。

二

而本人「三樂」俱全，本人上無愧於老天，下也不羞於土地爺。本人只是愧對西湖而已。西湖她既不是天，又不是地，而是一盆淤泥。我之情，雖淤於她，卻並無愧意。因爲我在第一千次反問自己之後，說：「她就是她，我就是我，我又能把她西湖如何？蘇東坡在她的腰上，拉了一道長堤，白居易也在她的胸上——放了一個支架。而我雖愛她，卻既沒動手動腳，也沒摟摟抱抱，更沒在她的玉液裡游泳——西湖一直禁遊。

我只是西湖千年百年十年一年一群一群一拔拔一批批一團團癡夢單相思男青年裡的——一個罷了。

我不到百年後，註定會百年；

而她——卻照樣會對百年千年萬年後的另一大批癡情人——送去那從沒責任感的、害人傷人殺人藥死人的——秋波。

我一刀殺了你——West lake！

評論：

得天下英才而教育之，為師之大樂也；得天下蠢才而教育之，為師之大悲也。舍樂逐悲，是師者的更大悲哀。

西湖忍看摯愛仰慕她的你，被拒門外；西湖笑納向他諂媚討好的偽君子，攬他入懷。你愛

西湖，可你也是熱血男兒，你憤怒，你憎恨西湖：愛慕虛榮，是非不分。

為了讓她不再迷惑後人，你真想殺了她，再造一個沒有淤泥的西湖，是這樣嗎？

73. 自購的生日禮物

一

今天是在下（我）的生日，至於今天究竟是西元何年何日，也就是今夕是何夕——我是不便說的——因爲我怕萬一我成了千古奇人，你們會把這一天，不是當國恥就是當公眾假日……。

那樣不好；

不好……

那樣——的確不好……

不太好。

二

我爲本人這個四十四歲「剪子軸」生日「購入」的個人物品，是：

1. 剃頭——這叫改頭換面，這叫用全新的精神和面貌進行危機處理和進入危機時代，這又叫王小二過年——一年勝似一年……。

2. 我從樓下一下買進了二十四支大楷軟毛筆，對，就是你現在看的這段文字，它們——都是用它們（軟毛筆）寫成的。它們都是「中柏」牌的，是我寫「博客」的不可沒有的工具，也就是說，它們一旦短缺了，我也就沒心思寫東西了；我一沒心思寫東西，我活著也就沒——太大樂趣了。因此，如果作爲「親愛的讀者」的你們——還真愛著我這個寫東西的人的話，最理想的表達方式，我告訴你——就是到樓下把復興商業城裡的所有大楷「中柏牌軟毛筆」——都買來送我。哦，它們六塊錢一杆。

3. 到樓下再買上兩雙輪胎底「懶漢」布鞋，十六元一雙的那種——放進箱底存上。這下，就夠穿兩個月或四個月甚至半年一年十年的了。我平日只穿這種鞋，而且是自從二十年以前，連鞋號都沒變過。（有人一年一變鞋號，專愛穿破鞋的那種人。）

我無論是在回家的大路小路髒路乾淨路、水泥路或是泥土路，水路還是旱路上——都一年四季穿著它們——這種自八十年就沒再改變過造型的——灰布「懶漢」輪胎底鞋，這，在我的一些同仁和學生當中，經常引發議論：「齊老師換過鞋嗎？」

「好像……」。

我在北大聽研究生班課時，有一位方爾加老師，也就是在「百家論壇」上穿著民國大長衫講課的那位方大師，也有與本人相似的習性——他一年四季總穿一種上衣，就是草綠色像部隊裡（陸軍）穿的那種，知道的——知道方老師不是三百六十五天不換衣服，不知道的，還以爲方教授的課時費太少——他是教哲學的——買不起另一件衣服呢。

我反正是，絕對不可能三百六十五天總穿一雙鞋的。北京夏季是要下雨的，一下雨，我這個「懶漢」就「懶」徹底了——上周那場暴雨，就迫使我午夜在泥濘中穿著大布鞋趟了半天的水，而且反復趟過的，都是同一泡髒水。

可惜好端端一隻新「懶漢」，在陽臺上無精打采地——被曬在一邊。

另一隻，我那天沒捨得穿。

評論（之72）：

從你自購的生日禮物裡，看到了你的情趣和喜好。改頭換面，為抖擻精神；「中柏」毛筆，寫「中興」文；「懶漢」布鞋，能與民同行。在生日裡，購得這些禮物，你是在勉勵自己，無論風雨多大，路途多遙遠，你都將繼續走好自己選擇的，捍衛民族文化之魂——西湖尊嚴之路，是這樣嗎？

74. 我的嚴格考試

一

「鄧論」的課已經結束了，在結束前，學生們都向我套題——像套老鼠那樣，我無奈，就索興在最後一堂課上把下周要閉卷考的題目，都一一招供了出來。所謂「一一」地招供，是說他們問一次，我告訴一次，而且越來越細緻，越來越具體，直到將原來是保密的題目一字不漏地合盤托出，比如，其中的一道題，他們問第一次時，我說肯定要考——第五章，不過，可千萬別說齊老師把要考第五章的事透露給你們了，他們一聽，就特別地感激和滿意，可過了一個星期之後他們就不滿意了：齊老師你（他們從不用您）淨瞎說，第五章是關於鄧小平與一國兩制以及怎麼統一祖國的。我說是啊，我不是告訴你咱考試時會考怎麼統一祖國，怎麼讓香港、澳門回歸，怎麼讓臺灣回歸祖國了嗎？他們說那等於沒說，因爲你給得範圍太大了。於是，我只得縮小——我告訴他們鑒於香港和澳門已經回歸，這次就別考啦，咱們只考臺灣問題。一個星期過後，他們又不滿意啦，說我還是沒說清楚，我反問是讓我交待問題嗎？我有必要都說清楚嗎？然後就進一步洩露問題了，因爲我知道，人家別的老師已經全洩露得乾乾淨淨了，我的學生倘若因爲沒被洩露而都不及格的話，說明我教學水準太低下啦，於是我讓一個學生把教室的大門關好，用麥克風小聲地對一百多學生說出了那道考題的真實的全文，題目是：你有什麼比鄧小平生前留下的理論更有效的法子，能讓臺灣與大陸儘快統一。然後我鄭重地說：千萬別告訴別人。

課後，大夥就分頭想答案去了。

二

在每次考博前，被考的和考的，其實都有些我與考「鄧論」學生的這種關係——就是隨便點一點題。這在業內，叫做與導師考前先好好地聊聊。我第一年考前，找到過蒿教授，與他好好地聊了一下子。遺憾的是，正聊到興頭子上和關鍵的部位時——別人進來了，況且是異性，因此，我第一年就沒怎麼考好。那些個考得比我分高的，我想，必定與他——先聊得特別投機，然後再向考場挺進。

世界盃七月一日剛剛舉行了德國和阿根廷的點球大戰，結果是德國的門將萊曼一下子——撲出了兩個點球，不過，那兩個點球你知道是怎麼撲出去的嗎？在萊曼開撲之前，德國的教練給他看了一張紙條，紙條上寫了什麼？寫的是最近幾年內阿根廷這些球員習慣向左邊罰點球，還是朝右邊踢，於是，萊曼在撲球時，先看一眼是誰在踢，再回憶一下是左邊還是右邊，接著，還沒等人家踢，自己就先——朝那個記好的左右方向撲出去了。這下弄得，被撲著了罰球的阿方球員，一個是阿亞拉，另一個是坎比亞索，先是淚流滿面，隨後心裡嘀咕：我怎麼還沒踢，那小子就已經朝那邊撲出了？

考博——通常也是這樣，我是指通常，還有不通常的，就是我第二年考的這次，我考之前，也想像去年那樣再找到蒿教授，先把房門封死，再好好聊上一天二天甚至一月兩月——來著，後來一想，就饒了他吧，那樣，考不出我老齊的真實本領，於是，我就沒找他聊，就那麼直接考了，而且，還真又一次通過了，但我不曾想，這下反倒——得罪了蒿老師，他找人給我帶話：老齊傲什麼傲，考前都不來看一看我。學校研究生部的主任也語重心長地說：老齊啊，老齊，你也太不尊重導師了啊！

在看了前天晚上的德阿點球大戰之後，我對自己考前的行經——簡直是追悔莫及——俺怎麼在考（撲球）前，沒向教練（導師）要那張指引方向的小紙條子？

嗨！

我雖然也撲住了球，也通過了考試，可是我只撲著了一個球——像阿根廷門將似的，而人家那些個被導師指導得更精確的考生（門將），就像帶了制導系統的導彈，來一個攔截一個，發發命中，球球入手，題題答對，這無疑是理解和溝通的——神奇力量。

我愛足球，我愛世界球！

中國萬歲！（不是黃建翔狂喊的「義大利萬歲！」）

蒿老師也——萬歲！

值得補充的是——可能誰都沒聽出來——昨晚，也就是中國時間的今天早晨，可能又是那個黃健翔，在法國戰勝巴西之後，雖然沒敢像上次那樣大喊「義大利萬歲」，卻用一句「Vive le France!」，達到了同一個不願意告人的目的。

法語「Vive le France」就是「法國萬歲！」。黃健翔想來個偷樑換柱，但他瞞得了你和蒿老師、王哈以及王八，但我老齊——可是個會用十種語言山呼萬歲的——奇（齊）人。你蒙博導行，蒙俺，還嫩點。

評論：

考試，是在考學生，也是在考教師。

你洩露的考題，等於沒洩露，因為臺灣怎樣回歸尚屬於一個迄今為止尚無定論的國家大事，讓學生去思考討論，若有良方，真是國民之大幸。

點球大戰，德國教練知己知彼，指導有方，勝券穩操。

博導以考前溝通不力為由，吹黑哨，純屬人品有恙。

解說員本應以中立態度評述賽況，黃同志卻因無法壓抑個人情感喜好，違背職業道德而下課。

考試，考試，人生處處是考場，嚴格與否，由當事人與旁觀者共同來裁定。

75. 親擇良才之旅

一

孟子關於人生的第三種快樂，說的是選擇良才而教育之，而我呢，教書已有兩年，所教的學生已有了約等於數百，卻一直沒發現什麼良才（玩笑！）。於是我只有親自去招生了。

然而，這次下山東省來招生，卻根本不是我本人的意願——我巴不得像老烏龜似的，幾百年呆在一個地方紋絲不動；讓我下來趕我們下來和轟我們恐嚇我們下來的——是「寓言大學」我們學院的那個本屆領導——T院長。

「T」這個中文拼音的字頭，可以造就出許多種類的人名，比如說「湯」、「唐」還有「踢」、「替」；當然，沒有姓「踢」和姓「替」的院長——至少在中國人之中鮮見，但我院T院長無疑這一回——是連「踢」帶「轟」著我和小程下來招生的。「T」院長在本院裡，正如蒿教授在「中外阿Q橫比暨較研究所」裡那樣，也具有無人敢取而代之的權威，因此，當他說：「你們十分鐘後就下去吧！」之後的第二天，我和小程就再也不敢在「寓言大學」我們學院的走廊裡露面了。我們那時的選擇，無疑是見了人——就一頭紮進廁所，因此，有一回我闖進廁所以後，屁股剛剛進去，又被一群女學生的尖叫——給嚇回了「寓言大學」學院的——樓道。

你看T院長還是挺厲害挺火爆的吧！

二

我們二人這兩周半的行程，大致是這樣的：濟南——濰坊——青島——威海——煙臺——濟南——北京。

三

我們如何招生，怎麼招生，招什麼樣的學生——當然，學院未做事先的說明，學院只強調了一點——在緊急出發前——誰招不上學生，誰就別再回北京了，即便回北京，我看也就沒臉再回「寓言大學」了，那樣，真不知那個臉——Face——是長在誰的頭上！

關於此次出差的費用，在T院長帶領一大群曾經出過差的、有經驗的人員進行了一上午的研究、核算、對比、論證以後，宣佈爲——每人每天的住宿費是一百五十元，當時我差點激動得昏死過去。因爲那樣我和小程就能住三百元一天的三顆星星的旅館了，可在我們就要出發的那天晚上，T院長把小程深夜傳達了過去，說：「你們好意思住一天花三百元人民幣嗎？」小程立即說真不好意思，因此，我們在領取出差費用時，會計說每人每天的住宿經費——堅決不能超過五十元——人民幣，於是我們二人合計一天一百元，原本夢裡的三星，變成了一顆星星的標準。

而這時，七月中旬，正是青島的旅遊旺季！

注意，旺季！

你可——千萬不要「忘記」！

四

濟南挺好，但熱；

濰坊不錯，但微窮；

青島最佳——但住的太差；

還是威海好！

還是煙臺好！

還是山東——好！

五

我們的招生目標是全山東省的應該被「繼續教育」的人民。出發前我仔細分析了一下我們的生源，一分析，就想——那真是太多了，太遍地都是了！

首先，那些品性不良的，該繼續教育；

其次，那些被放出來的——刑滿以後，也該接著教育；

再有，T院長那類人，該好好教育教育吧，更多的，蒿教授，王哈或王八王九王十一類的壞小子——不徹底地教育教育他們——俺們能問心無愧嗎？

已經腐敗了的——學術性的和不學術性的，該教育；還沒腐敗的——學無術的不學無術的——當然不能放過；已判刑了的和被斃了的、不好好環保的——再明瞭不過，是我的教育和教訓對象。

孟子擇良才而育之，我呢，學孔子的樣子，看看四周的人，似乎既都是該好好教育的良才，又都是屢教不改的人物。

既然天已降大任於俺，讓俺也當上一回——今世孔子！

六

由於坐夜車費用最低，所以，我們從北京來時，睡的是一趟從北京到溫州的夜車，在車上我和小程輪流著睡覺——因爲列車的服務並不周到，雖然到濟南時並沒人把我們叫醒，但我們竟然能成功地在濟南蘇醒過來並按時下車，我認爲，完全是「寓言大學」的幸運，是上世的鴻福。我在下車後的中午，給留守在京的一位別人說什麼就信什麼的女教師發了一個短信，說我們一覺醒來時，列車已到達泰安啦，叫她千萬別跑去向院領導彙報。正好如我之所料，短信剛發出去片刻，另一個女副院長——比T院長更火爆的——就發來了一份長長的SM（Short Message，短信），說從泰安到濟南的一切費用以及後果——都由我們自負。

看來能睡個整覺——還真不易。這年月。

七

我們零晨五點不到就到了濟南，讓我一下子蘇醒過來——徹底的——是那個叫喚我們的黑車司機。

他顯然，知道我要來；

他也顯然，知道我們是誰，因爲他一見我二人，就大叫「老師！」，而我們的身份，恰恰正是「老師」。

由於他幾個長短輕重不同的「老師」我相信了他，並隨了他的黑車前去，前去了哪兒——我開始也沒鬧清。

那車到了大名湖邊的一家名爲「金富豪」的酒店之後，我付了車錢，但他沒給發票，我正追趕他索要發票，忽聽他向道邊的一個看上去頗有叫花子樣子的人猛喊：「老師，你煩不煩！老子哪有錢給你！」，這時，我才知道，在濟南火車站天還沒亮就上街的絕不止我二人。一問「大富豪」的人，才知道濟南人流行把什麼人都叫做「老師」，就如同北京人把凡是像人的人都稱爲「師傅」。

還有，依照他的叫法，我和小程在濟南不僅不是教師意義上的「老師」，而且是「老屎」，因爲濟南人有口音，魯味的「師」字聽起來，幾乎同「屎」一樣。這種平仄的亂用，一下子，把我那本來莊嚴無比的職業感——全都一掃而光了。

我頓時覺得這地上地下，左左右右，床上床下，電視上電視下，空氣裡空氣外——都格外臭了起來，都通亮著一股「屎氣」。

可能，司馬遷的史記就是在他蒙受了極臭的「腐」刑後用一縷帶屎的怨氣——寫的。

老師，你好！

老屎，神聖地萬歲。

八

在濟南，既然已經甦醒了並來了，既然已經回不去了，既然招不上可教的才。既然再也回不去了也不給報銷了，我二人只有——極快地真像兩灘「老屎」似的，投入到緊張和激動人心的、既可歌又可泣的——「招生工作」中了。

我們先環繞了一圈大名湖；

我們又路過了一次豹突泉；

我們緊接著——跑上了如火山般熾熱的千佛山。我先進了山洞，在洞中大叫「大家別跑啊，不就是怕跟老子去接受繼續教育嗎？！」見沒什麼人真跑，我就連呼帶喘地給院領導發工作彙報SM：「這兒的人啊，統統地缺教！發自齊老屎，程老屎。」

九

維坊不是一個大都市。

不是，只有到了這一帶，才算到了我的老家——齊國。在齊國我一進酒店——沒什麼星星的——就傳喚女服務員，讓她把電視換了，因爲我眼前的電視，沒有中央五台，看不到次日的世界盃決賽。我見她正猶豫，就喊：我們此行，就是來看決賽的。她並不清楚我說的決賽是決賽什麼的，是武鬥的決賽？或是文鬥的決賽？就急忙地——把那台只適合於零星酒店使用的、生產於上世紀七十年代的、連人的頭和肩膀都不大好區分的——「牡丹」牌電視，給換成了生產於上世紀九十年代的、日本「東芝」牌的了。

而我清楚地記得：上火車前北京站口有人拉小提琴，在提倡「抵制日貨」。

爲了法國與義大利的用腳而不是用頭腦的決鬥——我必須現實一些——我是指看那台「東芝」。

要是日本隊也踢進了決賽，我向偉大領袖毛主席保證——我決不觀看。

十

法國人齊達內無疑——是我們齊氏子孫裡值得被驕傲一下的、有種的小子——他正如我說的，用頭而不是用腳——使勁地頂了一下那只會用腳踢球的羅馬人——馬特拉齊。

誰說足球是僅用腳踢的？人之頭，在足球場上，可用於頂球，更可用於頂人，倘若齊達內只會用拳頭——去擊打馬特拉齊，那，就太沒有大將風範了。

我好好查了一個齊氏家譜，發現「達」字輩，是我這個「天」之輩以後的第一百多輩，因此，齊達內從法理和血緣上論，應該是我的重……輩孫子，而馬特拉齊呢？由於他那個「齊」，是放在尾巴上的，因此可能小我——一千輩都不止。

我這個筆名——一旦用光用濫了以後，我可以考慮，改變爲「齊達叔」或「齊達外」；「齊達叔」約等於「齊大叔」，「齊達外」則是吃裡面的同時——也扒扒外面的意思。

總而言之，齊達內球是輸了，但身在齊國的維坊，在下半夜、在天亮以前通過這麼新型的彩色電視、看自己的子侄在萬裡外的賽場上，爲姓齊的人的榮譽，那麼玩命地廝殺私奔，還用頭——那麼義憤地撞人和拼搏，也算是人生里程裡的——一件好事。

次日以及再次日，我和小程「老屎」都沒敢下床去招生，因爲我知道維坊的球迷和我們一樣，也需要休整和恢復——被足球傷沒了的元氣。

外來人，本不應該擾民；

那——不該是「八路」的作風。

八路、新四軍和解放前的解放軍，一般，都夜不入戶，而在日夜被世界盃徹底顚覆的日子裡，白天（光天化日）出去招生——與「擾民」的關係——再親密不過了。

十一

直到我在青島已經見到大海了，我才知道，大明湖和昆明湖都實在是——太小太小了。

我已有一年沒見海了。

海比湖大，這是相當明顯的，因此，在得知我對青島也情有獨鍾時，中國海洋大學畢業的趙老師發來了一個表示衷心祝賀的短信：「青島比杭州好吧！我看，你還是徹底放棄你的杭州情結，而選擇青島吧！」——她是指我的退休歸宿。

到底是湖好，還是海好，這次來青島以後，我也有些像海裡行舟樣的茫然了。因爲杭州有吳山，青島有湛山；西湖有水，膠州灣裡也有水，而且水還更多。西湖的水是什麼味道的，我不是魚，沒有喝過，可青島的海水——我喝了幾口以後，知道它也是鹹的。我絕不是有意，故意弓下身子，到海裡喝幾口水的，我是在第一海水浴場與小程一同在大浪裡擊水時，不小心讓海水給灌的。那天的情況是這樣的：我們第一天在平地上沒招到學生，就爬上了湛山，在山上

狂喊：有人需要到北京去被繼續——教育教育嗎？回答是肯定的：沒有，於是第二天我們只有一條出路，就是一個海水浴場、一個海水浴場地遊蕩。我帶上潛水鏡，身披泳裝（短褲），深入到大海的基層，對著混水中的魚蝦，先摸上一把，然後深沉地問：「真想到……寓言大學去嗎？」

它們一見我們那幾天沒吃過東西的樣子，就攜兒帶女地瞎跑，數小魚跑得最快，還驚呼著：「鬼子又來啦！」

十二

在臨出發的時候，院裡面召開了一個緊急座談會，讓大家在根本沒出去招過學生的前提下，談談招生的經驗和體會。由於我經過商，所以在我嘴唇還欲動沒動的時候，就已經有人——在認真作記錄了。因此我必須言而有物，我說我們寓言大學這麼有名的高校，下到省城裡去，就仿佛是——當年的鬼子下鄉，因此，偽軍是十分重要的一支——預備隊伍。哪國的鬼子——不靠偽軍進入和領導那些被吸收和被統治的人呢？希特勒在領導法國時，就利用了法奸；日本人在咱國撒野時，也有漢奸和韓奸助理。

偽軍就是代理人；

偽軍就是合作者；

偽軍就是你我上下肢體的延伸；

偽軍正是——正確路線的代表。

因此，在第一海水浴場，在被我的兩手抓得緊跑慢跑的那些個魚蝦們一點都沒有合作的意願時，我內心受到的創傷和打擊，以及因之而感到的失落、痛苦，是連你——都能想見得到的！

當晚，我在不得不向總部用短信彙報招生情況的時候，按下的幾個字是：明天一定會更加美好！

十三

我必須說好，我只能說好，因爲明天如果不好的話，誰給咱的這趟差——報銷呢？我們沒有帶回一個學生，是萬萬沒臉把這堆垃圾似的紙票——拿給會計報銷的——那還不是自找報銷！

爲防止回去沒人報銷的最最不幸的事情發生，我和小程老師除了找那些別人都不敢住和除了蚊子誰都沒住過的——一般都不通汽車的旅館——住——之外，再有的就是節省了，我們因此在這不過兩周還剩下半周的十天裡面——減肥了大半個圈兒。除了腰圈兒，還有眼圈兒。這陣子四川衛視老放一種能令人快速脫脂的廣告，用的是一種朝肚子上一捆，就像彈簧樣瞎抖的傢伙，但那「傢伙」在我看來無論怎麼比，也比不我們這樣出差——更能協助減肥。

老天也真想成全我們：爲了省錢，即便我們一天只吃些像草根樹皮一樣的便宜食品——都是從正在甩貨的、立即就要關門的、犄角旮旯的超市買的，卻也弄得隔一天拉一個肚子。先是我拉，後是他拉，幸虧我們住的那些個旅店還都有室內的廁所，否則，我們的招生工作會更加困難以及沒有成效！

但不好的是每個屋內僅有一個衛生間，所以通常是小程一進去，我就要到沙灘上——不是

去招生——而是去方便。

海啊——你多麼的能夠也懂得包容。

人，還不如海。

十四

這次旅行的最大收穫——除了一個真正的人才都沒能招收上來之外，就是發現了佛教的——無窮力量。

我，以前是什麼教都不信的，我後來發現有一種教還比較可信，名為「老婆哭孩子叫（教）」，這種教之所以擁有這麼一個名字，無疑，是願意人人——都有一個老婆會哭和孩子能叫的——熱鬧的家庭。我於是就信了，但信了一陣子以後，就又不太信了，原因是我的老婆從來不哭而哭的（在心裡）總是我，我的獨女也也壓根不叫——見我根本就不理會。

十五

小程不僅是個會招生、專門從事招生工作的人民教師，而且還是個佛教裡的「居士」，小程極為熱忱——對於佛教，在青島湛山寺的入口處，只見他手中的證件一晃，就一分錢不花地走了進去——原來他手持著一張「皈依證」（這個字念「歸」）。但我這個非佛教徒，進門時，卻非交十元人民幣不可。看來任何宗教，只要是人發明發現的——都向著自己人。因此我在跳後牆進了湛山寺後，對著大海發呆：要是人人都有一張小程居士這樣的「皈依證」，都不買門票的話——那這一百來號和尙還不都統統地——餓死？！

哼！

十六

小程老師（師傅）區別于我這類普通人的地方之一，是能在床上打坐。

我晚間有時睜眼，我一睜眼就看見旁邊那張床上有一個人如泥胎似地——坐著。

我於是再睡，再醒來，再睜眼，發現小程依舊那麼泥胎樣地坐著，於是，我小心謹慎地起身，並碰碰他，發現他有知覺。

小程老師除了打坐外，還會念經和算卦，他念經用的是藏語，其中有一個發音，聽來像是「白馬」一詞，一問，才知道是「蓮花」。小程念起藏經聲如洪鐘，有一種甕氣，排山倒海般的，而且收尾時帶著極大的情感味道。我一細問，才知他也不知道那些排山倒海的經文——具體是什麼意思，小程又補充說：只有俗一點兒的普通經文，才有具體意思，於是我終於——懂了。

十七

我們在山東遊歷的三個星期裡，幾路電視都在放著《暗算》。《暗算》是一個叫柳雲龍的導演的，他還在其中——扮演了一個不知是被人暗算了還是精於暗算別人的——正面人物——我黨的地下工作者。我們看著看著，就晚上不外出招生了。小程是第二次看，我是第一次，於是，每到懸念出來時，他——就搶先告訴我後面是怎麼回事。柳雲龍扮演的那個足智多謀的我黨烈士，在與敵人鬥爭時，手中也總玩弄著一顆顆佛珠——他無疑也信佛，於是他殺死了自己，用自己的屍體將情報送出，救活了許多同志。由於敵人不知道他是地下黨員，還以爲他是爲了黨國——才捐出了身軀，於是，他成了共產黨和國民黨的雙重烈士——外加佛門之犧牲。問題是：佛讓——他殺死自己嗎？

殺人與害己——難道不一樣是在殺生？

阿彌陀佛！

十八

我反省了一下——對著黑暗中半夜床頭打坐的小程師傅的影子：還是別當烈士吧。我不殺生，我明哲保身，我像莊子和老子一樣「虛已以遊世」，我謀算和謀計著——長命百歲吧。用我的書。

十九

我的書——《永別了，外企》在濟南和青島兩地新華書店都銷售著，第一次到濟南時共有六本，兩周返回濟南時再看——只剩三本了，所以我招了三個學生。在煙臺，小程的姐姐當聽我解釋我不姓「秦」而姓「齊」後，冷丁一問：「你寫過一本《媽媽的舌頭》吧？」我嚇了一跳，她也嚇了一跳，我嚇了一跳是因爲我那麼隱身還是被人認了出來，她嚇了一跳是吃驚于——齊天大怎麼長得這個德行？！

今天英人 Harvey 來郵件——電子的——說我英譯本的《馬桶三部曲》，終於上網站了。我打開一看，看見了郭敬明、安妮寶貝等「小名人」們的照片，外加那個用卡通漫畫「代影」

的我——Jimmy Monkey Qi——齊猴子天大悟空——「齊達外」和「齊達叔」（自命外號）。

中國人怎麼也該給法國人當叔吧！

啥叫「愛國」？！

二十

我用齊達內式的頭，與暗算我的命運碰撞。無論明算暗算，都被我一頭碰倒。

今天電視播放了一個英國人用頭盔朝馬頭使勁撞的境頭。顯然那廝是學了齊達內的樣子，可他若真有本事——去撞英國王子，去撞馬頭多沒勁！馬腦袋多麼好撞，有種要去碰命運的頭；

有志，該去頂領導的牛；

有起子，應去撞擊——暗算者的念珠！

二十一

在濟南馬上就經營不下去、立即就要搬家的「三聯書店」裡，我不幸地看到了一本暗算過我的蒿教授出版的一本新書，名叫：「俺終於也出書啦！」

我的阿彌陀佛啊，快說——這也算善哉嗎？！

評論：

親擇良才之旅，道出了教育者的艱辛。受教育本該是一種自覺自願行為。可如今招生多少，竟然與教師的去留掛鉤，這真讓為師者輕鬆不起來。想起為了信仰，殺富濟貧，招兵買馬，組建隊伍打江山的先驅。想起教育也成了一種產業，而此時讓天下學子受教育，而又似乎不完全是為了育英才，好像還為了從英才父母的口袋裡，多順出些孔方兄來，時常覺得這真有些趕著鴨子上架的味道。

先哲說：不憤不發。把不願者，硬招了來，能發起來嗎？管理者、教育者，把精力用在研究招人（東北音：銀）上，教育這一新興產業的市場潛能，就這樣被開發出來了嗎？

於是，不由得讚歎起在教育搖籃裡，成長起的山東人，得了這時代的習染，活用教育資源的本領。

那次在曲阜，也聽到一位個體導遊，開口叫「老師」，要為我們服務。同行者，也恰好是來泰安參加全國課改研討會的老師，與你一樣，也油然而生職業自豪感，佩服起魯人的火眼金睛。後來才知，連「老師」這一稱謂都有了商業利潤，可見產業的影響力有多大了。

大明湖、趵突泉，與西湖，同是水族，但通往西湖的路，卻依舊是千里迢迢。

得天下英才而育之，依舊是想讓靈魂棲息在西湖的教育人，持久的夢想。是這樣嗎？

也曾觀看那場驚天動地的決賽，寫下〈你好！齊達內！〉一文：

你好！齊達內！

目睹了你在預選賽上叱吒風雲，身先士卒，率領法國隊，一波三折進軍世界盃的每一場驚心動魄比賽；也目睹了你帶領法國隊，縱橫馳騁，一路高歌，伴著億萬球迷的喝彩聲，迎著億萬球迷期待的目光，過關斬將，創入世界盃決賽場的每一個扣人心弦的鏡頭，齊達內，我要對你說：你是賽場上的英雄！你英俊、瀟灑、帥氣、神采飛揚，令無數女球迷傾倒；你精湛嫻熟的球技，穩健、果斷，把握戰機的才能，也讓無數男球迷折服。齊達內，你是本屆世界盃上最耀眼的一顆星，金球獎非你莫屬。

你好！齊達內！天有不測風雲，人有旦夕禍福。就在冠亞軍決賽進入第一〇九分鐘時，就在已經進入加時賽之際，你喪失了冷靜，突然用頭頂在義大利後衛馬特拉齊的胸口上，馬特拉齊應聲倒地，你被主裁判紅牌罰下，離開了決賽場。那一刻，賽場上的空氣似乎已經凝固了，人們都被你出乎意料之外的舉動驚呆了。怎麼會出現這一幕，怎麼會？齊達內，你到底怎麼了？隨後的比賽，你所帶領的法國隊在缺少你這個主力、隊長、核心球員的情況下，頂著壓力，拼完了三十分鐘的加時賽，使比分保持在1：1，你的隊友終因士氣受挫，在點球大戰中與大力神盃失之交臂。賽後，你成了公眾、媒體議論、抨擊的焦點，你說馬特拉齊侮辱了你的母親和姐姐，你也當眾認了錯。

齊達內！你好嗎？在你撞人的那一刻，我為你感到深深的遺憾。在你即將結束職業足球生涯之際，在你正創作著自己足球神話的最後一章之時，在你正為建造自己足球王國的金字塔搬起最後一塊石頭之前，在你已贏得無數球迷的仰望、期待、信任之後，你卻做出了這樣的舉動，我不免有些傷感。就像看到一幅精心描繪的畫卷在即將完工之前，被作者不小心潑上了不和諧的墨蹟；就像看到登山隊員在即將登上珠穆朗瑪峰之時，用完了攜帶的氧氣；就像看到一部自己喜歡的電視劇的高潮處，突然停了電：總之，那遺憾是刻骨銘心的，是關注的、期待的美好的事物，被打了折扣的遺憾。

遺憾之餘，我所關注的是：齊達內，你好嗎？你能頂得住所有的批評、指責、咒罵給你帶來的各方面壓力嗎？尤其是把你的不冷靜做法和法國隊失利聯繫在一起時，你感受到壓力的巨大了嗎？人生的路還很漫長，還未進入不惑之年的你，還有好多事要做呀！其實，一個人在某一方面的出類拔萃、登峰造極，並不代表著在其他方面也達到了同樣的高度呀，這是人生的常理。作為一個人，在某一方面出了問題，這正說明你以後還有許多事情可以去做呀，還有許多個自我要突破，還有許多個奇跡可以去創造。只是人們往往不願意看到真實的一幕，往往不願意看到極美與極醜同時出現在同一個人或物的身上，但客觀現實卻往往是這樣呀！無論你這樣做負面影響有多大，我都想說：齊達內，你首先是一個人，然後才是一個球星。可即使犯了天大的過錯，一味的後悔、自責、消極、低沉，能解決問題嗎？能收回覆水嗎？執迷不悟、一錯到底，也同樣於事無補呀！積極的有建設性的面對曾經的失誤也不失為一種明智的選擇。

二戰時，德國曾犯下不可饒恕的罪行，德國總統那真誠的一跪，以及德國後來所做的許多努力，乃至今天所舉辦的世界盃，還有德國球員在世界盃上所展示的風采，都說明德國早已令世人刮目相看。可也同樣是在二戰時犯下滔天罪行的日本，卻一而再，再而三的粉飾、掩蓋、歪曲侵華事實，結果受盡世人唾棄。

齊達內，相信這次教訓對你已夠深刻、沉痛，你也一定會銘記的。如果你覺得你的莽撞行為給國家帶來了損傷，那麼，你可以發揮自己所長，為國家培養出許多更優秀的球員，或者訓練出一支更優秀的球隊，彌補自己的失誤。如果你覺得傷害了馬特拉齊，你可以與他再換球衣，再續友誼。只要是真誠的悔過，總會精誠所至，金石為開。如果你覺得傷害了支持你的球迷，從此以後你可以用自己端正的品行來撫慰他們的心靈。如果你覺得傷害了你自己，那你就不要再傷害自己了，走出陰影，在陽光下綻放你燦爛的笑容吧！

你好！齊達內！若金球獎最終屬於了你，那麼，請你捧好它吧，那是對你精湛球藝的最好褒揚啊！在那金球的閃光裡，你可也要提醒自己，且不可再讓他蒙受眾人的質疑。若不幸被他人抱走，你也不必遺憾，億萬球迷對你的肯定已是一隻巨大的金球獎了。瑕不掩瑜，你是球星齊達內，無人可以代替；你也是一個平凡、普通的人，你也會犯錯誤，錯了可要改呀！

齊達內，你好嗎？

你我雖感受角度、出發點不同，但同時都在關愛齊達內。我關注齊達內此舉後的心理感受，你讚賞齊達內為維護尊嚴在所不惜，敢拼敢打的精神。

你的親擇良才之旅，感思頗多。你想用你的書，撞命運的頭，想用你的文字，與那些謀利者、暗算者、投機者、偽學者決鬥，想招納些真正捍衛西湖尊嚴的良才。是這樣嗎？

76. 錢鍾書也打過架

一

這次我們的山東之行，共行走了五個城市，歷時二十餘天，由於招不到學生就不好意思回京，於是，就以讀書來排遣胸中的憂鬱。誰知這一路下來，成果還真不小哩——我一共讀了

十四本書，除此這外，還接受了兩家教義，其一是佛學，其二是易學（《易經》），外加幾種生存技藝，其一是念經，其二是打坐，其三是算命。

算命之術有時靈，有時不靈，小程用的算命道具，是兩個印著藏文的、象牙制做的小方塊。他在剛上路那天，把它們往床上一扔，有了結果後，再翻看藏文的解釋。我想，那一算，可能是吉，更可能是凶，所以我們一個學生——都沒能招成。

小程在給我算那一卦時，得出的結果比總行程的命更凶。我翻書一看，差點嚇昏過去：竟然連我的上三輩兒人都咀咒到了。好在在翻看的那結果以前，我逗小程笑了一下，他的「意念」被我亂掉之後，連忙說：「這卦可能不準啊！」

幸虧沒準。

幸虧沒準。

二

在我一路上走過一個城市加上幾本書的——那些個書中，除了「莊子」一類的書外，有一本，是我在濰坊先看見了沒買，後到煙臺又看到了買了——的一本書，它叫《一代才子錢鍾書》。我看上一本書後，第一次一般是不買的，因爲我那時通常兜裡沒錢。我進書店時，一般是不敢帶錢的，因爲我擔心兜裡的錢被哪本破書騙走。我第二次去書店時，通常是帶了錢的，倘若哪本以前曾經挑逗過我的書，又舞眉弄色地勾引我了，我出於人道主義的理由，一般，也就來者不拒了。

當然，這絕不包括由蒿教授一類的壞學者們寫的那些個——書，你看它——這本蒿教授的近作，在書架上，像老修女那樣無人問津，對我一再送著晚秋的餘波：「快……快點兒啊！」。

我拂袖而去。

我如赴刑場。

我彷彿是刑場上頭也不回的李玉和（《紅燈記》裡的）。

三

這本「才子錢鍾書」的作者本人顯然不是個才子。從這段他對錢氏在法國為什麼沒有讀什麼碩士學士學位的解釋，就可以看出。他說：「錢鍾書沒有讀學位，以他的聰明才智而失去了接受一種嚴格法文教育的機會，是一件可惜的事。」

我在第一次翻這段書時，由於氣沒打一處來，就忘了書歸原架。我猜：寫書的這廝肯定是個博士，果然，他是美國紐約大學的歷史學博士。據錢夫人楊絳女士在《我們仨》一書中所言，錢氏壓根兒——是看不上那些個博士的，因為讀一個學位，需看許多根本不願看的書（如蒿氏一類人寫的），錢氏將寫博士論文戲說成一項「新興企業」（a growth industry），做這種工作的人是博士侯選人，多如過江之鯽，他們的長處是幹勁十足（像王哈），凡事都要打破砂鍋紋（問）到底。至於問到底的內容，有陳寅恪特別擅長問的「楊貴妃進宮時是不是處女」；還有蒿教授的高足王哈時刻喜歡問的：「蒿老師，您下一個抽打過來的乒乓球，……是圓的還是癟的？」

我覺得自己今年都四十四歲了，考證楊玉環起初是不是處女，恐怕已經缺乏了激情，那些事，還是留給老一輩學者如楊振寧博士和葛老師王老師一類的大師二師三師們去——研究好了，更何況，包括陳寅恪、楊振寧等人在做這類專題時，也不可能得出絕對站得住腳的結論：真正能把這個課題做成博士論文並言之有物的人，總共只有三個，一是楊玉環本人，二是唐明皇，那第三個人呢，只能是個太監。

四

都說了這許多了，還沒落到本文的正題上哩，正題是：「大學者錢鍾書會打架，也打過架」，這酷。

楊絳咬人和錢鍾書打人的事確有，時間是西元一九七二年十二月二日，那天是個星期日。發生衝突的對方是生活于同一個屋簷下的「兩個革命男女。」楊絳當時「捉住嘴邊的一個指頭，按入口內，咬一口，然後知道那東西相當硬，我咬不動，就鬆口放走了。」而鍾書呢，則：「他舉起木架子側面的木板（相當厚的木板），對革命男子劈頭就打。幸虧對方及時舉臂招架，板子只落在胳臂肘上，如打中要害，後果就不堪設想了。」（《幹校六記》）。

那年錢氏大約六十二歲。

我敢半肯定地推論，他打的那兩個人中，其中的一個假如能活到現在——必定是博導，因爲能與錢大師住在同一房檐下的，至少也是「二師」！

關於博導的近況，我前天聽說，有一所京城著名的大學的一個博導。自殺了，他「嘩啦」地一聲，就直落在我朋友的朋友正在進行著的地方。我那朋友的朋友回頭仔細往地上一看，躺在地上的，是一個博導！

還有前天（七月二十四日）的《環球時報》登了一條十分令人矚目的消息，說一個在美國和加拿大拿過兩個博士學位的男子，也自殺了，而他正好——也四十四歲。

這幾件事，可能不是偶然，不論是楊絳用牙咬「未來博導」的一根手指、錢鍾書用大木頭橫劈「未來博導」，還是被博導們導過十幾年的海外博士跳橋，國內博導跳樓，北外女博士生恐嚇博導……，蒿教授之流用乒乓球技招募女學生，……陳寅恪指導學生研究楊玉環不是處女……等等，你說，還不夠得上精彩紛呈嗎？

五

於是我近來，一直在用啃生核桃——最硬的那種——緊張地鍛煉著武裝著——我的牙齒，我一定要保證，在另一根學者的手指——可別是腳指啊，落到我兩牙之間時，別像楊絳當年那樣，因咬不動而忍痛放棄。再有，就是在家門的門後，事先放一根帶毒刺的狼牙棒，因爲我需要保證，在我六十二歲之前或之後用到它時，別再像錢鍾書似的，一棍子下去連個鄰居的真屁——都掄不出來。我在等待著——與暗算過我的那些個等待被咬和被掄的人——下一次遭遇。而此刻的本人，竟禪一樣的寧靜。

評論：

你仰慕錢先生六十二歲時，依舊血氣方剛，借此文抒懷：以禪一樣寧靜，守望西湖家園；以禪一樣寧靜，修煉對抗僞學者真功；以禪一樣寧靜，從容應對命運播弄。是這樣嗎？

77. 小郭真的減肥了嗎？

一

我寫小說的一貫作風，就是不虎頭蛇尾，就是一貫承上啓下，就是從來有始有終，還有就是——不見棺材落不下淚。

這部小品的上半部分，我曾一再提到郭德綱，之所以此處再寫到他，是由於時隔又已半年：轉眼，我們已經平安無事、心平氣和地來到了西元二〇〇六年的夏季。夏季的黃昏，還那麼美麗嗎？當然不是；夏季的蚊子還像冬天那樣老老實實嗎？自然不；夏季的西湖還像她被我出賣以前那麼冷清嗎？絕不！夏季的小郭——郭德綱又有了什麼新故事嗎？

你請看下文。

二

夏季郭德綱之所以又一次、我保證也是最後一次來到我這本原從乾淨的西子湖開始，又被小郭、小蒿和小T、小S、小Q……搞得污濁了的文字河流裡，是因爲：其一，我一定要讓文章裡的角色能上能下，讓他、她和它們既有上場又有下場——的動作；其二，我的眼前橫鋪著《北京晨報》七月二十五日的「聚焦」版，說的是「消協勸名人拒拍假廣告」，其中有幾個似乎是已經做過了假廣告的當今名人們的照像，有唐國強的，有陳小藝的——他們的頭，在報紙上還不算最大，而臉最胖最大的那個、大到無論把琵琶怎麼抱——橫抱、豎抱或頭沖下地抱

——都遮不住面的那個，不是別人，正是與我們久違了快半年了的小郭——郭德綱。

被他代言了的產品名叫「藏祕排油茶」。有人看了他的廣告之後，就信以爲真了，真去買了兩盒郭氏減肥茶，可第一盒吃下去後，重量沒減；第二盒又吞下去了——跟丫環吞金似的，還仍舊肥胖，於是，那人就告發了，讓法院還他以公正，索賠人民幣一一六元。

這種事令人驚詫的是：

1. 一一六元人民幣也値得告上一回；

2. 小郭的解釋。

小郭解釋說他從沒騙人，因爲他——的確試用過這種產品。

對於小郭是否真的——試用過「藏祕排油茶」，顯然，我們是無從考證的——那比考古還難。原因是人在一天之間，有可能就會——排泄兩次，所以分量不等。不過，光吃過那種茶（或者是喝過），並不構成小郭非要給那種產品鼓吹的理由：事實擺著，小郭這半年來非但沒瘦，反而比你們上次在本書裡見到他時——更胖了一圈。

尤其是臉。

尤其是臉。

我們要看的和想看的——正是他那個臉。因爲什麼都可不要，臉嘛，還是該要一要的。不信你問問小郭，臉，你是要呢，還是要呢，還是——要呢？（郭式排比）

凡人如此；名人更是如此。

三

小郭只是吃了或喝了減肥的茶，沒等「肥」——真的減下來，就迫不急待地上電視給專門用於減肥和排泄的茶做廣告，這顯然，是犯了智力低下的錯誤。因爲這其中存在著這樣的悖論：做廣告的目的，無疑是爲了賺錢，有錢以後一般人在一般情況下做的——第一件事，就是改善伙食，因此即使吃了能減肥的茶，即使那種茶幸運地真能排油，小郭的臉蛋，也不太可能真縮小半徑——減肥和暴飲暴食功過相抵了，何況小郭這陣子不知是犯了什麼毛病，越上電視越肥，興許是讓紫外線的強光，給催肥的吧！

結論是：成名卻再難於成仁的、已經高雅得不能再俗了的半年之後的小郭，還是爲增肥和加油產品——做一番宣傳爲好，那絕對會令人信服。

他這種人，從此就不會在本人的書裡出現了。

永別了，小郭師傅。

雖然還有點捨不得嘞。

四

話既然已經說開了，就再評一評另一個被報紙點了名的公眾人物。唐國強一直給一家「新興醫院」做廣告。「新興醫院」我從沒去過，因爲它專治不孕不育，要說給不生育的人服務，是一樁既涉及隱私又挺不好意思的事兒，就跟濮存昕老妝扮愛滋病人似的，搞不好別人會認爲他真的有那種病。唐國強在人們心目中的印象，有一陣子，是等同毛澤東的，因此他在一個電視臺裡，拄著拐棍指揮英勇的工農紅軍深一腳淺一腳地爬雪山過草地；在另一個台裡呢，又一本正經地手指著專治不孕不育的北京新興醫院的大門，動員說：「快去看病吧，弟兄們！」你把兩個台用手拇指隨時顛三倒四地對比著看起來，說心裡話，真令人驚歎蒼海桑田，同時呢，也會發出「大家是都該去看看病了」的——一聲歎息。

五

那個我本來挺看中的、既不需像小郭那樣減肥，也無需醫治不孕不育的心靈傷痛的蔣雯麗，最近，也一個台一個臺地令大家躲閃不急地做廣告——她可能真缺錢花了啊，竟然在同一個插播時段裡連做兩三個廣告，其中的一個是賣「三元」牌水餃的：只見她先用口紅筆抹抹下唇，再嫵媚一笑，說：「我們現代人真該好好提高一下生活品質（大意）」，接著，電視裡演放著一片片血紅色的肉片被生切的畫面，不知情的，還以爲蔣雯麗生吃豬大臀肉時，都必需事先抹抹口紅！

挺無聊的吧！

不過，這，恐怕就是明星們的「高品質生活」。

評論：

有人說：廣告是一種單純的經濟行為。其實並非完全如此，廣告更是現代文明的一種標誌，廣告還反映了不斷變化的文化，同時，反過來也會影響改變文化，廣告人從事的自然也是一種文化傳播活動。

廣告人若說真話，則會造福天下人，對提高大眾生活品質起引領作用；若說假話，不但使自己失信於人，而且還可能誤導天下人，使天下人生活品質下降。廣告人是否有良知，與眾人生活品質高低密切相關。

因為表演技藝超群，得到大眾認可，成為明星，受人青睞，這既是一種榮譽，更是一份信任，這份信任更意味著責任。這些明星理應不斷提高演藝水準，創作更優秀作品，提高大眾生活品質。

可商家為了獲得更多利潤，高薪聘請明星，為所經營產品做廣告。明星所得利潤，雖會提高自身物質生活水準，卻也可能因做了虛假廣告，降低自己在觀眾心目中的誠信度，削弱人格人品魅力，損害藝術形象，甚至觸犯法律，受牢獄之苦。藝術生命是否長久，與人品藝德高尚與否，也密切相關。

你質疑：自詡服用減肥產品者，體重反而見長；領袖扮演者，卻去作醫托；塗口紅，吃水餃，就叫提高生活品質。

你是在擔憂，這些文化使者的言行，會導引虛假拜金的文化潮流嗎？你也是在擔憂，長此下去，生活品質不但不會提高，而且還會呈下降趨勢嗎？你更是在擔憂，西湖的那萬頃碧波，又會盪上浮塵。是這些嗎？

78. 本教師把北京第八名贏慘了！

一

我事隔數日，又一次回到了乒乓球台，雖然這次同我打球的，已不是蒿老師了，但我仍舊邊打、邊回憶著上次與他打球的情景。

我在想，那次的第一個球，是怎麼讓他撿的；

我在回憶一球擊在他大肚子上時——握著球拍的手感；

我後悔，那次令他撿那麼多球，並因此，落得個不會與導師溝通的罪名；我更悔恨，那次沒將球一拍子——打到九霄雲上，以至於，讓他乾脆撿球撿個半死……。

總之，在與北京市第八名種子選手打球時，我的心神——是非常不定，也是非常和極端難定的，換了你，你能定下來嗎？

那你是神。

二

一起打球的，還有二十幾個來自法國理工大學的法國學生。那是一家全球排在十幾名的大學，是法國的「西典」和法國的「清華」，要不，那位姓白的畢業于北京大學的博士、他們的帶隊中文老師，也不會那麼牛氣。她對我們學校對這些法式精英的安排從來校的那一天起，就懷有極端的不滿，外加對北京整體——無論是什麼都懷有的深仇大恨，儘管她在這裡土生土長並拿了一個全中國最好的「博士」學位，對她，我校負責留學生工作的于處長實在忍無可忍了，就問她爲什麼身爲中國人對中國人這般的不理解、這般不好相互溝通，你猜她怎麼說的？她說：「誰是中國人？我明明是法蘭西共和國的公民！」

于老師聽後，先是踉蹌了一下，然後口吃著說：「你……你是法蘭西公民，可……可這是中國的土地！」

典型的「找抽型」「海龜」！

我不是說我，是說那個北大法語系畢業的女博士。

三

在打球累了之後，我用法蘭西共和國的語言——法語問那些法國學生，問他們除了對乒乓球之外，對大一點的運動——比如足球有沒有興趣，他們說當然有啦，我說那好，下週二咱們踢足球吧，我帶我的中國學生當義大利隊，他們呢，則是法國隊。他們一聽，就知道我是在借用剛剛結束的世界盃決賽當比喻，比喻他們必輸，我又問法國人對齊達內——我的「內侄」——撞人事件怎麼看，他們說首先，法國沒贏全法國都痛哭流涕了，其次，倘若有人真的惡語傷害了齊達內的媽媽或姐姐，他忍不住一頭撞去，哪怕是撞死在球場上，也可以理解，於是，我馬上想到了「理解萬歲」。

四

看來，人類——普通的，還是有一定同情心的，因此，我這個姓齊的，比齊達內還大許多輩的人，倘若在得知蒿老師、王哈等小人暗算了我之後，一頭撞死在這墨綠色的乒乓球臺上，是否，也會引發世人矚目和萬眾的同情呢？

但我絕不會——自己撞。

貝多芬有一個交響曲子，叫做「命運」，其中有幾聲「咚咚咚咚」，我現在才明白，那根本不是誰在「叩」什麼命運的門，而是貝多芬在用他那碩大無比和聰明無比的頭——一個勁兒地撞門。

他忘帶門鑰匙了。

五

在打球的又一個間隔，一個女學生朝我緊湊過來，暗問：「齊老師，還有比我的鄧論成績高的嗎？」

「你得了多少分？」

「九十。」

「不錯嘛！」

「但班裡的最高分是多少？」

「九十六分吧！」

「為什麼他（她）比我答的好呢？」

「他（她）要不就比你更有文采，要不就更有創見性，我的評分大致是按這樣的標準：最低八十分；答的與鄧小平說的百分之百一樣的，最多百分之九十分；凡九十分之上的，必須比鄧小平說的更好，時代畢竟——已經又進步了十幾年嘛。」

（說到「鄧論」我有一點遺憾，就是一二百個學生，竟沒一個想出比鄧小平更富於創見和行之有效的、能把臺灣收編過來方案的人）。

「不對啊，我最後一段答得肯定比鄧小平還富於創見……，那……老師，看來我是得不到你那本新出版的書啦？」

我一聽有人議論我的書，就像煙癮忽來似的，我這才想起在演練期末考試時，我曾在班上說過，誰得了本次考試的狀元，做爲獎勵，誰就會光榮地獲得一本齊老師剛才炮製出來的新書。

「書嘛，好辦，你即使沒拿最高分，我也會送你一本，你有空來我辦公室拿一本走就是了。」

就這樣，在球案邊我和那個女生實現了雙贏——爲了書，我有時挺沒出息。

六

果然沒出你之所料，我將那個剛得了北京市男子單打第八名的小子——打得屁豎滾尿橫流，打得七竅生煙，打得找不著北，打得圍著球臺瞎轉，打得上氣不接下氣，打得氣不打一處而來，打得天昏地暗，打得想上洗手間……打得——比蒿老師——更慘！

我恨不得乾脆把他用黃色的、乒乓亂蹦的、肚子中帶氣的——球，給一下子——「溝通」掉算了。

反正怎麼溝通都仿佛是私通；

反正如何交流，都像是下流。
老子何不——一不做二不休；
大爺為啥——老是受氣？！

七

就這樣，在中法幾十個學生的狂歡聲裡，本人以一百比0的完勝，乾淨徹底擊潰了那個剛剛從四百個選手中脫穎而出、獲得了北京市——少年組——第八名的，小學一年級剛剛畢業的——異性對手。

評論：

在與少年對陣中，你過了一把乒乓癮。可是，在與成人之間，尤其在以溝通為前提的對陣中，若想酣暢淋漓，則有可能失溝通之效，誤家國大事。

比如牌局、飯局，對當局者來說，真有佈局之意不在局，在乎股掌之間也！

嗚呼！不會此術，或者說不屑於以此術溝通者，則有可能時時處處受阻。

西湖，西湖，怎能忍看他人對您的玷污？愛戀西湖的你，怎會不義憤填膺？是這樣嗎？

79. 現在世界上到底是誰騙誰？(寫於06年9月2日)

一

我幼年無知的時候，流行過一首少年的歌謠：「現在世界上，到底是誰怕誰？是人民怕美帝，還是美帝怕人民？」

如今，幾十年一過去，這首歌謠的詞，就可以這樣的改寫：「現在世界上，到底是誰騙誰？是人民騙美帝，還是美帝騙人民？」

我這麼說，無非是因爲現在革命已經過時，眼下流行的是——騙子了。

二

由於「寓言大學」俺們學院的院長——俺目前的領導，是個只會用上世紀五〇年代的革命精神和激情在本世紀第一個十年裡搞市場經濟的人，於是本學院剛一放暑假，就又被別的單位——給狠狠的騙了一回。一個從濟南來的民辦學校，竟然到俺們學院的走廊裡，把八十個學生一百多萬的學費，以俺們學院的名義——給收走了。因此，八十個學生——來自全國各地的，以及他們的一百多個家長，就把俺們學院給裡三層外三層地——包圍了起來。

「你們還錢！」他們憤怒地喊著，好在從濟南來的畢老師——那個帶頭的騙子，沒來得急走脫，因此，俺們學院的裡裡外外，就上演了連續一周的「要錢，要錢，要錢」和「沒有，沒有，沒有」的攻守大戲。當然，最後的結局是大學退還了它根本就沒收過的那些被姓畢的及其在濟南的同夥給騙走並轉移走的錢——因爲學生和家長們太激憤，因爲媒體的暴光，也因爲政府主管部門的介入，還因爲社會需要平靜和冷靜，總之，由於大學的「臉」（信譽，名聲，社會影響）比民辦的「臉」更重要，由於首都的穩定高於濟南的穩定，由於T院長的地位高於畢老師的地位……因此，「寓言大學」的這個學院就只有啞巴吃了黃蓮不吐也得吐出。就那麼一下子，把本人及幾十名教工幾個月的薪水代替姓畢的——吐給前來請願的那些個學生了。

學生們每人拿回了一萬五千元的——被騙款後，在經歷了一個星期左右的失意，失眼，失望，失落，失態的——抗爭後，被他們的家人領著，又邁上了不知多麼修遠的、繼續求學的征途——他們都是本年度的落榜生，是帶著當空姐空少的夢想——前來給老畢送錢的，反正老畢在他的招生簡單上是那麼說的，老畢還說上完「寓言大學」和他們搞的聯合航空服務學校後，那些個長得英俊的漂亮的少男和少女——都能「百分之百」地就業，也就是說，老畢能百分之百地把他們送上天空——去推送餐車。

這還了得！

這還不值？！

於是，那些個自認爲還有幾分容貌的落榜孩子們，就急趕慢趕地從全國各地坐飛機乘火車和輪船——把一萬五千元錢送到了在「寓言大學」支起一張桌子收錢的——畢老師的手裡。畢老師拿到錢後迅速將之轉移，等家長們一覺察出不對——因爲他們忽然想到國家規定不能收取隔年的學費，況且，眼下連拾荒的人也不敢保證百分之百能收到破爛，就問寓言大學有關部門「空姐空少」的故事是真是假，學校說沒聽說過誰收取一年以後的學費啊，然後也跟著慌了起

來，派人到濟南一查，人說老畢所說的那家學校三年前就被查封了，這下家長們急了，校長們急了，會計們急了，學生們更急了——唯有T院長一人不急，他正在外地出差。由於此事此時已鬧大，鬧到了全市和全國的範圍，校長三道金牌，總算把T院長從遠途的路上——給生拽了回來，拽到了濟南，讓他找老畢的老闆要錢，這邊呢，學生們扣著老畢不放，不讓他喝水不讓他睡覺，更不讓他逃走。我呢，也被副院長指令配合學生小將們一起不讓老畢撒尿、拉屎以及胡思亂想——除非他把吞進的錢一分不少地再吐出來。但老畢哪裡肯？老畢說他沒錢，錢都在濟南。就這樣，一天，兩天，三天……一個星期下去了，老畢一天天消瘦，我一天天減肥——由於夜裡不能睡覺，學生們一天天凋零的從寶釵變成了黛玉，原本那如大觀園樣雅致的「寓言大學」的校園，也因學生到處亂跑和不停的叫罵，以及警車消防車運鈔車、一一〇、一二〇和其它種類的不知什麼原因都聞風而來的怪車們——太多，而變了秋後的圓明園。

老畢啊，老畢，騙子啊，騙子，都是你給害的。

80. 畢老師

一

「畢老師」起先人們——也包括我，一直都管他叫做「教師」來著，可後來，他的名字被人們一改再改——從「姓畢的」到「姓畢那傢伙」，再到「那個騙子」，直到「那個挨千刀的。」

劉少奇我記得——他的名字也一改再改。我是六〇年代初出生的，因此，從我記事以後，他的名字是延著這樣一條路線改的：「劉少奇，鄧小平」、「資產階級司令部總司令」、「叛徒內奸公賊」、「大毒草作者」——指他寫的《論共產黨員的修養》（《黑修養》）。後來關於劉少奇，我才知道他被人叫過「劉主席」，「少奇同志」，不過那都是八〇年代以後的事了。而比我年長的人呢？對於他們來說：「劉少奇」這個名字，起始於「少奇，同志」、「劉主席」……然後才是「資產階級總代表」中國的赫魯雪夫……直到與我知道的稱呼接軌，直到又變成了「劉少奇」、「少奇同志」……「劉主席」。

我從老畢稱呼，一直雜談到劉少奇的，無非是想說：您叫什麼是什麼，其實都不那麼重要。

重要的是別陷入困境。

老畢式的困境。

二

老畢在我掌管的那間學生辦公室，整整進駐了兩三個月，所以對於騙子畢老師，我還比較的熟悉，我唯一不在的，只是去山東各個城市也包括濟南——與小程進行招生旅遊的那三個星期。

由於老畢等幾個人是別人讓他們來的，所以在老畢他們在我的辦公室裡、在我身後的沙發上時而躺，時而坐，時而爭吵，時而呼呼大睡，時而悶頭沉思——的一兩個月中，我根本就沒意識到——他們都是騙子和他們就是騙子。

而且我還與他們混得斯熟，現在我正在反思那一二個月裡自己作爲一個作家和知識人的無知和疏忽，——我怎麼那麼盲目地相信學院領導和其他的同事呢？T院長看不出他們是騙子——那一點兒都不奇怪，我雖然沒說T院長與騙子們同流合污，但作爲一院的最高領導——他是有理由和有資格愚蠢的啊？

而我呢？

我根本不應該也本不會——比院領導還傻啊！

咳！

三

畢教師那時實在在辦公室裡沒什麼問題思想了，就取出昨晚剛洗的衣服，掛在我的櫃門上——風乾。其中還包含有內衣內褲。不僅老畢，那兩個女教師也跟著老畢模仿。老畢說之所以他們的衣裳老晾不幹，是因爲他們夜裡總住——洗浴中心。

據說在那麼多種旅行居所中，唯有洗浴中心，是最最實惠的，既可以洗澡，又可以睡眠，外加夜裡實在睡不著了，還能讓人搓背，只是有一點，就是衣服——總沒處晾乾。因此，老畢等從山東來的人民教師，就把本人白天工作的地方，當成了——白天晾濕衣服和打瞌睡的地方。

四

受老畢等民辦大學教師們這種吃苦耐勞精神的啓發，T院長在將我和小程等人趕到山東去招生時，也把費用一減再減，直減到我們一用手指頭估算，就不得不住到山東的洗浴中心的地步。

這，以前你們（讀者）——好像已聽說過，你沒聽說過的，是我也帶著怎麼曬也曬不幹的青島濃霧裡的衣服——到人家中國海洋大學的辦公樓裡——去風乾的那段故事。

五

老畢等山東人在北京招生，我和小程不遠千里去山東招生，結果是我們周遊了三周奔襲了五個城市，從山上到海底一路排查後，只招了兩個來，而老畢他們呢，竟在我們首都北京，在俺們的大本營中——空卷了近一百萬元的人民幣現鈔。

可見，我與小程同老畢等人還沒在同一條起跑線上。

人家是「純」民辦的，俺們是「半」民辦的，是國字型大小下自負營虧的，所以思路也不同，因此手段更不一樣。

81. 黑色幽默與老畢

一

關於幽默，○六年九月二日（昨日）的《北京晨報》上有一篇殘雪寫的短文：「幽默之不易」。她說：「我認為，中國人一般來說是沒有幽默感的，只有滑稽。」這雖然是個開頭，卻是她想說的結論，為什麼呢？她說：「幽默是種智慧的結晶，是對人的本質的洞悉。由於中國人在人性這方面的缺失，所以中國人很難產生幽默感。幽默的最高境界則是自我的幽默，迄今為止，除了一兩個同仁以外，我還沒見過哪個作家寫出真正自我幽默的作品，一般都是錯將滑稽當幽默。這實在是對於幽默的天大的誤解。」

注意：她無意中罵了本人一次：「大大」的誤解。

俺誤解誰啦？

二

殘雪說在她的小家庭裡（我是與中華民族的大家庭比），只有一個最具備幽默潛質的，那人——是她的外婆。因為「外婆的生活，除了短暫的幾抹亮色之外，可以說全部是黑暗和苦難，最後還被活活餓死。然而在我同她共同相處的年頭裡，她總是用好笑的，有幾分自嘲的口氣講那些絕望的故事。她說的是別人，但她的語氣，她所製造的那種氛圍，處處指向在生活重壓下拼全力掙扎的自己。她當然沒意識到，她只是一個民間講述人，她有講述的隱隱衝動。」

殘雪承認，雖然她外婆能說一些仿佛是幽默段子，但那「並」不是幽默，「只不過是種可能性」。「從幽默的潛質發展成真正的黑色幽默，這中間是要經歷一場萬里長征的。如果那個人有真正的幽默感，他必定經歷過死裡逃生的情感歷險，否則就只是一些滑稽，甚至假滑稽（像當今流行的那種「段子」）或拿肉麻當有趣。」

我抄完了。

你別說就連抄書，也是挺累人的。

三

遠的不說，就拿二〇〇六年八月份來說吧，被扣在「寓言大學」我們學院一層樓的從天津來的、代表山東「害華教育航空學院」招生的——老畢，從潛質上說，應該是全中國最先達到殘雪理想水準的幽默人士。因爲在那幾天之中，老畢孤身一人，身陷學生、家長和合作單位上百號人的重圍，外加明暗保安公安，他頭頂「詐騙分子」的嫌疑帽子，的確是除了短暫的幾抹亮色之外，經歷的，可以說全部是黑暗和苦難，最後，還差點兒——被活活餓死。

在老畢被扣留的第三天的傍晚，領導讓我去值班。我一到班上，本能地就又餓了起來，這時，領導爲我送來了還冒著熱氣的、使我的心嘩地隨之暖和起來的——一套盒飯，我於是就大吃了起來。這時畢老師也進來了，他的身後照例跟著一大群管他要錢的學生。老畢一見我手中的筷子，餓得連眼珠子都要跳出來了，我說畢教師吃啊吃啊，學生立即搶走了我勻給他的那一根筷子，說：「不給錢還想吃什麼飯？！」於是我明白了，老畢已餓了很久很久。這時又一個學生進來，熱情地將另一具一模一樣的盒飯，展開在我還剩一半的飯盒前，說：「齊老師啊，你連這盒也一起吃了吧！」眾人哄笑起來，老畢也忍不住黑著眼圈笑了。

瞧，這正是殘雪所苦尋的「黑色幽默」。

四

老畢那幾天瘦了整整一圈，不過，好在他原是個近兩百斤的大胖子，身高有一米九。難

怪，幾個月前他第一次出現在我們學院時，我一見他那樣子，就想立即呼叫保安。老畢天津口音，代表的卻是山東的濟南人——來首都北京行騙。老畢幾天不吃不喝不睡，外加除拳腳相加之外的所有人身攻擊，能挺下來，還幸虧有著早先的一副——大駱駝架子，一圈圈瘦下來，雖然明顯的縮小了，可還有馬那麼大。

老畢之所以越往後眼圈越黑，呈現出殘雪的幽默的黑色，全是由於缺覺。我院的男主任和女管主任私下吩咐（注意是吩咐而不是指使）學生——千萬不要讓老畢有合眼睡覺的機會。因爲我們的一些機構，就是使用這招兒，才使那些犯罪分子們，在幾天不睡之後，老實交待問題的。於是，小將們就在夜裡輪留地開導著老畢，跟他拉家長，跟他交流感情，問他家大嫂怎麼樣了——老畢一聽這種問題，淚水噌地就湧出來了，說：「我十年以前就離婚了啊！」

在他已經連續三夜沒睡之後，男主任和女管主一見當晚——也就是第四夜是我值夜班，就一下來了靈感：「老齊啊，今晚是他馬上就該崩潰的最最關鍵的一天了，你就拿出你的全能本事，用最讓他難受的，最難聽的，最惡毒，最毛骨聳然……的語言——與他交流和談心。這樣，他一招架不住，招了，說出了信用卡的密碼……你就……」

「被員警帶走？」我狐疑地問。

五

當夜真無人入睡，我沒睡，是因爲樓道裡學生們攻擊畢教師的語言並不催眠，她們——幾個女孩子都夜裡三點半了，還用小刀割強化玻璃的語氣，大聲與老畢交流：「睡，睡什麼睡，睏，睏，睏什麼睏！幾個小時內你再不交待，明天我們的爸爸可就從全國各地趕到北京了！我爸爸我告訴你——根本就不是什麼好人，他一見他的女兒這麼的慘，還不……！」

聽孩子們這麼說，我當然也睡不著了，因爲一旦老畢昏死過去了，那些孩子的父親們十分有可能——把我們這些在本學院工作的教職工——也就是負有連帶責任的另一方面的人，也……？

我能——像老畢那樣在四天不吃不喝不拉不撒並還不睡之後，還像人類早先那樣直立著行走嗎？

六

還有另外一點，是我至今也沒想明白的，就是憑什麼男主任和女主管當時就那麼肯定，而且還向院領導打了保票，說只有那個齊老師，才會用最損最惡毒最缺德最刺耳最聽不進去的語言，讓那個老畢同志開口。

七

那天夜裡天快亮的時候，我讓幾個已經再無戰鬥力的女孩子們躺到了我那個屋內的長沙發上，她們一躺下就失去知覺地睡覺了，老畢呢，我六點鐘臨走前從門縫中偷窺了他一眼，他在一間空教室的硬桌子上像停屍樣一動不動，我沒驚動他。因爲這是他幾天來第一次做出的水準動作。他顯然是無知覺了。我與同是在值班的那位女老師打了一個招呼，就回家了。我回家以後先是大睡了一覺，然後又想起「身處逆境」的老畢——用手機打聽，才知道他已在公安局了，但在沒去公安局以前，還有一個小小的波瀾——老畢差點「突出重圍」。那是六時一刻鐘的時刻，老畢據那個留守的女老師驚魂未定的描述——突然大踏步地朝學院門口走去，那時樓裡的小將們都正昏睡得稀裡糊塗，一個學生發現「敵人要跑」，就大喊「老畢跑啦！」但只有一兩個學生醒了跟著，女老師嚇沒了神色，用電話通知校保安，保安大多沒醒，只出洞了一個進行攔截，老畢用天津話說：「我出去買藥！」最後，由於那個保安有些內功，才勉強把他押送了回來，才破解了一次畢老師的個人強行突破。

我聽到這裡，才放下了電話，才又接著睡去。

第二天老畢就被轉送公安廳機關了，而且就是第二天晚上，學校萬般無奈下，代替「害華學校」退還了他們騙走的那近一百萬元錢的——人民幣現鈔。

因爲我院，負有著「擇偶不當」的連帶責任。

後來學生們就退潮了，後來「寓言大學」就恢復了校園的靜悄悄——在黎明時分的。

評論(79、80、81)：

為雙贏，公辦與民辦聯姻，利用與被利用之間，利害衝突難免。

這起詐騙案中，公辦真是賠了夫人又折兵，吃不了狐狸，反惹一身騷。

這種良知缺失，道德墮落騙局，天天都在上演。這種病毒若廣為傳播，西湖又怎能不受牽連？救救西湖！是這樣嗎？

82. 什麼叫做浮躁

一

俺這部本來是隱私性極強的「博客」式書中，不幸地摻雜進來這麼多的雜人和雜事，直到多得作爲寫書人的自己、也已經不知如何控制的程度，我因此好生苦惱，我於是總結經驗，我苦惱和總結了一番之後，終於得出了一個結論，那就是「浮躁」。

二

「浮躁」是個十分富於中國時代特色的字眼，至少在上個世紀我橫空出世的頭十個幾年頭，我們還——不知道「浮躁」是一種什麼樣的狀態，但後來就突然的變了，我們的經濟的車輪驟然加快了轉速，那些個車輪連同列車和車上忽悠著的人和物們——都一下子——變得浮躁了起來。

正像那「磁懸浮」列車，那種車我至今還沒坐過，聽說第二天正要與德國人簽訂再延長一截，一直延長到我的精神故鄉——杭州，可第一天不知怎的，就懸著懸著，從車廂裡懸出了火苗。因此，那個加長工程很可能被無限期地延期，直到杭州的西湖不再像上海那樣，按德國人的方式——懸浮。

懸浮，其實就是浮躁，如果磁懸浮還不是中國特有的一種浮躁的話，那爲何德國人不懸一下?爲什麼日本人不懸一下?憑什麼美國人不把紐約和華盛頓也用那種列車打通?唯有中國人喜歡玩懸的，唯有我們這個時代——中意於被磁場托著——浮躁。

三

浮躁無處不在，浮躁無處不有，浮躁仿佛空氣，浮躁像是「三氧化碳」，它從我們的口中呼出，它連大氣層，都浮不出去，——因爲大氣層，早已被它充斥。

浮躁在空中，浮躁在地面，浮躁在家裡，浮躁在社會，而浮躁一旦花落我們那個可愛並可歌可泣的大學中的庭院裡呢，就搖身變成了你在這本博客式著作中不幸遇到的那些這些個從事教育的人物們了：有蒿教授，有T院長，有畢老師，還有就是俺這個「寓言大學」編外的——非著名教育工作者齊天大了。

蒿教授那本是一顆圓白菜的臉，一見到女考生就成爲菜花的——現象，無疑是挺浮躁的，而他的唯一的同性弟子王哈，爲了順利拿到博士學位，見了他當人面就喊「親爸爸」的行爲，肯定，也挺浮躁；而本人呢，剛出一本新書就迫不急待地四處簽字送人，直送得都把書得意地扔到對方的手裡了，才抬眼一瞧，是未來導師蒿教授，這種事——你能說俺不浮躁嗎？

T院長就更浮躁啦！

老畢浮躁的火都把整個車廂給燒糊了，還玩命懸浮著開，他拒絕停車，他絕不停車，於是，浮躁得太過份的他做爲「詐騙嫌疑犯」或「嫌疑詐騙犯」——而從大駱駝瘦成汗馬，馬脖子上還暴露著條條血管。

寫到這兒，我想暫時把有關浮躁的專題打住，因爲這個專題寫得太多了，也是一種浮躁的表現。我只是順便想到——老畢假如真是一頭駱駝的話——幾天不吃不喝，還真不會把他咋樣哩！

評論：

童年正值開門辦學時，為提高小麥產量，在農業科技員李洪志（這當年十分紅火的名字，後來竟被法輪功魔頭竊取，成為鄉下人取笑他的藉口，可惜上次回家時，他也已作古）大伯指導下，我們趴在田壟裡，一粒挨一粒擺放麥種。那份認真仔細虔誠的樣子，本與浮躁無關。可大伯卻因帶領我們一幫學生，在開門辦學中培育出了高產良種而聞名鄉里。此法雖因不適宜大田操作，而沒有成功推廣，但我們那時卻也因為放了衛星，得意了一陣。

在創文明城市驗收即將到來之前，突然接到市創文辦通知：各校要有三年心理健康輔導記錄，其實全市百分之八十以上學校根本就沒有心理健康諮詢室，更不用說記錄了。於是舉市齊動手，建室，補記錄。市區文明辦多次檢查督導強調：這是硬任務，死命令，誰家出問題，秋後算帳。明知造假，但為以假亂真，負責人要求：必須手寫，列印無效。每次創建活動，似乎就是在忙著補材料。

想起鄭人買履的故事，這「寧信度，勿信足」的做法，難道不也是另一種形式的浮躁？這依舊盛行的浮躁之風，若聚攏在西湖上，不是要掀起更大的風浪？這正是你的擔心吧？

83. 一個「把」字先生的素像

一

九月十號是教師節，外藉教員指著我院房頂搖起的一面血紅的橫幅，問我什麼是「教師節」——他認得那三個字，但不知是何意，我就回答：是 Teacher's Day。人類創造的各類名目的節日，是十分豐富和有意思的，如女人的節日，如男人的節日，仿佛一到了女人的節日，女人就格外女人；一到了男人的節日，男人——就立刻男人——起來似的。還有就是兒童節了，有些人——那些一輩子深沉和刻板的人，我看，自打兩歲，就再沒什麼「兒童節」——好過了，而俺呢，俺在墓裡，每到「六一」和「萬聖」，都跳起來要糖吃。

二

上週五本校的代表教師去一個樓頂的房間裡，蜂擁著，搖著慢步，暢聊著當教師的感想，我在一旁目擊了他們那一群人——那些人裡最面熟的也是一個博士生導師——圓臉盤的博導，據同去的人說，他是一個研究「把」字的專家，而且從二十歲起，就開始研究那個字了。

「把」字，知道呢，是漢語中的一個怪字，令一般的外國人十分費解，比如：「我把你廢了！」中的「把」，和「把酒問青天」中的「把」，「車把式」裡的把，「把無產階級革命進行到底！」的「把」，翻譯到 English 裡去，是不太容易的。我們之所以沒能真把無產階級革命進行到底，到二十世紀末期就半途而廢了，其中的原因是多多的，但「把」字太難，也許是其中的原因之一？

那個與本人年齡相差無已的、已經研究了「把」字二十多年了的教授和博導，在我看來，之所以比本人更有資格作爲人民教師的代表被校方邀去暢談，是因爲他比本人更能「把」書讀死，讀爛，讀成精品，讀出意境，讀出問題，讀出成果和讀出職稱。

他每年都要招帶指導那麼多碩士博士生，那麼多人，那麼拼命地去研究那個——「把」，其精神無疑是可傳的，其境界，肯定是高尚的，其心情必定是需要被理解的。

這位教授與蒿教授的風格和研究方式正好相反。蒿教授一般喜歡宏觀大論，而且特別善於輕易下結論，比如他在這本書中說孔子看基督——就什麼都不是，在下一本書裡呢，他又說不對，是基督看孔子——什麼都不是了。

俺齊天大在蒿教授眼中可能也被套到剛才那兩套模式裡了，他在我第一年報考他博士生時，把我當成了孔子，把他自己當成了基督，所以百般崇敬，馬路上一見面就從自行車上飛身而下，把手伸得比三截棍都長：「老齊啊，你——可真是「寓言大學」的人才！」，那種一見名人就滾鞍下馬的樣子，弄得俺自己都無地自容。

可第二年，在幾個已嫁出去多年的小女子追隨他之後，老蒿一下子——就把俺顛倒了來：他自己認爲自己是基督，把俺這個孔子——又看得什麼都不是了，於是落後的——就成了俺。

老蒿呢，又屁股——回到了自行車的「鞍」（座）上，那勁頭兒，頗似把錄影帶先正著放，然後再倒著放。

三

俺雖然沒因研究一輩子「把」或「孔子、基督究竟誰是東西誰不是東西」，而在學術界立足，在教師節裡，俺還是收到了十幾個學生的「祝齊老師教師節快樂」一類祝福。這令俺先大吃一驚，後又一一回信，告訴那些發來短信的學生千萬別太客氣，真是不敢當，不敢當。哪些被我寫了回電的孩子，也先吃了一驚，猶豫了一會兒，回電道：應該的，應該的……！看來，他們爲他們的恩師的這麼謙遜，而感到意外了。

四

噢，我忘了在十號那天，給蒿老師也發一條短信了，要發，我一定會說：祝你平安！祝你平安……祝——你——平——安！！！（孫悅唱的歌）那就跟在香港坐地鐵似的，腳還沒邁上去，就有廣播大聲提醒：「你——小——心——車——門！」

呵……呵……。

評論：

以語言文字描畫素像，且活靈活現。那被你攝住了魂魄的「把」字先生，該不會是指鹿為馬的趙高吧？

趙高在秦二世面前指鹿為馬，想以此檢測朝中大臣哪些擁戴自己，哪些反對自己，借此排除異己，可謂用心險惡。測試後，趙高竟通過各種手段，紛紛治罪於那些不順從自己的正直大臣，甚至滿門抄斬。這故意顛倒是非，混淆黑白的做法，是歷史留給後世的一幕專權醜劇。

你筆下這位翻手為雲，覆手為雨，人品低劣的「把」字先生，該不會是掐「八字」，算命，糊弄別人錢財的先生吧？這種人成為高等教育的排頭兵，豈不是讓算命先生當博導？若是這樣，這西湖蘇堤，不到處都是卦攤了？當年蘇軾費盡千辛萬苦，築得造福百姓的水利工程，不也被玷污了嗎？

84. 無窮的思念

一

那個被思念的，正是本人。

二

我每天早晨上班時，手中都必須有一份「環球時報」，那種需要就好比孩子的爸爸上車時從不——把未成年的孩子隨便讓別人抱著。總之，我手中一定要一邊坐車（站車）一邊緊攥那種報紙。

本週四的二〇〇六年九月十四日，我竟在一篇文章中，把自己——給讀出來了。在「國際論壇」部分，有一篇署名「郭海英」的文章，題目是：「國際化與英語水準無關」。其中有一句話，那話是這麼說的：

「前幾年，國內有本《媽媽的心比天高》的暢銷書。裡面有句：英語就是英國傻子都會說的話。這多半是調侃，但在中國，英語卻過熱……」。

那本書我一看就似曾相識，因爲它就是——俺齊天大寫的，只不過，它的真名不是《媽媽的心比天高》，而是《媽媽的舌頭》，那麼爲何這位河北的「英語研究學者」郭海英犯了張冠李戴的巨型錯誤呢！我想無非是由於以下幾種原因：

1. 她（他）並不真有俺那本書；

2. 她（他）曾讀過我的《舌頭》，可他（她）是從圖書館借閱的，讀了有印象，而且極深，但他（她）隨後又把書還了回去。再想借時，書已被喜歡珍藏名著的人——給偷了出去；

3. 他（她）做學問，沒有「寓言大學」那個研究「把」字研究了一生的學者，那麼嚴謹。他不是精益求精，而是越研究越粗獷，直至把齊天大的舌頭說成了心比天還高的——媽媽。

總之，他（她）犯了嚴重的錯誤。

三

《比天高》那本書我知道，因爲它比俺的《舌頭》早上市了半個月，我在店裡一見那書，心裡大叫不好：「有人從概念上仿造我的舌頭了」——在它還沒被完全打造好之前。那也是一本好書，是一位可敬的母親寫的，說的是他孩子的故事，因此，既與英語學習沒什麼關係，又絕不可能「多半是調侃」——我印象裡那位母親在書中的口氣情深意切，「調侃」絕對與她的文風無關，正如本人的著作除了調侃——與什麼情深意切無關一樣。而且，我的那部近四十萬字的《舌頭》中，整個說的都是語言學習的心得，其中，當然也包括了連「傻子都會說的」英語。

四

從昨天晚上起，我就起早貪黑細讀《媽媽的舌頭》，看到底在哪兒——我說過：「英語就是英國傻子都會說的話」，結論是根本沒有，類似的倒是有一句：「是本人告訴他們中文比英文還好學，連傻瓜都能學會……，好像中國真有會講中文的傻瓜」。

顯然，郭海英是憑著《舌頭》對 English 一痛臭擠兌的印象，推導出的那句話「英語是傻子都會說的話」——的話了。

那與本人的原意也差不多，因爲英國的傻瓜但凡有點大腦的人都能猜出：他們在講話時，雖然可能語無倫次，但絕不可能——用西班牙語犯傻。

德國人也是一樣：德國人我見的傻瓜不多，有了也在犯傻時，免不了用德語。

似乎唯有國人，在神經病發作時，有用外語說話的，比如孔子，孔子曾用英語做公共演講——我是說假如孔子瘋了傻了的話。

五

孔子是否用 English 與上帝和耶穌進行過無障礙傻瓜對話——對這種課題進行過深入研究的，正是蒿教授當主任的那個中外阿Q文學比較研究所。那是他們幾位的日常工作和本職工作。遺憾的是蒿教師是個極其聰明的人——他並不會說那種連英國的傻瓜都會說的 English，於是在第二次博士複試時，也懂幾國傻話的Q大學W教授用英、法、日、德、俄等幾種文字與本人開懷暢談時，也無怪乎——蒿老師聽著聽著先跟隨著傻笑，後來，就鼾聲大起。

他後來，還無意識中淌下了口水。（這當然是杜撰的）

補記：後考證「英語就是英國傻瓜都會說的話」的確出自《媽媽的心比天高》一書。（二〇〇八年七月十三日）

評論：

由「英語是連英國的傻子都會說的話」想到的——也談語言學習

「英語是連英國的傻子都會說的話」，可漢語呢？敢說是連中國傻子都會說的話嗎？其實現在，在以漢語為母語的中國，從幼稚園就開設英語，到中學英語課時與母語等同，中高考賦分等同，但因為是外來語，學習難度遠遠大於母語，因此，在國人心中，英語受重視程度，卻遠遠大於母語。各類輔導學校中英語班最多，城市孩子參加課外英語輔導班，成為一種風氣。以致于學生、家長都誤以為母語不學都會，會多會少無關緊要。真是這樣嗎？

如若孩子一點不學英語還倒好說，即使他在課堂上不學漢語，但他每天必說漢語，在不斷說的過程中還可以提高聽說能力。可是現在呢？孩子們在母語與英語的雙重夾擊中成長，就相當於正處於母乳餵養時期的嬰兒，突然要母乳與牛乳同時餵養，雖然這樣孩子也能長大，可就怕這母乳量太少，牛乳量過大，既營養下降，又因牛奶中添加了過量的三聚氰氨，使嬰兒生命安全受到威脅。那麼，全民族過早、過量學習外語，又會導致怎樣的結果呢？外來語的語法語言思維習慣，以及外來語所承載的文化資訊，難道不會影響母語的正常健康發展嗎？難道不會嚴重衝擊我們的民族文化嗎？

處於習染發展語言最佳時期的中小學生，在語言方面的抵禦能力，相當於幼小孱弱的嬰兒，在國人不得不看重的中高考中，母語與英語賦分卻又等同，社會學校家長，並沒有賦予學生自主選擇母語與外語學習時間多少的權利。可憐這些孩子，生存在說母語的國度，在母語還處於夾生階段，卻把主要時間和精力用來學習外語，致使母語體質受到嚴重威脅，這時期本應多學習母語，兼顧外語。尤其對於將來不靠外語謀生的大多數國人來說，母語與外語的關係應是本和末的關係，健康發展母語應是炎黃子孫光榮而神聖的使命。

一個民族如此熱衷於外語，雖表現了他渴望開放發展的情懷，但凡事都要有度，荒棄了自家園子，雖然與國際接了軌，可那種植出來的花朵，又怎會避免是四不象呢？一個民族若退化了自己的語言，那對於子孫後代來說，到底是千秋功勳，還是萬世罪人呢？一個遊子，若連鄉音都不會說，甚至也都聽不懂了，你說他與故鄉之間的聯繫紐帶，是加強了，還是削弱了呢？他的鄉情是濃了，還是淡了呢？還有他的後代，心中不知是否還有故鄉故土？淡化弱化退化民族語言，大概也是同樣的後果吧！

「英語是連英國的傻子都會說的話」，可是，在中國，在全民接受了義務教育的今天，敢說連傻子都會說漢語嗎？真的不敢說！因為傻子也許因為家人學校放棄了對他們進行過量外語教學，而會說漢語。反而是那些不傻的孩子，卻因為接受了過量的外語學習，而像邯鄲學步那樣，連漢語也不會說了。因此不能再說「連傻子都會說漢語了」，而應說：連不傻的「子」，都不會說漢語了！

若這樣發展下去，漢語，我們的民族語言，也真的到了生死存亡的危急時刻！

85. 他被雙胞胎哥哥們打大了鼻子

一

我和王老師一道，面試一個想教英語的美國青年。他名叫馬休。馬休還有另一個中文名字，是他到中國以後中國朋友給起的，叫做 Sam-Hou。馬休說了幾遍，我也沒聽清楚，他只有用英文解釋了——Three Monkeys，這下我才恍然大悟：「三隻猴子」的意思。

顯然，馬休是被他的中國兄弟戲弄了。

不過，馬休給人的第一印象，就像一隻猴子，小腦袋大鼻子，鼻子大得仿佛一根「反攻倒算」，「算」是「蒜」的諧音，也就是說，昨天中午假如我午飯——吃的是餃子又是白菜餡的，那樣我吃著吃著，就極有可能一下子從飯桌上跳開，去找馬休，並死瞅他那張臉——我打算到他臉上去取個蒜頭。

二

馬休到底能否得到我們那個每小時一百人民幣的教職，今後我還不太清楚，因爲王老師是負責拍板的，而不是我。明天上班到英語學習班裡一看，你就會知道答案了，不信你去瞧瞧，但極有可能不是馬休，理由是王老師嫌他發音不清楚，鼻音太濃了，她有時聽不懂他說的話。王老師是教 English 的副教授，倘若一個 English 的副教授，馬休都能令她聽不懂自己講的話，那麼那些個前來花鉅款學習美國口語的人，極有可能……你說極有可能什麼呢？各種可能性都會有的。

三

在王老師開誠佈公地對馬休說明他講的英語別人半懂半不懂時，馬休並沒惱火，而是承認了，他說即使在美國南加州，也有個別的他最要好的朋友，聽不懂他說的話，因爲他的鼻子很怪——瞧，他自己也檢討起鼻子問題了！那爲什麼馬休的鼻子比別人的鼻子大三號，而且像個倒掛著的大蒜頭呢？那都是他那兩個 Twins——雙胞胎哥哥給打的：他們小時候常聯合起來打他，而且最喜歡從馬休的鼻子開打。往往是一個從左邊打，一個從右邊打，它向左邊歪了，他們就把它——那鼻子，又一拳朝右邊打回去，這樣久而久之，馬休的鼻子就變成了一個說話准也聽不明白的——非凡的鼻子了！

當然，馬休在說剛才那些個他的雙胞胎兄弟打他鼻子的細節時，我也是半懂半不懂的。是我憑想像力把那副畫面給補齊的。

由於從來沒去過北美，王老師可能就更聽不懂馬休的話了。要不她也不會在馬休介紹兄弟們怎麼擊打自己的鼻子時，在聽者本該在臉上表示出同情和痛心時，一個勁地眉飛色舞地插話：Good! Good！那使馬休的臉陰一陣陽一陣的，可不好看啦！

四

在熱情地把馬休送出門後，我著實慶倖了一陣子——爲自己未曾有一對雙胞胎的哥哥，或者弟弟：那是一種二對一的局面，你需面對的不是一對世間最好的手足，就是一組怎麼也分裂

不了的勁敵，你們雖然從理論上說，都是同父同母的兄弟，可人家兩個可是鐵打的一對，那使你似乎不是面對兩個人，而是一個半，兩個半或是三個四個，總之，那種感覺應該——不特別的爽。

馬休就是那種「三角關係」的重大犧牲者。據他用濃重的聲音說，他那兩個哥哥，連同他的爸爸，在爸爸與媽媽剛離婚後不久，就都開始吸毒了，而馬休，是他家庭中唯一的一個看上去像吸毒的其實卻從未吸過毒——的人。

五

在送走馬休後，我還想到了自己那本說 English 是英國傻子說的話（俺說過那話嗎？！）——的《媽媽的舌頭》，現在看來，隨著時代的進步，那本書的某些結論，也該更改更了——如果我明天開始寫它的續集的話，一開頭，我就該寫上一段話，主題就叫做「English 的發音與馬休的大蒜鼻子」。

評論：

美國青年馬休，在母親棄家，父兄都吸毒的環境裡長大。不幸還被雙胞胎哥哥打得鼻子變形，影響發音，無法靠傳播母語謀生。

他那本是同根生的兄弟，因受了毒素蠱惑，而失去理智與人性，竟以如此殘忍的暴力行為，傷害他的身心。

而這戕害身體、扼殺語言的暴力根源，又在於母親出走、毒素傳播。

想那杭州西湖——我們民族文化的聖殿，若有一天，也表達不清或失語，那一定是被強悍的「音」君子，用英語這只利拳虐殺了！或者被傳播語言的某些僞學者，玷污了水源，而影響母語的清純、明澈。

警醒國人，是你行此文的初衷嗎？

86. 射箭乎？趕車乎？

一

我現在由於開始教書了，所以對於孔子還有頗有興趣的。由於三十年前搞文革時我曾作爲小學生深批狠批過孔老二，對於《論語》裡的一些個言論，相對地，還不算太陌生，我之所以事隔三十年後再次對孔子有興趣了，還是由於——當上了一名光榮的人民教師——

編外的；

另類的；

業餘的；

不過，從這個角度來看，兩千多年孔子當老師時，也與本人一樣，因爲他一沒有教師資格證，因爲他二沒有教授和講師的頭牌，還因爲——他當時並不是一個博導。

二

孔子與本人一樣，當然也反對一輩子隻研究一門子學問，他說：「吾何執？執御乎？執射乎？吾執御矣」。

意思是：如果讓我在射箭的專家和趕大車的專家之中，選擇一個專家當的話，那麼，我寧可選擇當一個趕車的車夫。因爲趕車的人不太需要專業知識，由於不太專業，無需太費腦筋，從而比起要苦練才能成才的射箭專業人士來，要活得自在。對此，錢穆在他的《孔子傳》中解釋說：「行道乃大事，執一藝，又焉能勝任而愉快乎？」

記住，孔子在說：「吾何執？」時，是出於反駁一個胡同裡的「達巷黨人」對他的攻擊的目的，那人說了什麼？他說：「大哉孔子！博學而無所成名。」意思是：「孔老二啊孔老二，你雖然牛B而博學，卻怎麼一肚子學問，卻什麼都不是呢？」

哈！那個胡同裡的「達巷黨人」，在兩千多年前也曾說過孔夫子什麼都不是的怪話，這與蒿教授說我「什麼都不是」的語氣，竟然嚴絲合縫地隔著兩千多個三百六十五天而——會師啦！

在我第二次複試時，別人都往導師的手裡，塞了一小疊論文，而俺呢？卻一下子擲過去了——兩部自己寫的巨著，跟扔磚頭似的，把三個著急發問的博士生導師們——險些給傷著了。但很快地蒿老師就，恢復了「導師」一樣的鎮靜，說：「老齊啊！你寫的那五至六本書，我都看過了，那些都是小說，對我們這個比較阿Q（文學）專業來說，它們——什麼都不是！你——聽明白了嗎？」

「明白……明白啦？」看著三個博導都帶著滿臉愁容地傳看我剛遞過去的那一兩塊包

括了《媽媽的舌頭》的、「什麼都不是」的磚頭，我連忙謙遜地點著頭。我心說，要是孔子在這種場合，還是會選擇先執射的，先用三根亂箭，把這三人的心胸射開，把他們心胸的尺碼加大，然後再執馬鞭拉車，拉到「大哉」，「大域」的、這些人和其他巷人、胡同人連想也想像不出的——博學境界。

三

無疑，本人而今已經達到了某種情形的博學境界了，這種境界一般的特徵就是什麼都知道一些，而且什麼都不是，即孔子被擠兌的「博學而無所成名」。不過，本人還是以爲，這種狀況還不算最差的那種，因爲總比成了大名卻是個白癡強上一些。那種人的數量，可是無可計算的啊！兩天前我去聽一個北大來本校講學的女學者的一堂課，還沒聽完就知道又碰上了一個。她在被介紹時，在自己的真名真姓後面，竟有長達五分鐘的學術頭銜，聽得我都上完一次廁所返身回來，主持人還沒念完，因此我心中一驚：「完了，中國的機構肥腫現象，又發展惡劣了」。而她看上——那位女學者——竟然還比較禁看，這也許就是她那麼多國際學術同行中，被那麼多外國人稱爲——少了她學術會議就開得沒勁了的原因之一吧，反正是主持人那麼介紹她的，說她是XXX學術委員會的唯一的「非西方」學者，說她與那些原來只敢引用西方學術人物的話的我國的大多數學者們——已經完全不同啦，人家（指她）竟然敢在那麼多名人出席的國際學術會議上，公開地給那些西方學術大人物們——挑他們論文中的錯誤了！而且當時在場的，竟然只有她一個——非西方學術人士，因此，與會的老外學者們都一致地感到和敬佩吃驚。聽課的大學生和幾個博導博士們，聽到這裡一致給這位爲中國人爭了氣的北大的女教授

鼓掌，群情因此在鼓聲中，也激昂了起來。

但剛從廁所回歸到座位上的本人，卻反常地大笑了起來！因爲我一笑，中國人終於在學術上也站了起來——都敢挑西方人論文裡的錯誤了；這是欣喜的笑，是慶倖的僥倖的笑；我二笑在座的包括了蒿教授之流的三流學術人的無知：在她僅一個國人出席的會議上，她受到了西方學者的贊許，這一點可能是真的，無聊的是這種事又是通過她本人的口——傳到了國內的同行的耳朵裡。這多少有些個滑稽。因爲那也許是她回來告訴大家的唯一的一種評價——她絕無可能隻身去了西天，又從西天成功取回了真經，然後一下飛機就對苦等了多日的國人說：「與會的國際專家，都說我——什麼都不是！」吧。

四

人本來是人，本來就什麼東西都不是，因此，你我在第三者、第四者、第五者……第幾者，在前人古人和後人的眼中口中心目中夢中是不是東西，其實都不重要，最重要的是別太執著於一技、一藝、一門學問和一門心思，當然，還有一個學位，要象孔子那樣終身抱定「什麼都不是」，什麼都不想當，什麼名聲都沒有和不要的信念……只當好一個編外和另類的——人民教師。

我是說我，又沒說你。

孔子的最好的學生，四十一歲便英年早逝的顏回，是這樣嘆服他的老師的：「仰之彌高，鑽之彌堅，瞻之在前，忽焉在後。」經過近二年的傳授知識，本人在「寓言大學」的一大部分學生的心目中，也與之差不多了，因爲本人天生一米八的個子，在大部分達不到本人身高的學生眼裡，本老師只能是越長越高，何況講臺又高出地面少許。「瞻之在前，忽焉在後」，我想可能適用于形容學生們見我在校園裡滑旱冰鞋一會朝前跑一會向後跳的時候——對本教師的印象。因此，現代孔子與古代孔子並不完全一樣。

本人對蒿教授在考上博士生前和沒考上博士生之後——可就大大不同了！以前我看他，也曾經有過「仰之彌高」的時候，但現在呢，怎麼看他，就怎麼覺得「仰之彌低」。從前他的學問還挺「鑽之彌堅」來著，可眼下，就如一張馬糞紙，一屁就能崩破——俺是指馬放的屁！

最後的「瞻之在前，忽焉在後」呢？是指他現在一見到本人，就一溜煙地繞著道走。

評論：

孔子當年被「達巷黨人」質疑什麼都不是時思考：「吾何執？執御乎？執射乎？吾執御矣」。

你被告知所寫「那些都是小說，對我們這個比較阿Q（文學）專業來說，它們——什麼都不是」時，只想習箭，射穿那些所謂的博導們口是心非，言不由衷的貧血的心。

外行看熱鬧，內行看門道，看不出門道的所謂的內行，豈不是連外行都不如？外行最起碼還能看出熱鬧，可這位博導，卻乾脆扔給你一句「什麼都不是」的論斷，那他就連外行都稱不上了。

處在所謂的「外行」看來，什麼都不是的境地，該怎麼評價自己呢？

繼續寫著不是文學的小說，自得其樂！

讓另一類的「人」說去吧！

87. 小說是文學嗎？

一

在我的小說在幾個國內享有盛譽的研究比較文學的教授們手中——被像傳剛出爐的烤紅薯（地瓜）那樣一個勁地傳來傳去的過程中，連我自己也糊塗並困惑了：我寫的那些個東西，誠然像蒿老師斷言的，還真的就不是什麼「東西」，那只是小說；那哪兒是文學呢？

文學——莫非也包括小說？

小說——算文學嗎？

「人」的總體概念中——難道也涵蓋博士生導師？

博士生導師——是凡人嗎？

總之，我進入了空前絕後的學術和理性、理解和理想以及道理和道德和道義和道路上的——疑惑。

因為已經出版了六本書（其中包括有小說，隨筆）的本人，在幾個研究了大半輩子文學的教授們口中，竟然是個「沒有研究成果」的人。他們其中的一個隻在博士論文的基礎上，出版過一本薄得象春餅樣的著作。而且，光感謝張三和感謝李四的客氣部分，就占了「春餅」的大半層。蒿教授倒是每隔兩年出一本書。其中有一本書賊厚，讀後本人先心胸澎湃，然後懷著十分激動的心態讀那本書的後記，最然後就恍然大悟——以蒿教授全名出版的那本文學研究讀物裡，只有最最前面的兩章和最最後面的兩章是蒿老師親手寫的，其餘的占該書三分之二的中間部分，都是研究生們——親身寫的。那使我頓覺——我手裡的那本書已經不是書了，而是一個學術三明治。三明治共有三層，上下層的二塊麵包，是蒿教授的，中間的肉呢，是學生們的。

誰說三明治不好？我挺愛吃三明治的。

不過，我之所以連續兩年報考蒿教授的研究生，除了實在寫不出什麼樣的小說的原因之外，我敬佩的是蒿教授在學術上毫不隱瞞和實事求是的品性——因爲他本來根本就不需要寫那個「後記」嘛！

二

無疑，三個博導擊鼓傳花似地鎖著眉頭投遞本人由人民文學和作家出版社出版的像石頭般實打實的——「名著」（俺狂吧？！）時，那種心情，我完全可以同情和理解，那是一種通常的嫉妒，而且是女人對男人式的（因爲嫉妒二字都有女字旁），於是他們在對我提問題時，都空前地爭著表現神勇，恨不能一下子用一個誰也給不出答案的問題——把俺老齊壓倒。其中的一個問題是那個發表春餅超薄型著作的教授帶著惡意提的——他問我知道不知道托爾斯泰姨媽的乳名。我當然知道，於是他又斥問我爲什麼不用英文、而用中文去讀文學批評家巴赫金的著作？對待這種無知的問題，我簡直忍無可忍了：因爲巴赫金是俄國人。「春餅」一聽也火了：今後我非要你用英文讀巴赫金的書，你讀嘛？

他說著說著語氣裡都有MM的嬌嗔腔了，生怕我讓他下不來台，我也被弄得挺不好意思了：「教授喲，俺只英文讀，俺只用 English 讀，俺用英文讀。行不？」

兩次考博處複試下來後，我其實也挺同情那些進行口試的導師們的，因爲他們在問問題

時，問深了不是，問太淺也不是，比如他們問我對馬克思怎麼看時，我脫口就說：馬克思的四十卷全集我二十多年前就通讀過。我的回答使問問題的那個導師臉紅了好一陣子，直到口試結束都沒還原先的豬肉色。還有一個博導在聽說我會所有八國聯軍的語言時，既好奇又不信，因爲他也是號稱會好幾種外語的國內沒人能跟他攀比的人才，因此，那位博導，就小心奕奕地用日法德俄等幾種語言一門一門地跟我對話，我一一答了，他興奮了，我也興奮了，因爲他找到了知音，因爲我也找到了知音，而蒿教師和「春餅」呢，就只能一旁用四隻大小不等的眼睛，瞪著我們倆。當那個老師問到最後，實在沒什麼好問就興高采烈地說：「搞比較文學就應多會幾門外語」時，老蒿和「春餅」並不是「如」夢初醒，而是真的睡過去了。

據知情人士事後告訴我，我的那位「知音」教授在面試後，對老蒿和其他幾位博導們感歎說：「在中國碰到齊天大這樣真會幾門外語的學生，還真不太容易。」，老蒿和「春餅」連說是是，隨後嫉火直竄（我猜的）。我進一步猜想肯定當晚不服本人的老蒿帶著他的猶大弟子王哈連夜奔向寓言大學圖書館，用手電筒翻查日本上古時代文選，說：「他齊天大有什麼了不起？！我老蒿也懂日文！」，他於是把那本古日語書一遍遍念給把頭點得鬧鐘般滴滴噠噠的王哈，王哈連說「嗨嗨嗨老師英明，老師英明，老師也能看懂古代日語，老師也能看懂古代日語！」

沒錯，老蒿還能看懂得古韓語和古越南語哩！因爲那時那些個國家除了使用從中國借去的文字，自己的文字還沒發明出來呢？

嘿嘿……（你聽俺在蒿笑）。

評論：

小說是文學嗎？這是連小學生都會點頭說「yes」的問題，可名牌大學的博導，居然給出了否定答案，居然還滑稽的以這絕對錯誤的答案為依據，拒收弟子！真是欲拒之，何患無辭！難道是在重演強權時代指鹿為馬、是非不分的悲劇嗎？

西湖——這民族文化的搖籃，被污染，豈能不令愛湖如命的你痛心？

88. Value（價值）v.s. Price（價格）

一

今天的淩晨，都十月了，還遭受一隻蚊子的夜襲，於是我在與蚊子作戰的空檔裡，取出了許淵沖的文章來讀。老實說，由於寫書的人太多——包括本人自己——所以這本青島買來的許氏的書，在打蚊子之前，從來就沒想著讀過。許氏不太有名嘛！

二

許淵沖是西南聯大畢業的，一位了不起的翻譯家，英文法文皆通，而且專譯誰都譯不好的文字——如唐詩和宋詞，外加司湯達寫的《紅與黑》。他的書不讀不要緊，一夜間讀起來，就忘了打蚊子了，而且是又被蚊子嘴啃了一口之後，才想起來還沒有被消滅的——蚊子的。

可見他寫的書好。

許氏曾當過錢鍾書的學生，所以他一九八三年去錢氏三裡河的家裡去造訪也就不足爲奇了。我本人是三裡河一帶長大的，從某種意義上說，我去訪問錢鍾書，要比許淵沖方便——一溜彎就到了。區別在於，本人那時還在上著大學，不是在中國的西南，而是在北京的東北。

三

在那次見面時，錢鍾書對許氏這樣說了一番話：「現在有一個 Value (價值)和 Price (價格)不平衡的問題。價格高的人見到價值高的人就『要退避三舍』，對於老師的話許氏是這樣詮釋的：『在我看來，『實』指價值，『名』指價格。『實至名歸』(錢與許的一封信中提到的)就是價值與價格統一。這話似乎理所當然，但在生活中卻不儘然，常有價格高於價值的現象。如果價格高而價值低的人當了權，那就一定會壓制價值高於他而價格低於他的，於是劣幣就驅逐良幣了，所以『實至』並不一定『名歸』」(《山陰道上》——許淵沖散文隨筆選集，中央編譯出版社237頁)。

四

我剛才之所以那麼有耐心地把錢氏和許氏的原話和那些話的具體出處給記錄到這本書上，是因爲哪個倒楣蛋一旦落到齊天大的這步田地了——我是指懷才而不遇好人——就可以像我一樣，到許淵沖的書中找來兩位大師的話來讀讀，用這種同樣的形式——實現一下自己的價值。

孔子也有類似的話，孔子的那幾句話說得就更早了：子貢對孔子說假如有一塊美玉，已經藏了很久很久了，是不是該找個好主顧賣了？孔子回答「沽之載！沽之哉！我待賈者也。」意思是：「傻瓜才不賣呢，快賣！快賣啊！見著識貨就立即脫手！」

孔子和子貢所說的「美玉」，也是指人的本事和才能。

陶淵明也有有本事找不著「客戶」的苦悶。

在那夜遊的秋蚊子還在空中彷徨的時候，我又速讀了葉嘉瑩的一本《迦陵論詩叢稿》，其中有一篇小文「陶淵明之『任真』與『固窮』」她說陶氏一千多年前在鄉村種地，其實也是出於無奈：「以淵明之志意而言，則用世其本心，歸田才是不得已。」

如果陶氏本來胸懷大志，不得已才到鄉下去種地，那麼錢鐘書和楊絳夫妻雙雙打掃廁所和到五七幹校去勞動，就更是富於諷刺性和幽默性了。不過也是，也不是，人無論是幹什麼的，無論精神生活多麼的豐富，會一門外語也好，會一百門外語也罷，反正糧食——總還是要吃的。而且糧食它們偏偏——不是天生就自己長出來放在哪兒供你去吃的，它們總需要人去種，你偶爾被輪上種那麼一兩年莊稼，也不算太大冤屈——除非你每天吃米飯饅頭時死活都不張口。

五

Value 和 Price 總成反比這種事，總是被我這種人碰到，而且一碰就總是一次二次的。本人前一年考博時，本來就考上了，而且複試時，無論女人的高跟鞋如何的高，也沒高過蒿老師對本人 Value 的認同——他死活都讓我上，但通知都由內部人士口頭傳遞到我之後，不幸的事情就發生了——另一個博導同蒿老師爭搶起這個名額，說即使他不幹博導了，也不能讓寫齊天大

上，因爲他的一個女弟子——的丈夫要解決兩地分居問題。他們一個在北京，一個在外地，如果女的上不了的，那個男的就想與他真的，一直的，一輩子地，徹徹底底地，永不變心地和意志堅定的——分居到底！

我一聽是這麼回事，就對用抱拳作揖的方式對俺陪不是的蒿老師說：要不俺親身——替她丈夫爲她解決分居的困難？「人家可還有孩子呢！」我一聽這太累贅了，就說算了算了吧，我還是明年再考吧，省得活得那般的累。

於是當年無話——我落榜了，於是他們二人就在沒有任何障礙的前提下又勞燕齊飛了。

六

蒿教授的 Value，無疑是在王哈一類的弟子整日空叫他「爸爸」的情況下才與 Price——在短短的一年三百六十五天之中，變成了「大反比」的，而俺的呢？——我是指 Value（價值），在一年之中，在同一個地球上旋轉和在同一首歌的伴奏下，卻像中國股市在二〇〇五至二〇〇六年之間那樣，一天天，一月月地由「熊」變「牛」了。因此，感到不太舒服了的我的導師他就——玩命地將本人拋售。

我想孔子在兩千年前，也是緊盯著大盤，而叫子貢「沽之哉，沽之哉，我待買者也！」的，陶淵明在種地時，劉備在種菜時，齊天大大寫書時，也都是在心中一通的胡思亂想，只不過大家的心機不同罷了。前幾天我在「寓言大學」的校園子的一個黑暗的見不得人的角落，與蒿教授久別重逢，我滿臉的堆笑，他呢，正如錢氏一九八三年對許淵沖描述的，一見了俺，就退避三舍地從身後的另一個更黑的角落，後退而去了（「退避三舍」）。

評論：

價值決定價格，價格與價值本應成正比，但在市場經濟中，由於受供求關係影響，這二者也常常會背道而馳。人與人之間本應平等相待，一視同仁，但由於身份、地位、利益這些外在因素的介入，便也會形成有悖常理的潛規則。

位高才疏者，嫉妒輕視位低才高者，這也是一種很普遍的社會現象。因為位的高低不全由德才來決定，還在於人謀，而謀的能力也是一種能力呀！在這一點上，有些謀到高位的人，自然會自鳴得意，理所當然的輕視位卑才高者，嘲笑他們不識時務，不解風情，僵化而又不知變通，缺少謀的能力。得意之余，也常會利用手中職權，故意不為才高位卑者提供發揮才能的機遇，以顯示自己所處位置的重要，而在此過程中，這些位高才疏者的人氣指數，卻也在人們心中急劇下降著。這是他們知道卻也不得不承認的事實，也是他們在攀登高位時，內心失衡而釀成的苦果。

可歎！可悲！

89. 郭德綱的明顯貶值

一

郭德綱已經貶值了。這本書我一邊寫，也一邊考慮著它今後的價值，而我之所以懷疑這樣的一本書是否還真有什麼價值，是因爲，它被寫著寫著，寫進來一個叫什麼郭德綱的，年初的他如果與哪一本書發生關係，還算是一種噱頭，而半年過去後的如今呢？如今的郭德綱已如錢鐘書一九八三年對許淵沖說過的，成了個價格扶搖直上、價值一路下跌的大路貨演員了。

那不僅是他本人的不幸，更是寫這本書的本人的悲劇，就好比一個好好的筆記型電腦，用著用著發現了其中的病毒，而把病毒傳上去的——正是使用者自己，連後悔都來不及！本書會因這種叫「郭德綱」的病毒，而難產而成爲半殘的廢品嗎？

我祈禱它不！

二

郭氏眼下似乎早就忘記了那些「德雲社」聽他說相聲的觀眾，用一副與中國傳統文化根本無關的半油頭半滑腦的樣子，天天在電視上打攪老子俺的視線。尤其是我發現他竟然長得——與蒿教授有那麼幾分的相像，那就使我一拿起原本在女兒手中的電視搖控，就連捶胸帶頓足：換台時，千萬別遇到那個像大pig的郭德綱！可不留神，他那越來越圓的大臉，就又出來了。

這就叫做禍不單獨行走！

三

我在這本書發表之後，如果有業餘時間，打算去「德雲社」去給他補缺。

四

與傳統相聲一齊變俗了的，還有馮小剛拍的電影《夜宴》，我剛用老伴單位發的票——免費地看過。《夜宴》這種本來只適合在夜半三更邊吃邊喝邊看（「夜宴」嘛！）的——電影，卻連白天看它，都能美美地——睡上一覺，當導演、演員們的市場價格——Price，像氣球一樣扶搖直上之後，作品中的 Value——價值，就一個猛子地，從樓上往下跳了。

這是一個卡通化了的世界，演員卡通化了，導演卡通化了，觀眾卡通化了，趣味卡通化了，精神也卡通化了……

卡通就是失真；

卡通就是做作；

卡通就是空洞無物；

卡通就是蒼白；

卡通就是沒有生命力；

卡通就是走上電視後的郭德綱；

卡通就是當了博導之後的萵先生。

評論：

卡通還是左臉尷尬的掛著傷心淚珠，右臉卻還在故作瀟灑的微笑著的人物呢！卡通是不能統一融合的矛盾，戲劇化的聚合在一人一物一體之上。在這個為了達到目的，隱匿真情的時代，卡通成為隱遁原形，宣洩情感的替代品。

卡通不是自然的湖光山色，是假山假水，假唱假肢。想起那則與馬克・吐溫有關的趣聞：為富不仁的獨眼富商，安了一隻逼真的假眼，手術十分成功。當他讓馬克土溫辨識真假，馬克土溫當即認出了假眼時，富商驚問如何知道？馬克吐溫答：因為那只假眼裡還散發著人性和慈悲的光芒。

痛哉！快哉！

90. 誰是苦悶的象徵

一

我是抱著極其不苦悶的心態——迎接第二次複試的：因爲在九人中，要取八個，又因爲其中的一個不知叫什麼的——連碩士學位都沒有。

而俺呢，碰巧又有。

二

這次複試比上次競爭性差，除了剛才那個「硬」原因外，還有「軟」原因：就是除了本人之外，似乎都是異性。「異」性，就是與俺的性別相異，就是有所不同，而好像按教育部的一再的三令五申：任何的博導，都不許只招異性。因此，這一個「只」字，就必然將俺這個「異性」，給「只」出來——這是俺臨進考場前的暢想。

三

去年那個用「兩地分居」原理把俺的資格取消了的博導——就是後來用幾門外語與我懇談，從而把包括蒿老師在內的另兩個博導給整睡覺了的——「知音」老師，這次對俺極爲的客套，他的問題除了我是否也有兩地分居之類的問題之外（我說我的靈魂總是與我的肉體分居），還用日文問起了我一個人和他的文章。那個日本人名叫廚川白村，那篇文章叫做《苦悶的象徵》。一提起「苦悶」，我的精神就一下高仰了起來，而且是不打一處來的：我一提苦悶就興奮得非常快樂，就如同小鳥一樣的雀躍！因爲我實在是太熟悉苦悶了，我根本就無需「象徵」它，我一貫與之爲伍，我始終與之作伴，我甚至——在與苦悶相依爲命；我與它長年相守，我直至要與它——一同客老還鄉。

我用日文、英文和法文——而不是其它的什麼文字，與「知音」教授大談特談起苦悶來了：從魯迅的苦悶到共和國的，世界的，世紀的，人類的非人類的——苦悶，一直談到怎麼才能將沉睡得不再省人事的蒿教授，從苦悶的睡夢中——喚醒：

「這可是博士生複試現場！」我義正辭嚴，我改用中文說。

「哦……哦……」。

「您的下一個問題是……？」剛醒過夢來的蒿老師，懵懂的，竟把我「整」成了博導。

剛才那種誇張的編排（在事實之上想像的），無疑是一種新搞出來的新鮮的冒著熱氣的苦悶。

四

在我轉用中文述說苦悶之後，就又口若懸河起來，因爲我這種人的苦悶實在是多多：我說我因需要第二次複試——俺這種天才——而苦悶；我說我因碰到你們這種到了泰山根地下了還沒長眼的導師而苦悶；我說我因爲年齡一年比一年大、都快大過博導的平均年齡了——而苦悶；我說我今年如果再被哪個需要解決兩地三地分居的——別管是馬還是人——頂替下去了，我就將苦悶透徹了；我說你們要是還沒完沒了地問這種沒勁的問題，我的苦悶——就不再是一般的普通的苦悶了；我說咱能不能把窗子打開，這裡的空氣品質這麼差，都是你們三個搞的，這太令人苦悶了……。

於是他們就打開了窗，把我從房間裡——給放了出去。

91. 好一個許淵沖！

一

大翻譯家許淵沖有兩種特製的名片，分別是兩首詩，其一：「書銷中外六十本；詩譯英法唯一人」；其二「不是院士勝院士，遺歐贈美千首詩。」

他夠狂的吧！

而俺呢，由於俺的年齡是他的除以二，所以第一首應改爲：「書銷中外六本。」第二首應改爲：「不是博士勝博士。」

二

俺到目前爲止，總共被叫過兩三次博士，那種事都發生在最終的榜要發還沒發下來的時候，那時總有人推門，問：「齊博士在嗎？」

我說：「在在，在在，在下就是！」

可見，現在本人在校內挺沒面子的。

其實，博士與博士生，還差著幾十公里的路，但在中國，有人把中間的那一段，給忽略不計了。

清華的陳寅恪，是梁啓超推薦的，有人質疑陳氏去過那麼多個國家，怎麼一個碩士或博士的頭銜都沒整回來一個，梁氏答曰：「你看我的學問，還算可以吧，但我那兩下子與陳寅恪相比，卻什麼都不是！」

三

由於今年俺從蒿教授那裡學來了一個「什麼都不是」，又由於我的苦悶一年年地跟著GDP平穩地高速增長，我開始真的（可是真的哦！）懷疑起自己究竟什麼都不是呢，還是好歹是個什麼東西——這種問題。我爲了尋求答案，費盡心思買來了一本哲學方面的書，名叫《普

羅提諾論惡》。普羅提諾是古希臘晚期的一個哲人，他只對惡感興趣，他最討厭的就是善。這種書讀起來，正迎合了我近來的心情，由於你們（讀者）都不是搞哲學的，在哲學方面真的「什麼都不是」，所以我還是把普羅提諾關於惡的研究結果，用簡單一點兒的話表述吧。他在解釋什麼是「惡」以前，先說的是什麼是「善」，什麼是「善」呢，就是全天下最齊全最完美最完整最天衣無縫最無可挑剔最形式完整最穩定最固定最偉大最光榮最正確最不可多得最了不起最萬能最最最……最……的東西。

那什麼是「惡」呢？惡是與善相對的那種東西，就是相對於「善」——什麼都不是——的那種東西。

你整明白了嗎？

那我說具體一點：「惡」沒有固定的形式，「惡」連固定的顯露方式也沒有；「惡」總是在變形，變態，變性，「惡」游離不定；「惡」在隱形中存在；「惡」沒名目和名義；「惡」沒有固定的盟友；「惡」該出手時反而不出手；「惡」不該出手卻伸出一隻小手；「惡」在陰影中；「惡」在晦暗裡；「惡」……一年與一年有所不同；「惡」不敢玩大球：足球，籃球，「惡」只愛揀乒乓球玩，而且玩的水準——什麼都不是。「惡」愛搞女人卻不愛女人；「惡」卻在女人的心目中，除了「惡」得非凡之外，卻什麼都不是。「惡」沒長過好心眼。「惡」只會玩權；「惡」其實對書、對學問並沒什麼真實的、是點兒什麼的興趣，對於「惡」來講，「善」和學術只是一種作惡的手法和手段……「惡」是帶著惡意惡作學問的；「惡」在學術上可能真的——什麼都不是。搞中外學問的人最最起碼的前提，是像許淵沖那樣搞明白一兩種外語，或像人家齊天大那樣對每一種鳥語都有學舌的能力，而「惡」卻天生著一根連國語都能歪曲的口條……在這方面「惡」還真的——什麼都不是哩！

本人以上的攻擊，是本著「極惡」的原則進行的，是對「惡」的一種忠誠的模仿，是以惡之術，還惡之身，是以惡……攻惡，以毒攻惡，因爲惡的犧牲者一般都會被它所傳染，都會產生出燦爛的惡之花，惡之果，惡之昇華，惡之飛天，惡之永久，惡之回光反照；惡之精英，惡之精靈，惡之精華，惡之吶喊以及……惡之抽泣。

評論（*90*、*91*）：

誰是苦悶的製造者？使我們苦悶的人、事、物都是！誰是苦悶的象徵？地震是地球苦悶的象徵，黑夜是自然苦悶的象徵，製造罪惡者也是善良者苦悶的象徵。

當惡之花盛開時，善其實已在悄然孕育果實。當善之果日趨成熟時，盛開著的惡之花朵，其實也正在走向窮途末路。現時開放的惡之花，是回光的返照，也是冬夜來臨前，黑而未黑之時，殘陽在污水池裡的倒影。這紅極一時的，所謂的芳香中，卻也隱約著腐屍的腥臭味。

當惡之花盛開時，也正如惡之毒瘤已經癌變，必將引起療救者注意。輕者那毒瘤會被高明的醫生切除，重者，滋生這毒瘤的惡，也將被帶入墳墓。

誰是苦悶的象徵，製造苦悶的惡的代言人就是！污染湖泊江河的有害物質也是！西湖這善的代言人，與你筆下那惡的代言人水火不容！願善果取代惡花，善水熄滅惡火！

92. 是七層樓還是七级浮圖？(06年10月5日)

一

都事隔大半年了，都到了舉國休息的國慶日和中秋節了，都快無邊落木蕭蕭地下了，我還是耿耿于懷於——我那已被出賣了的西湖邊上的柳浪閣。

因爲這又是秋季；

因爲秋季的西湖最美；

因爲那些年，每到這種秋季，也就是在十月二十日的前後，在「西湖博覽會」期間，本人大都會下江南，去我的柳浪閣，去我的西湖去我的杭州——去狂歡。

有的狂歡——是Crazy的；

有的狂歡——是寂靜的，而我的，就是那後一種。

在北京無論如何寂靜也是Crazy的；在杭州無論你如何的Crazy，也是寂靜的。

我以前每次去西湖邊上寂默的狂歡時，都在閣中，都在湖邊，留下一些個文字，而本書附件中的那幾段就是二〇〇三年那次去寫的，它寫得比較平實，它記錄了南山路上的我那最後一次的「狂歡節」，但卻不知它——竟是柳浪閣中的絕筆，因此，它是那麼的平靜。人在做絕筆時——我是指人生的，有時也——根本無意識——吧！

二

我一直以前，我之所以在出賣了西湖之後的這半年中，遭遇了種種噁心的事件，如郭德綱的由雅變俗，如碰上喜歡小人如命的蒿教授，如爲看守騙學生錢的畢老師在學校守夜——都是出於西湖對我的回報，不，這不應叫做「回報」，而應稱爲「報應」。

他們：小郭、老蒿、老畢就是雷峰塔下被鎮得不耐煩了的大白蛇，而且長了一根根的鐵須，從塔下流竄了出來，將本人一圈圈——緊纏，死纏，不鬆綁地，死乞百賴地，沒皮沒臉地糾纏，從而，使老子那麼的不開心。

我X！

三

我實在想X命運時，就去一趟頤和園，我昨天又去了。因爲頤和園的山和水——太像杭州，太像柳浪閣（那佛香閣）了，但人卻——太不像了。頤和園內的人群是烏合而成的，是從世界各個角落湊合在一堆兒的，而西湖邊上的人呢——則不是，西湖邊上的人，如一壇百年千年的老酒，越品則越香，越嘗就越濃，越想——就越讓人思量。

毛澤東曾說：「杭州這個地方啊，是個『三好』之地：山好，水好，人也好。」

而俺呢，正是個「三好生」。

四

我出賣了西湖——邊上的柳浪閣，還有一個不可告人的原因，就是它太高了，有七層之多，而且它還——不帶一部電梯。

那是一個七級的浮圖。是一個佛塔，一個家中的佛龕，一個對著「點點吳山」的佛門，一個讓人修行的好去處。可惜它已被那一對老年夫婦的女兒和女婿用人民幣給強佔了。

但他們——顯然不信什麼佛，要不，他們第一次見我時，當跪拜才是。

他們的悟性不全。

五

七層樓，是要一級級爬的，所以有些個驚險，我們二人（指俺和內子）——原說好年過七尋之後，再到西湖邊上的閣子裡去尋歡，去做樂，去避世，去解脫去超脫去超渡，可一聽有人說：俺六十五歲時就可能下肢缺失或者是半身不隨，雖然他們並沒說明是上半身還是下半身，左半身還是右半身，最起碼，那種「不隨」有礙我飛步直奔——那七級浮圖的頂端。

或者是她——內人。

也就是說，只要我們二人的四肢——下半部的，出現了百分之二十五或者四分之一的殘缺，我那半空中的閣子它——就可能不再是我們的安身之巢了。

北京爲了二〇〇八年，正在忙著修築「鳥巢」，它，那時真會是爲鳥而建的巢嗎？還是爲烏鴉，麻雀們修的？

那時北京還會有鳥嗎？鳥沒了，人就去搶佔「鳥巢」了。

六

我真悔恨第一次見那對手執重磅人民幣的一男一女，沒故意顯出惡俗、惡毒、噁心或者惡人惡搞惡作劇之表情，那樣，他們會按原來算計好的——撒丫子逃掉，他們會去暗算我的鄰家的房子。那裡看吳山更清，他們除了天天看吳山的城徨閣，還能眺望鄰家的活佛，感受他的無限光輝和光環——我是指從本人身上煥發出來的。

你准會批評俺在自戀或者自傲，因爲你不懂，因爲你們不會佔有，擁有，享有，執有，抱有——過我的柳浪閣之閣。

那是你空虛，沒勁、沒起子、沒福、沒教養和沒機會。

而我卻——有過。

有過。

I had it!

I used have it!

I had had it.

I……it!

七

我昨日，在二〇〇六年十月四日，在西山群巒和玉泉山孤塔的遠景下，又一次攀上了那個閣子，空中的晴空裡的，人多多的，不是柳浪的，而是叫「佛香」的——閣樓。

是昆明湖旁的。

是「兩好」而非「三好」的。

是虛擬的，還不是真實的。

是假冒的，雖然並不僞劣。

評論：

你出賣了位於靜美湖波之上的七級浮屠，置身於喧囂鬧市。北京與西湖，頤和園與柳浪閣，瘋狂與寂靜，兩好與三好，真是天壤之別。你思念那被你出賣了的柳浪閣，你朝思暮想你那西湖上正對著吳山的柳浪閣，你悔恨自己當初的輕舉妄動。

你對西湖的思念牽掛中，有得而復失的遺憾，有望閣興歎的苦悶。閣雖不屬於你，但你心中有閣；你雖不能常在湖畔漫步，但你心中卻有那一碧萬頃的澄明水域，有讓你魂牽夢繞，融入其中，神清氣寧，心平氣和的愜意之感。而此時，這與你分居兩地的西湖，這讓你在棲身之地因嚮往，而常常畫餅充饑式的瘋狂著的西湖，就是你心中的佛。

遙望七級浮屠式的西湖柳浪閣，救承載民族文化的西湖一命，救迷失本性的世人一命，是你的夢想嗎？如果是，那麼阻礙你攀登這七級樓閣的俗世污濁之人，就是你圓夢之旅中要從靈魂上清除的路障嗎？

嗚呼！救人為己任，任重而道遠！西湖！西湖！西湖！人性複歸之湖！

— 93. 俺的博士論文

俺現在已經爲寫博士論文，而著手準備了起來。

俺要自編自導自創自律自愛。

俺給自己當導師。

二

關於論文的題目，有已經有了幾個方案，第一個方案是《論齊天大小說的是非功過》，因爲俺在用「齊天大」的名義寫書時，一慣是非莫辯和是非不清，有時似是而非，有時似非而是，有時言不由衷，有時由衷了——卻不用說什麼話。

這究竟是爲什麼哩！俺要從理論的角度和深度以及厚度——進行一番耐心而仔細的疏理。所謂的博士論文，就是先找一個領域，再讀這個領域裡前人寫的一百到一千本書，然後將它們像疏頭髮那樣疏理上一遍，理出一些個變灰或變蒼白的毛屑，放在一堆，那就是你自己的「成果」了。

因此，我在研究齊天大的大作之前，先要綜述一下別人寫的至少一百本的關於齊天大的論著，只可惜，到目前——連一本，都還沒有。

這是一種全人類的不是。

三

我的第二個選題，是關於「惡」或「醜」的。在圖城城的書架上，關於「善」和「美」的有那麼多，卻鮮有專研究「惡」和「醜」的——這比齊天大研究的空白不知——更大了多少。

於是俺一下子把那些個北京書店中寫「醜」和「惡」的書，全一攬子批發回家了。俺家因

此——變成了全城的醜惡醜陋研究開發中心。

俺在寫論文時，實在缺少靈活感了，就想一下蒿教授，念一下郭德綱、畢老師、T院長——以及俺自己，那靈感它——就忽悠一下來了，嘩嘩的，而且一來了，它們就不走。

美和醜的確只有半步之遙，在我第一年報考老蒿的博士生時，說真的——他還真像個孔子，可第二年，他就像鬼穀子了，第三年呢，它他就一下子，就突然地——像起了孫子。

可能是由於他講課時抽大煙，於是，他那口第一年怎麼看怎麼是象牙的——雪白雪白的大牙，第三年，怎麼看都再也不像象牙，而是像死人的假牙了——還噴發著汩汩的臭氣。

另外，更是少了一瓣，也許是揀乒乓球時眼神沒看球臺，被敲打或頂撞掉了半個。

總之，美和醜，仿佛酒店大堂前的旋轉門，一會兒你在它裡面，你一會兒，就又在它外面了。

四

俺也是一樣，俺善嗎？俺惡嗎？俺醜嗎？俺美嗎？按莊子的「齊物」的說法，那絕對是相對的。有人問我信哪一門子教派，俺說除了信孔子，再就是信莊子，因爲莊子「齊物」，俺也天生姓「齊」，有著兩千多年的默契。而人又問什麼才叫「齊物」？俺說在莊子的眼裡，世上的一切的一切根本就沒什麼區別。人再問比如呢？我說比如狗屎和博士。

更何況狗屎的導師。

五

中國人總愛把簡單的事，辦得複雜得不得了。就比如說博士生導師，人家美國人當博士，根本用不著考試，先上就是了，拿出論文就得了，可咱卻先考上你一回。用蒿教授的原話說，這本身就是狗屎，因爲他自己都考不過——他怎麼通過 English？他說假如讓我出題去考Q大學的全國的中外阿Q比較泰斗「知音」教授，那他就更不及格啦！

這沒錯，是第一年臨考前老蒿說的。

還有就是「導師」二字，也太神秘太玄乎啦，以前只有馬克思列寧才可標榜爲導師，或者毛澤東（偉大的導師），而且那麼叫他的——開頭的是林彪，林彪可是心懷叵測啊！所以王哈叫老蒿「導師」（「親爸爸」）時的那個勁，一聯想，就朝林彪哪兒聯想去了。

「導師」這麼一叫，就使好好的學生情，變成了師徒情和作坊情，以及無聊情和人身依附情，變成了五大郎開店不許比他高，變成了一代不如一代，就成了論文一篇不如一篇，變成了拍馬屁和不講真話，以及導師不和女學生上床，就無法深入討論——學術問題。

他不讓你畢業乍辦？

因此有人實在想不開，就索性跳樓了。雖說也有博士生導師親自跳樓的，那可能是因爲他碰上了寧可不要學位也不上床的頑固不化和實在不開竅的學生，那令導師百思不得其解從而只有代替學生跳樓。

在本書的俺忘了是哪一小節裡，俺也提過一個博導「嘩啦」一下落到地面的事，忘說清了，博導之所以身子落地時「嘩啦」了一聲，不是因爲他身上有現大洋，而是由於他死之前滿肚子盡是壞水。

六

我本人由心裡美變醜八怪，是由於我比博導們還壞，是因爲我不只是像他們出賣了學術的處女膜的聖潔和知識份子的良心。我出賣的是西湖。

是西子；

是西天；

是大自然的精神。

靈隱寺門口的南牆上有四個大字：「咫尺西天」，我已到過西天了，我已經爬上西天了，已在西天之中了，已擁有了西湖和杭州了，但而今的俺卻——又在這麼遙遠的地方，深情地朝她眺望。

我罪不可赦，我懺悔有門嗎？

評論：

美與醜相對，惡與醜同類。若人為的把美貶損或等同為醜，那就是時代的悲哀。把醜幻化標榜為美，那更是歷史的遺憾。

那效顰的東施，不也淪為醜的典型？那率真的西施，不也與西湖同名？

美長生，醜亦長生，此生為彼生塑形，彼生把此生映襯得更加動人心魄。美與醜共生，孰美孰醜？西湖就是一個例證！

94. 師父與師母——金庸的師母是誰？

一

中國的特色，一反映到學術上，就讓我這個大半輩子做生意、賣馬桶的人——有些個費解。

我從馬桶裡，笑看這學術。

二

王哈管蒿教授的妻子叫做「師母」，我一開始也跟著叫，而且叫得比王哈還認真，後來反復思索了一下，就認爲不太合適：因爲老蒿才比老齊大一兩歲。

可能是因爲這個，我得罪了他和她。

三

一日爲師，就終身爲父了。而今八十高齡的金庸正在「沒」通過考試——就到劍橋去讀博士。人家那裡就沒有「師父」與「師母」一說，否則，被金庸叫做「師母」的他目前的導師的愛人，聽了心中該有多麼的不快?!

「Dear Mother」——金庸只要那麼一張口，他的博導就會到警察局告他老不正經。

因此俺的博士道路並不是全無光明。

雖然兩次落地的我，心力已真的交粹。

我提醒我自己，在「寓言大學」裡一定要把校園當成真的虛擬的寓言的世界，而俺呢，就是剛從學術白馬上狠摔了一下子的——那個王子。

只要那麼一想，感覺就再好不過了。

還有，一定要使勁地想：博士等於牛屎，而且什麼都不是。博導等於阿牛屎的動物。

葡萄並非，在你不認為酸時，它們就不酸，今天市場上賣的哪顆葡萄，是真熟透後才摘下來的？那還不早爛沒啦！

再說，中國人跟外國人學著，搞起個博士的體制，本來就不是中國人的傳統。中國古代的「博士」，是指教書人和整理書的人，是有學問人的代稱。

但人家漢代的博士也好，唐代的博士也好，哪一個是由導師代出來的？

都說中國人在做學問上沒獨立性，都說俺們只會科舉，可科舉考試考出的狀元和進士，舉人，可曾有過導師？有倒是有，就一個，就是孔子，中國古人也是「學奴」，但「學奴」以書為師，不以專人為師，應試時搞自由發揮，皇帝圈點狀元時以標新立異為尺度，也算是提倡獨立思考，否則像是蘇東坡、李白那種桀驁不馴的人，碰上個蒿教師當考官，焉能入流？焉能成了正果？老蒿不讓蘇子瞻先埋頭哈腰撿上幾十年乒乓球……才怪呢！

中國目前的博導制，是一件中不中西不西的怪袍子，其中有西方的學術制度，外加上中國傳統作坊裡的師徒觀、父子觀、主奴觀，用形象的比喻，就是明裡唱的西洋的歌劇，暗裡卻用京劇梨園子裡的方式選拔和培養人才。因此，這種制度下出來的人才，到最後還是馬派，程派，侯派，麒派——的後繼者，師傅們耳提面命，弟子們哼哼哈哈，鮮能出超越者，否則就要倒楣；本人這不，就一個倒楣下去，倒了兩年多嗎？

本人在出版了若干本書後，一邊發誓不再寫書出書，猶其是不能老搶在博士生導師頭裡出書，一邊還拉不住馬蹄飛揚的筆，於是，我就在閑得沒試好考的時候，到網上去看看人們對齊天大寫的書的回饋，但當我一而再、再而三地把「齊天大」三人字，畢恭畢敬地敲進電腦時，顯示出來的一慣是這樣的幾種資訊：

齊天大楣；

齊天大禍；

還有「齊天大傻」。

不信你也在網上試試。

95.「錢鍾書博士」

一

有明白人，就知道我剛才說了一句學術髒話，因爲管錢鍾書叫做「博士」對他本人來說，肯定比罵他「去你媽的」——對他，更是一種人品人格上的侮辱。

因此沒被錄取爲博士的俺，在竊喜著。

另外我發現，中國最有學問的幾個人，還都不是博士。

胡適就不是個真博士，因爲他在名片上印出博士頭銜的時候，論文還沒寫出來呢！他的論文——據一個專研究他是不真博士的博士考證——是後來補上去的。而明白一點美國事情的人都知道，在美國，沒有通過論文是算不上「Phd.」的。

論文——而今不管是西方的還是東方的，在俺看來，都比八股還要八股，俺怎麼知道的？俺除了曾經倒賣過馬桶，現在還是本科生的論文導師啊！

俺每學期總要導上十幾篇的論文，就在昨天，俺還打電話給一個被俺開導著的學生，告訴她千萬別抄得太誠實了，搞得連不懂 English 的人，一瞥就知道她那通篇用 English 寫的論文的第三小段——是全抄的。

「你一定要把所有人家文章中的動詞，都變成形容詞，那樣才像自己寫的。」

我之所以那麼的傳授，是因爲俺可是遠在十幾年前就在加拿大渥太華的某所「非著名大學」，抄襲「作業論文」了。有一次我抄得忘了出處，作業傳回來後，明明是俺親手抄的，俺卻大叫著四處追問：「誰把論文丟在我這兒了?!」因爲俺不認識它嘛！作業被老師「批評」之後再拿到手，連似曾——都不相識。

二

魯迅也不是博士。魯迅倘若是博士的話，或許與俺一樣，在當年也找不到導師。蒿教授雖然能在課堂上把魯迅的「東西」橫豎左右地背誦——那是他上課的一絕——但假如被魯迅祈求著當他的導師，也會逼迫身體不好的魯迅——先撿幾百個乒乓球。

魯迅由於抽濃煙，面色如鐵，上氣難接下氣，焉能通過蒿老師的體能測試？王哈上學這兩年之所以學識越來越少，體能越來越足，在周邊人看來，就是一年四季風雨無阻地——陪蒿老師打乒乓球——的結果。

而且那球，還是黃色的。

三

錢鍾書更不是博士了。有一本寫《錢鍾書傳》的人，說錢氏不是個博士，沒經歷過那種特殊的科班訓練，是一種學術史上的遺憾，可錢氏本人可不那麼認爲，他認爲去先讀一百到一千本自己根本沒興趣讀的書，是一種精神上的浪費，在英國他爲了寫碩士論文，就已飽受其苦了，他不願再受。

是生存，還是死亡？

To be or not to be?

是讀博還是不讀？

俺正在一個十字架般的道路口當中；

俺要不當一個專門研究別人的博士？俺要不當一個被博士研究的作家？——賣了二十多年馬桶後到這個學術圈中玩票的俺——還真不知從何處下手。

是手腳並用再往大坑的深處爬？

還是對學術梨園告別說聲 Bye-bye？

俺猶豫彷徨著。

四

上個月我寫了一封電子郵件，給在Q大學兼做博導的「知音」教授——就是用幾門外語輪流考我的那位博導——送去了一個像是「我求求您了」的探尋，問明年考他的博士生，他是否會嘲笑我改換門廷和有病亂投醫。

「知音」老師的回答是熱情和中肯的：

「歡迎你明年來投奔我！」

他的熱情令我既喜出望外又恨白蹉跎了兩年歲月，把兩年的快近黃昏的青春朝氣和勉強的純真——白白獻給了蒿老師。

早先本人這個留過十幾年洋的半文半啇的人，之所以那麼器重蒿教授，主要是喜歡他不通外語——他是那麼的「原生態」，那麼的「夢想舊中國」，那麼的古色古香，那麼的土得掉渣——這正是本人這種半肚子洋壞水的人，應該投奔和回歸的偶像！

蒿教授在課堂上——我聽過他的課——能把孔子的《論語》、魯迅的〈野草〉、朱自清的〈背影〉、齊天大的《媽媽的舌頭》——那般流利的、一字不落地背誦和呻吟，令我既感佩又興奮激動。

所以我盲目信任他了；

所以我「落榜」了；

所以我遭受「暗算」了。

我之所以連吃了兩年的虧，誰知，還是由於了他的土氣——他用國人的土辦法，把老子給……。

哼！

五

我沒最終跟蒿老師「溝通」好，一是他挖的溝實在太深，又有王哈使絆，二是，我想——是我不該老不去聽他他的課。在「寓言大學」，要想當博士生，絕大部分的人都要事先去聽博師的課，有時一聽就是一兩年，按道理說來，應該是先上學後聽課，爲何要先聽課後上學？我想，是出於對導師的尊重，這也是蒿教授要求做到的。俺去聽了兩次，就不再去聽了，因爲我想今年聽過一次，明年上學後不就沒的聽了？何況好話重複到第三遍時——很容易成爲謊言。

蒿教授肯定是認爲俺——還不夠謙虛。

我想，假如錢鍾書要想當蒿教授的博士生，也要強行地被按著聽課——的話，那可能，是二十世紀中國學界的頭號喪事。

可見有時謙虛會使人退步。

六

我兩次考分都不太高，也可能是沒在頭一年中，像別人那樣去老實聽課。課上導師們在句子中，在手勢裡，會透露點考試的重點和內容，但要求你——可千萬不能上課睡覺。

在俺兩次聽蒿老師背誦時，都比周邊的人神情專注，尤其是他背誦《媽媽的舌頭》的那段時間。但是，興許由於俺的面部表情太過於豐富，他誤解了俺面部表情的原意。

俺那以後，之所以沒再去聽課，也是因爲俺還沒交學費，可能，老蒿又誤解了——他認爲我認爲他的講課——沒勁。

因此俺冤；

俺比竇娥還冤。

俺是天大的娥；

俺蒙了天大的冤屈。

「知音」老師，明年您可要爲俺做主啊！

要不，讀者都跟您拚了。

評論（*94*、*95*）：

既然學問有師承，學問只有在已有了名氣的師父的旗幟下列隊，才好被接納，才好登入大雅之堂。若師出無門，那不就被學院派當作異端邪說，歪門邪道，成為不倫不類的「多餘」學問了嗎？那麼，新學說怎樣才能被有門派之分的學術界所接受呢？這也許是師出無門，或者說找不著師門的學者共同的疑惑和迷茫吧？

可若這樣發展下去，那新的思想學說又怎會產生和被確立呢？確立新學說的任務，既然不能完全靠高等教育來完成？那麼民間的學術流派又有誰來扶持，並給予他們在學術上的一席之地呢？難道只有在誠惶誠恐，委屈自己的學術觀點，投其所好的投靠了某一學派掌門人，並認其為父之後，才能使其學術成果，依靠某一學派的提攜庇護公之於眾，見到天日，登上大雅之堂嗎？

學術難道也需認祖歸宗嗎？那麼百花又怎會齊放？百家又怎會爭鳴呢？
博士！博士！博學之士！
博導！博導！博學之士的導航者！
但願博導不要成為博學之士的倒戈者和閹割者！

96. 俺又要封筆了！

一

俺可不是在像余秋雨老師那樣——隨便地嚇唬你！

去年我的一位尊敬的教師、原高中的張老師問我這輩子會寫多少本書。我說也就十幾本吧，因爲我寫的每一本書，一般都是一段自己親身經歷的悲劇色彩極濃厚的故事，它們，都是一個個的苦悶的象徵。

俺之所以不想再接著寫下去了，是因爲俺作爲一個肉身，實在不願再去經歷下一個那類的故事。它們都是自己找上門的，而不是俺主動去拽來的——俺絕不像那些明明沒得愛滋病，但爲了「寫書」，偏要去愛滋病村體驗並描繪人家生活的「職業作家」，因爲那叫無病瞎吟，那叫幸災樂禍，那叫拿別人的苦痛當噱頭，那種作家做的事的確讓愛滋病人感到——鬱悶和絕望。

俺一般——是在「得了」愛滋病之後，才寫愛滋病的，所以你要是想讀一本由俺寫的關於愛滋病瘓者真實感覺的書——你就是真想害死我了。

二

誰不想太平一世地過日子呢？俺算來算去，至今已留下了十個悲劇性的人物故事了，而有關老蒿的呢，算是那最終的和最後的一個——除非今年「知音」教授再不錄取我。蒿老師之所以榮幸或不幸地變成齊天大筆下的第十個連被諷刺帶被挖苦的主人公，主要是他太刺激和傷害我了——他不錄取我，他給我的最終說法——一不是我分數不夠二不是我沒有碩士學位——這些我都夠條件，而是——他懷疑我寫不出那博士論文。

他說已經出版六部文學「名著」的俺不是搞文學的，不會寫論文，更不會寫博士論文。而據知情人講，所謂的博士論文——就是人嘗試寫的第一本書，一般學者出的第一本書都是——在博士論文（十萬字左右）的基礎上擴充的，而俺呢，在此之前，已經出版的作品，就已有一百五十萬字之多，未出版的，還有一百五十萬字。

因此俺在天怒之下，就用了幾個月的時間，完成了這本將近二十萬字的新作，於是他——「寓言大學」的蒿老師，就不幸成了俺筆下的另一個——啼笑皆非的人物。

「我祝賀你！」——我在下狠筆的同時，在心裡對筆下的「主角們」說。

「嘻……！」聽，他似乎還樂了。

三

剛才在麥當勞喝了一杯麥當勞新推出來飲料，名叫「冰藍暢想」——那是一種天藍色的液體，我在交錢的時候，打趣地問服務生小姐：「喝它的時候，一般都會暢想什麼呢？」

小女孩兒樂了：「隨便！」

於是我喝著那藍色的、協助胡思亂想的冷飲，繼續暢想著怎樣完成這本專爲蒿老師和西湖編寫的博士論文。

四

有關蒿教授的內容，由於已經剩下不多了——西湖在求我再描她幾筆，我就再回憶一下子：蒿老師在網頁上有一篇文學性較強的自嘲文章，說的是他自己，說他一生下來，就會呱呱地哭叫。他的意思是他生下來就比別人會哭，能哭，而且哭得聲大。還有就是當年大學錄取通知書被送到他手上時，他正在農村的田野上——推著一部小車。那，是本人至今還很認爲了不起的。因爲本人一生下來，就沒敢哭出聲來，而且本人的大學錄取通知書被送到家時，本人還以爲是對門的老大媽考上了呢。

由此看來，在學術上，有人生來就是天才，而有人天生——比如俺，就只能寫小說。我本來就對小說是不是文學作品懷有疑慮來著，經過兩年比較文學研究專家們的切身開導和指教，對那個問題——就更加認識模乎了起來。我想不僅是俺本人，讀著這本書的你，是否也有些——搞不清是是還是非了？！

除非你生下來——比蒿先生哭得更響！

哇……！

評論：

讀《誰出賣的西湖》到此，才明白：原來你的作品，都是在真實故事基礎上產生的，都是一個個苦悶的象徵！真為這些文字所承載的苦悶而感到「慶倖」了！「慶倖」它們，在涅槃之前，卻被以降妖捉怪為己任的齊天大（聖）你那雙火眼金睛，識別出了附著在它們身上的禍害人的魔影，並按動鍵盤這一新型快門，以幽默諷刺的文字為膠片，將其抓拍下來，在時代的沖卷機裡為它顯影、定影，並在澄澈的湖水中，沖洗並放大出這苦悶製造者的原形，豈料他們竟是給你和這個時代製造苦悶的，出賣了西湖的，那些個所謂的，有頭有臉的文化人呀！

雖然我喜歡閱讀你這辛辣諷刺中，難掩赤子情懷的哲思文字；雖然你的文字，使我在閱讀的茫然中，有如遇知音，如獲至寶之感；雖然每讀你的文字，都是在笑意還未從眼角散盡之時，就被你文字的波濤捲入冷靜思索的深谷；雖然我癡迷於你文字的豐厚底蘊，沉醉於開放在這豐厚底蘊之上的，明豔與冷峻並蒂的花朵，但當我知道了你的作品，是在這樣的苦悶尋上門來之後，才不得已而為之時，那麼，即使我內心裡，雖然還很想一如既往，永遠分享你的文字，直到不能再分享時，可是，但是，我卻還是要做出果斷決定：在你沒有改變寫作習慣之前，真不忍心，或者最好不要再讓我看到你的文字了！因為我，一個網路讀者的分享愉悅，是建立在你，一個網路作者的苦悶之上，我又怎能再如此自私冷酷呢？

熱烈祝賀你這一次封筆成功！但同時也還是希望：你若能把在書寫苦悶時，保留下來的寫作習慣發揚光大，但願不只是用它來承載生活中的苦悶和苦難！如若是這樣，那麼你也就不用再封筆了，我也就還有希望，再能分享到你更多的文字，更能於你的文字之後，來點興之所至的，畫蛇添足般的，感悟式的解讀文字，與你的文字遙相呼應，這也是一種情不自禁的愉悅。

我這既希望你封筆，又希望你改變寫作習慣，不再封筆的矛盾心理，在你這本《誰出賣的西湖》的落幕中油然而生。你又要封筆了！封得其所！我又要在分享的愉悅中，暫時的對自己說：若對個人而言，你的苦悶也許會有終結，若對像你這樣，常常把西湖的苦悶當作自己苦悶的人來說，其實你一拿起筆來，就決定了苦悶在你生存的這個世界上，根本就沒有終結的時候，於是我也就不用擔心，我會失去分享機會。想到此，我這矛盾的心理，雖已失去了繼續矛盾下去的理由，可我並未釋然，並未笑顏逐開，並未載歌載舞，也並未喜不自勝！那麼，就與憂在天下先的你同行吧！願我這微不足道的文字，給予苦悶憂慮中，為這許多苦悶憂慮創作象徵體的你，一點文字上的支援與相伴！讓這苦悶的象徵體不再孤單！

就此住筆！但我決定，這一個寒冬之後，也就是下一個春天，我將親眼去朝拜，那在心靈世界裡，閱讀你的作品時，已關注、親近、迷戀了四季的西湖！看看你那柳浪閣是怎樣的七級浮屠！

再會！我的評論，也就此擱筆了！

97. 柳浪閣再回首

一

在出賣了柳浪閣之後，今年，我總共又看了它兩次，一次是在二月底那次，一次是在老徐家公子成婚那次。

我是從高處向下看的，是在「五洋賓館」的空中走廊上。那家賓館原來叫「清波飯店」，我能買柳浪閣，就是因爲那一年我住在清波飯店的一個朝向吳山的房間裡，看到樓下在蓋著它，我問老徐那個樓賣嗎？如果賣我明天就買。第二天一問，還真賣，於是，我就買了。

而如今，大約六年已過，它——又被人——指我——給放棄了。

它——七層樓上的它——還在那裡。那牆上掛著的空調——帶罩的——原來我是從家裡看，而現在，卻只能站在他人的樓裡俯著身眺望。我那花邊窗簾呢？我那床呢？床上好像有人，哦，應該是老頭老太的那兩個從來不謀正業的女兒和女婿……。

他們在大白天——在俺家的大床上睡覺。

俺真欲飛下去，將他二人擒獲後，轉交公安！

二

俺最後一年去住那閣子，是二〇〇三年的十月的一天，那天我走上樓梯——一階一階地，我拖著行李，我拿出鑰匙，我轉著門把，我卻——打不開那門，門的鎖眼雖然轉動，但門是被反鎖的。

於是我嚇了一跳，我下了半層樓，我懷疑——這是俺的家嗎？我左顧右盼後——沒錯啊！於是我又返身，我開始砸門，我開始喊捉賊。門開了，出來的並不是賊，而是上海的小丁老弟。小丁你們知道，就是在加拿大第一次吃自助吃得肚大得進不去汽車的那人。我爲了淨化本公司員工——那時俺還是「天大公司」的老闆——和朋友們的心靈，對柳浪閣，實行了全天下的「門戶開放」政策：我在北京、上海、合肥、加拿大、美國、挪威、延安、伊拉克、阿富汗、以色列等地各留了一把它的鑰匙，讓那些心靈不太乾淨或有待淨化的商人朋友以及親友們，只要不「撞車」，都隨時隨意地——到本人杭州的家裡去做客，因此據從杭州回來的知情人士講，那裡時常出現——兩路朋友由於爭搶床位，而相互火拼的情節。

看來人類無論是怎樣地接近大自然的美麗——也還都是濁物。

三

而今已經失落了精神家園的我，再到天堂去時，當然是一種迴異的心境。我在天堂裡，已沒有家了。

剛出賣了西湖的我，整日地在湖邊失魂地遊蕩著——我在找未來還能「安家」的地方。我找了許多家離湖較近的家庭旅館——包括二月下大雪時我住的、靈峰腳下的那一個。那天早晨的雪很輕瑩，卻也把我從無夢中喚醒，我於是踏著雪，穿過那片被雪壓得弓著腰的竹林，到湖邊去看那幅如神畫一樣的雪景。於是，我在斷橋後面，又看到了雪花下的湖那邊的、我家原後窗外的——吳山。

那種樣的失落，真仿佛正落著的雪：落下後，融化，再從天上下來，再融化。一到下午，雪已融盡，又顯出了春色。但那雪它，卻依然在我的心裡——拉著一塊永不會變的——蒼白的布。

我第二天去植物園去賞梅，那已不是最好的梅景了，因爲上午雪中的梅——據說是最好。梅花，我還是第一次這麼近地觀看，我才第一次知道，她——那梅的軀幹本來並不柔軟——像松樹似的有幾分的骨氣，而那花呢，卻紅得如血。松樹的身子加上桃花的鮮豔花朵，就是傳說中的梅花。

梅花的紅，點點的，在精瘦的、如松的身骨上怒放。

那就是——我故鄉的殘照。

二〇〇六年十月五日完成於北京家中

二〇〇八年七月十九日整理於北京家中

之二

附錄：我的杭州（柳浪閣留墨）

1. 我的杭州（03年8月3日北京）

本來這部書是想在杭州寫的，本來這部書是想到杭州寫的，本來這部書是該在杭州寫的。現在，既不在杭州，又沒到杭州，又不該在杭州，卻也開始寫了。

杭州於我來說，仿佛是另一個世界。那個世界雖然真正的存在著，也正在存在，有時，她卻既沒有存在過，也不存在著，她是一個已知，卻又像一個未知。她乾脆就是位於已知和未知、有時竟是無知的——一種「知」。我知道杭州，我卻又不知道杭州，杭州於我，總是一個迷。

寫這樣一部書，是需要年月的。我已經用我的過去，寫了她十年，我又將用我的將來，寫她若干年。我最終希冀留下去的，是對一個夢的闡釋。這本書寫得一定要慢，這本書寫得一定要費力，因爲生命是慢的，因爲生命又是精神的，因爲生命，也是費力的。

我看過許多寫杭州的書，卻對它們不滿，我不滿於它們的淺薄。前人總將杭州當成了一個由山和水扮成的戲子（西子），而我卻以爲寫那種東西的人才是戲子，他們以爲他們玩弄了杭州，卻被杭州所調戲了。杭州本應是一個神物，是一煙神靈。人於杭州，卻是她掌中的尤物。

我本意是要將這個書桌移到杭州——我的「柳浪閣」裡去的，卻遲遲移不走它；我本願是小居在杭州半年或是一年，再細細去寫她的，卻至今不能成行。以至於我不得就此起筆，我從遠離她千里的京城寫她。我用文字去接近她，我用意念去感覺她。

寫杭州的書，應該是一部哲學。杭州本來存在，就是哲學上的存在。杭州本來就是虛的。

杭州有山、也有湖，但杭州的山，卻不是真山，但杭州的湖，卻不是真湖。那是假的山，以及假的湖。

你還記得杭州被淡雲浮繞時，那山的虛幻嗎？

杭州的山和湖，總是在變著的。變著的山和湖，就該是假山和假湖了。

真的山並不美，假的山才美。美可能本來就是假的。

寫杭州的書，本也應該是無字的——就如同那禪。杭州本無字，字是人發明的。杭州的那山和那湖，本應該就是文字。那些文字書成的，可以是部天書。

天書是不可寫的，寫也要用天然的材料寫，而不該用人造的文字。

但我，還是決意寫她了。

但我，還是敢於寫她了。

只是，不要那樣的快；只是，也不應那般的急。

從一城寫另一城，便是城外城。在一座樓上寫另一座樓，便是樓外樓。城外城中的樓外樓，便等同於虛幻。杭城是該寫，而且在外城寫，而且從遠處寫，那樣寫得的杭城，便已不再是杭城了，便不在是山和湖了，便成了瑤池。

在我的意念中，杭州是可以移動的，是可以隨著我走的。當我身在京城，那樓下的水塘子便成了西湖，雖然它是臭的，水面上還浮動著死魚的屍首。當我眼中有山，那山便是西湖後面的山，儘管那山並不真是西湖後面的山，山裡還埋著野狗。這恐怕便是意念的神奇吧。即便在西湖的水面上，有時也有死魚，即便在湖後的山巒裡，有時也葬有死狗。但那也是虛的，但

那也難以爲實。爲實的東西總該是好一點。有時人該將壞的實看成虛的好，有時人亦應將好的虛，想成壞的實。凡是好的，都應歸於西湖，凡是壞的，都應還與京城。

這也許該倒置過來——如果我真的久居杭州的話，那時的杭州該不是這般的好，那時的西湖的水和她背部的山，便變成實的了；那時的死魚，該是京城的死魚了——即便它們在西湖裡；那時的死狗也該在京城的山丘中的——即便它確實死在西湖後腰的山上。這該是人的意念和挑剔了吧。人的意念總會本能地刪除那些噁心的，將它們擲遠；人的意念總愛拉進那些疏遠的，將它們親吻。我下意識地——總將一切噁心的拋進京城，我也下意識地，總將那些透明的記憶放進杭州，於是，居住中的京城就醜陋了，於是，想去去不得的杭州愈發純淨了。

我真該戒掉這個不良的毛病。

杭州的景象是可移的，可構思的，而居所卻不可移，卻不可隨意構思。人在走，杭州城也在走，人沒走，杭州城卻走了。你那麼想留住她的影像，她卻遠距你千里之外，你那麼想親近她，她卻在虛幻的霧中。

2. 西子之新顏與舊貌（03年10月24日于杭州柳浪閣家中）

一、不定的心神再遇上湖中的水，也就平靜的少許。西湖的水，是一劑鎮定劑，又好比止疼針，針紮上了痛必會止。遠離西湖的人——如我，原以爲近距西湖的人的心——會少許清靜，但那卻是誤會，幾個整天見西湖的人的心的躁動，竟比我更甚，這更證明了，止疼藥老用，也會無效；鎮定劑天天使，便會轉變成爲——興奮劑了。

二、西湖邊做太極的——極像太極。她們柔得似柳。南人的身姿嬌小，打起太極拳來，也如小家碧玉。一排在虛實間回轉著的嬌小的人，後襯一湖如圖的湖水，倒也如畫了。

太極的意境，打到了南人的手中，更富於彈性。北人打太極時，腰都太粗。粗腰的人本來如球，又要按要領那樣外加一球——指抱球的動作，也就不那樣中看了。西湖邊上抱球的人的身架子，都仿佛曲線，由曲線勾勒出的球，就該是真球了。

三、八個多月未來杭城，卻在一上火車的那一時起就見到了杭城。杭城的人臉上，總是帶著西湖的。由西湖的水釀製的這座城的人的面頰，總如湖水般的平靜。平靜之中偶然漾上一點波紋，卻也是那樣的收斂。桐廬爲何地？是杭城之外的一個小城。聽說富春江在城邊流動。臥廂中一對母子來自那桐廬，也如杭州人那樣在純然中帶著平靜。可能是吾心太亂，見平靜人便說平靜，這世間難道——就本不該平靜嗎？

四、西湖這時已全部恢復了舊貌，恢復了之後，也就該不再喧囂著再四處施工了。千年之後再施工，倒也算是一種瞭解。何時她現時的新顏再成舊貌，由後人再照著今日的光景恢復今日的「舊容」，那已不再屬於吾人所知之事；反正「新顏」、「舊貌」之間是永續不停地再現著和重複著的。今年的新顏千年以後就是舊貌；今日的吾人，千年之後，就是了古人。地球不古，人心不古，但「古」還是會古的。「古」者，「故」也。這個西子湖她——也會古嗎？她是少女也罷，她是老婦也罷，他是野小子也罷，反正也會隨「故」而古的。哦，不，可能湖並不會像人一樣古下去，湖水總是會在迴圈中翻新的，所以那個唐古喇山，並不是一座「古」山，那只是一個名詞而已。由此說來，人可死，可化古，湖中的魚鱉蝦蟹可死——或葬於人腹，或老死，而這一汪湖水，以及這湖，卻永不會古，不會死。

這不禁就會使人失落和默哀了，我們都只是這一圓湖的襯物。這人，這人世，這太極，這太極中的渾圓和柔和，這湖邊的柔聲細語，這塔這塔之影……都是她永不會死的西子湖的襯物。她會青春永在，但襯物呢，襯物卻可換可倒（指塔），可消逝，可喪失，而她卻在細雨和和風中看著這一切的——發生。

她總會是她；

而我等，卻只此一遭。我等留下的或不留下的故事，她可能知，也可忘懷，卻可有可無，卻——隨風四散。

她——西子湖——是個無心，無意，無情的——野湖！

3. 冤枉了一世的詩人——乾隆（03年10月24日）

一、昨日在西湖邊晨走的時候，無意中發現了乾隆的無知——我又看到了一首他題於一座碑亭上的詩。那詩是寫他如何點兵、如何以皇帝的身份看人練武的。那詩，根本就不成其爲詩，卻盜用了詩的格律。因此說來，值得記之評之，並戲之。

我又發覺，好寫詩的人不見得寫得好詩，而寫得好詩的人，可能一輩子一首詩都未做得——就以本人爲例。

乾隆何許人也？人間之皇帝，在位竟有六十餘年，他平生做詩數萬首，可謂敬業之詩人也。可惜啊，可惜，數萬首詩中未有一首令本人記起，那便如同未寫。人記得住的爲何物？如可記之物也，乾隆之詩一首未真的傳世，說明他寫的——未有一首是詩。

寫詩，是需少許的靈性的；寫詩，也是需要些氣質的，可身爲皇帝的他，並未有寫詩所求之靈性及氣質，便終身未成一詩。

乾隆，你服是不服？

二、成詩的詩，可能原爲天意，只有被告之了天意的人，才能將其錄下，乾隆雖爲「天子」，卻並非天之驕子，並未被告之天意。天子雖是肉身，卻無驕子之魂，無魂之人落下筆的，就不會是詩。

詩乃天人之作品也。

三、西子湖之畔，是練兵之地嗎？在西子湖之畔，練出的兵，莫非真能格鬥？西子湖乃「松骨」之地也，乃「洗腸」之所在也，被這一汪淨水洗了腸、松了骨、奪去了鬥志的大兵，無論操練於何許年間，也是無爭之勇，無爲之士，無心之人。乾隆有天子之虛名，卻無天之明眼，竟敢於聖湖之邊，觀看他的「神兵」操練。此實爲：無神之主，無詩意之舉；無詩意之詩，即使寫成了——也與詩無緣。

與乾隆相比，比他更古的宋代的那個秦檜——倒像是個做詩的，他讓岳飛一退再退，退到杭城，在西子湖邊被戮。他是個——從詩的角度來說——不爭之人。可惜，他不爭的是——大宋的子民，以及江山。秦氏雖不是詩人，卻成了詩中之物，是罵詩的標的。給罵詩提供了被罵物的人、物，是否也是詩中的成份？

總之，杭城是個不爭之地，無論是在湖邊練兵，還是在湖邊殺人，都是詩意之反而物，都不可成爲做詩之——主格。

四、乾隆之詩之所以難說是詩，除用詞沒有詩的清明的色調——這類的技術性問題之外，問題還在於他找了那麼大半輩子——一直沒找到天該賜他詩錄的——天意。

另外，從身份上說，一個皇帝，一個人上之人，一個一國之主，一個從生下來就一路綠燈開下來的人——還會懂得何爲詩意嗎？他什麼都不缺了，老天就將沒有詩意的缺憾贈給他少許，只這一少許，就毀了他想做詩人的——終生的癡夢。乾隆，如果可讓他選——是作爲皇帝，還是千古流芳的詩人的話，我想還是不會猶豫地選做詩人——如李白一樣的人的，那樣，他就不該當那皇帝，就該選擇——像李、杜似的顛沛一生。

不顛沛則——很難成詩，詩是顛出來的。正如做生意的「跑單」，不跑是拿不到大訂單的。要不，他就該先丟江山，該像李後主當年那樣，先一攬子將江山如一江春水向東流那樣——丟了，然後再被人關了殺了，再去寫詩，再邊寫邊琢磨人活著的真諦。有人問，人活著的真諦——非要被關被殺才能知道的嗎？

乾隆——一路順風的一個天生的皇帝，他從這層意味上說——怎能知詩——的滋味？

五、寫到此時——我耳邊正響著用西湖邊故事譜成的「梁祝」。梁祝不也是一曲悲歌嗎？

人不倒楣，怎能知愁？不知愁，怎會做詩？他乾隆一個小小的皇帝——是生出來的，他又沒丟沒了大清的江山，他又怎能成爲詩人？

他——真冤呢！

他——枉寫了一生的——詩。

（上午、南岸）

4. 西湖的泛政治化（10月25日）

一

昨日游新建成的楊公堤時，被警車攔腰——阻止了一下，才知是有政治性的人物路過，才知這麼偏遠的西湖竟也被泛政治化了。

政治這東西，本該是在京城之中，才應有痕跡的，比如警車開路，又比如迎來送往，還比如登上權力的高峰，或是大步走入監獄，那本是不該與這麼個小湖泊發生關係的。我本是看多了那些，才躲到這林中，這水邊，這似異鄉又不似異鄉之地——來散步的，沒想到——卻又撞上了警車。

有一句歌詞說：「我被那青春她——撞斷了腰」。那該是件好事——與被攔道的警車撞腰相比。

青春比警車，還是青春略好，略酷——一些。

二

搞政治的人應搞的是權力而不該搞——山河。

山不該搞，河不該搞，就別說搞俺這小西子湖了。

毛澤東曾斥責「四人幫」說：「不是說不讓你們搞了嗎，怎麼還搞啊？」「四人幫」卻不聽他的，卻搞，卻一直搞到了這湖邊——江青也曾常來，而後，她就再也未回這湖邊，她搞進了秦城。秦城之中，莫非也有湖？

總之，她搞得——不好，也不成功，至少，她沒搞到最後——那個成功。

三

今天是比昨日又進步了一天的二〇〇三年十月二十五日，星期六。星期六是個基督徒該去禮拜之日，卻在西子湖邊知道了同爲基督徒的宋美齡——剛剛（十月二十四日）逝去的消息。吾本非基督徒，而我懷疑這平靜的西子湖——她可能是。一切宗教均——追求的是平靜。西子湖爲一女子，不會再去追求平靜的女子，卻可去追求宗教——的平靜罷。

四

抗戰初期，蔣介石剛被從西安釋放後不久，幾個上個世紀的歷史人物曾一同來過這個非政治的湖。那是一次少有的國共「西湖論劍」，有蔣介石，有宋美齡，有周恩來，有潘漢年，還有一個神秘人物——張沖。那次會談之後，宋美齡正逢生日，周恩來、潘漢年前去祝賀，送去了鮮花。蔣氏夫婦那時下榻的飯店，可能就是本人此時此刻寫書的——西湖南岸的某個別墅。我此次來想去會會那個別墅，卻不知去向，它——早可能被折遷掉了。現今的那個曾經住過中國 First Lady 和 Fist Man 的地方，可能連個遺跡遺址都難得混上，已成影，已成魂，已成印象中的印象了。

誰會爲丟了權，丟了國，丟了江山的前 First Lady / Man 去保留他們曾住過的遺跡呢？如果都那樣保留的話，中國這幾千年前來有過那麼多的丟了江山的君和君的後裔，吾國還不變成個滿目皆遺址——之地？

斯人已去，斯時代已往，斯權力已無，斯世道已盡，斯 First 們，無論是 Lady，還是 Man，本就該——隨之而去才對。

五

宋美齡應是六十多年前在此西子湖之邊搞生日 Party，接受了另一個同是千古精英——周恩來的獻花的，然而她已於昨日，晚於那些獻她花的人，她的 Man，她的 Fan（粉絲），她的江山，她的故鄉，她的湖——而死去了。

所獻那花——早已無；

所該祝的壽——不再有。

這是指人間之壽。

而這湖卻還在；而這水依清；而這記憶，仍舊清淅，至少在於我，至少在於這湖，至少在

於這會屬於她的——江山。

六

也是從今晨看到的《錢江晚報》上我得知，昨天用攔路警車「搞」本人的，可能是一個異國的總理、加拿大的克雷蒂安。本人曾在加國僑居了近十年，我知道那個克雷蒂安，他的最大特徵是——嘴天生的歪。他是個因嘴不正而應被定義爲「殘疾政治家」的——政客。

真沒想到本人離開加國那麼多年，加拿大仍未找到一個嘴正的政治家——去代替他，而一直讓他追著本人「搞」到了這個西子湖邊。

真個所謂——這是一個小小世界（This is a small world!）。Small World——小小世界之中，盡是小人。君子——如本人——只適合生於 Big World——大千世界之中，才不至於會被心不正口不正之小人追逐著——亂跑。

七

拉起，又放下，一撥一撥的才人美人進了出，出了又進，生了死，死了又生——這倒也煞爲好看。

政治爲何物?爲權力也，爲財物也，爲生殺之術——是也。這湖本該是靜而清的，本該是用來談情說愛，用來安魂慰靈的，卻被用做談起了與之無天然關係的——生殺之事。

此爲湖之萬幸之中的——一個不幸。

進湖之路上，就高懸一貼：「莫談國是」；

出湖之路上，也應高掛一匾——「勿念家非」，我看才好。

不過，人反正是要殺的，權力好歹是要用的，財產無論如何——也是要分的，如果來西湖論世道、論政治的人，都對這湖有那麼一點宗教式的——敬意的話，不妨反其本意而用之，不妨鼓勵想談國是、家非的人——來此處談，那樣，是否會在鋒芒的論爭中放進半點的清新，在野蠻的思欲之間加進一點茶香，那樣談出來的結果，可能會是：1. 該多殺人時少殺一些；2. 該多搶一些時少搶一點（指財物）；3. 在該用飛機大炮時採用太極和猴拳……。那樣會令談判的時速放緩，使本該不仁的結果富於仁義，總之，比在別的兇險之處談判的效果——會多多少少的——變好。

比如，國共那次西湖論劍之後，對立的雙方就開始實質性的——合作了嘛！而且，周恩來還爲昨日剛剛辭世的宋美齡——送了鮮花。

試想，倘若那次國共談判的地點不是選在海撥幾乎爲零的風平浪靜的——西子湖邊，而是選在海撥八千多米，九死一生的珠峰頂上，其最終結果——還會是鮮花和合作嗎？

5. 剛剛结束的狂歡(03年10月25日草寫于南山路「李清照草棚」旁邊)

一

今年的狂歡節又已結束。去年的狂歡似乎剛剛結束，今年的狂歡竟也剛剛結束了；剛剛一結束之後，我便快快記之，否則剛剛結束的歡樂，當真的，也就結束了。

二

歡樂之事，於今，本已不甚多，又何況是狂歡？狂歡的前提是內心歡樂，然後再順勢猛地將其樂出，然後才是狂歡。只狂而又不歡的，不應是狂歡，反而是狂妄，或者說是——神經有病。世上之大多數所謂的狂歡，倒是不少，可是只有狂，卻沒有歡，所以我是不去觀望的，唯西子湖邊上一年才狂一次的——歡，是真歡，是大歡，是大樂，所以，我不得不起來觀之。

三

大凡狂歡的隊伍，你只會嫌短，他們行進得，也嫌太快，只因那是快樂的隊伍。快樂的東西，只有太短，而且太快，快樂——終究是不多的。

四

南山路上的狂歡遊行，說狂，不算太狂，說快樂，倒是真正的，因爲行進的人快樂，觀看的人也歡樂，看他們同樂，你能不樂？

五

南山路上的狂歡，是在樹林中進行的。人一行進于樹的叢中，便進入了初始的狀態。初始的世界，原本全是樹木，有了樹木的原貌，人便於本性中自然而然地——如動物地快樂起來。

那今天的隊伍之中，與去年不同的是，還有只真虎。真虎一進叢林，一嗅到木香，便也發出了歡樂的——嘯聲。

此人、虎——同樂也。

我本也是只虎（屬相）。真虎與假虎（指我），「虎」假虎威，又混於人類歡樂的隊中，便同樂、同舞、同開心——了。

六

來年又需一年——才能再次狂歡，來年的狂歡日——我還會在此嗎？來年不在此的話，我來年還會歡樂嗎？人世間如果沒有了狂歡，是否將只有狂，只有瘋，只有野蠻，只有不知天高地厚。知天高地厚之後，人才知己知彼，才會在智慧中歡樂。沒有智慧的歡樂——可能只是狂妄。

七

快樂也罷，不歡樂也罷，反正今日之狂歡節又已結束，明年的狂歡還遙遙無期，該結束的，不過，總是要結束的——才對。

6. 山好、水好、人難好（03年10月26日晨，柳浪閣家裡）

一

杭州是我知道的世界上唯一的一個山好、水好、人也好的城市。先提這「三好」的是毛澤東。在他的時代，小孩子們都爭當「三好」學生，那「三好」是指「思想好，學習好，身體好」。換句話說，人一輩子要想當好人，就得生活在那個年代，才有得好人當。而一個城市要想當「三好」呢，就要學習杭州。

二

杭州的「三好」，是學也學不來的，因爲世界上那許多的城市都已試著學過了，可始終沒有學會。瑞士的日內瓦我去過，也算是個名城，可惜沒有山，人也不好，所以僅憑那萊蒙湖，只學了個「一好」。威尼斯在義大利，有水好、人好之「二好」，卻沒有山，還算是個「二好」，即「思想好，學習好」，卻沒有身體的第三好。一個城連山都沒有，還算有身體嗎？有湖、有海，最多算有個肚子，能盛或多或少的水分，如沒有山，便沒有了骨格。

巴黎有水，也有一部分相對好的人，但那絕大部分不好的 Parisien（巴黎人），卻是大煞風景的殺手，因此，在巴黎住久了的人，幾乎沒有說巴黎人好的。這與吃臭豆腐相同，那種豆腐看去仿佛豆腐，其實不是好豆腐，它特臭；巴黎人人看去都好似好人，尤其從穿著上看，但嘗上一口、與他們交往一下之後，你就會意外發現——他們不是好人了。

所以巴黎也沒有與杭州爭「三好城市」的資格。

三

再仔細想下去，我曾僑居過多年的加拿大的蒙特利爾（Montreal），倒是一個留給我高等級快樂的、有點接近杭州的城市，那時竟不覺得，現想起不妨有些懷念。Montreal 被當地華僑稱作「滿地可」，聽起有點像滿地下可能都有銀子的意味，其實對那時處於饑寒交迫狀態的我等來說，滿地下可都是苦難、以及苦難中隱藏著的滿地的快樂。「滿城」的大部分居民都是祖輩移民到北美的法裔，法裔人只要不在美麗得十分虛僞的巴黎，倒也算是高貴一族。所謂的高貴，據我理解，就是會製造並享受人間的快樂情趣——如我們杭州人（我在爲杭城人代言）。滿地可的街頭，一到了夏天，也到處「流浪著」如西湖邊上「流浪著」的製造或尋找快樂的人們。蒙特利爾的夏天是翻天覆地式——瘋狂著的，仿佛空氣之中都蕩漾著歡快的酒精，那種景象，想來倒也令人回味無窮，可惜「滿城」之中有好人，卻沒好水以及如神山一樣的好山。西子湖的好水以及西湖周邊的那些好山，倘若再配上少許法式的浪漫，可能也會另有一番情調的吧。

四

西湖邊的「好人」主要是自然以及善良。這人世中善良的人本已如鳳毛麟角，而今「鳳」大多飛了，「麟」也大都死了，所以像鳳毛麟角般稀少的善人，就更是稀罕之物，何況整城、整湖的人呢？杭城是我所發現的善人最多的城市，這個城市的人之間，也是有格鬥似的紛爭的，也不完全太平，但和尚還使勁與世相爭呢，何況人又不可不爭？杭城人心地原本溫順，即使相爭，也是兄弟姑嫂之爭，也是小恩小怨，在我等貫于將對手整得死去活來的鬥爭者看來——也是和平大局下面的——小打小鬧。

由此我說，這個城市的人——總體是「好」的。

要說這樣的結論，可真非同小可，因爲世界那般的大，有那麼多的城，能讓外人評述一個城市的人大部分都是「良民」的，可比鳳毛還少，比麟角還缺，有多少被人評爲「人總體是壞的」的城市啊！比如說紐約，就沒什麼人說那裡的人善，有極個別好人，在那裡也是算壞人；再比如北京，那麼優秀的一個城市，連本人都常居於其中，人嘛——也頂多算是個馬馬乎乎，所以外人說杭城人好，實是極爲難得。況且說這話的不是別人，是偉大領袖毛澤東，他的一句話，要頂上一萬句，要算是金口玉言。

五

「兩好」的城，也算有不少。我在德國就遇見過幾個，但那裡的人卻不好，至少是對從外面去的人不好，光有好山好水，而沒好人，便白瞎了那那山那水。還有人好、山好，或山好、人好的。人好、山好卻沒有水的，人便乾枯得如石頭；水好人好卻沒有山做依傍的，就如同沒有脊樑支撐的水蛇，就難免帶著妖氣。「三好」占了兩好，雖比山不好人不好水又沒有的多了一到兩樣的——好處，卻畢竟不是完美。

杭州的「三好」畢竟是如何修得，我正在探尋，是先有好山好水後有了好人，還是好人被賜與了好山以及好水？如果「一方水土養一方人，好山好水必有好人」的說法成立的話，那爲何我在歐洲的許多有著好山好水爲伴的地方所遇到的——盡是惡人？可見一方水土養一方人的說法，並不十分的正確，有些窮山與惡水，還專產良民呢！

六

杭州人之善，多來自那湖邊的叢林；叢林賦與了人自然之質，自然之質又從未離人而去，於是便保留了人性先天的溫良。如若推敲此城人之天性的話，我覺得，可定義爲「無刻意，無雕琢，無後天」，有了這三點，便是自然的天性了。

天性本源于自然，但凡自然的，便會是完善的。

7. 無雨下的杭城(03年10月26日，南湖邊草坪)

一

此次來杭正逢秋季，秋季是無雨的，起初並沒在意，後來真的沒了雨，才發覺了、才意識到了沒了雨的杭城——是這般的無聲。

二

雨聲仿佛是這個城市的脈搏，是此地唯一的——動靜。無雨後的杭州，那脈就不跳了，脈不再跳了，也就無了心聲。因此上，她顯得如此的安靜。

三

我居於頂層的柳浪閣，在雨點叮咚時，是不寂寞的，雨點通常打在鄰里的防雨蓬上，所以只要那些蓬子還響，你就會知道除了你之外，那樓中還有別人；別人只要還在，生活便未停止，所謂的生活，可反寫爲「活生」，是指活著過日子的生命。因此只要雨聲不止，樓中的生命，也就未息。

四

無雨的杭城，雖不再有聲音，卻也是快活的，因爲人的笑聲它——代替了那雨聲。從陰陽來講，笑聲是陽的，雨聲是陰的。陰的聲息止住之時，陽的聲響又取而代之。雨時人在戶內，憑聽雨蓬的聲響，雨後人走出到戶外，用笑聲頂替雨聲。只要這兩種聲音不斷，杭城這個地方，脈便是在跳著。

你聽，嗵嗵，嗵嗵。

8. 野生的人性（之一）——湖邊趣事

一

本人一人坐在座椅上，觀看著草坪對面一群爲新郎新娘拍婚照的場面。這時，一男青年走來，坐到了本人這張椅子上。我先感到不適，後來又來了一個與他相識的女青年，也坐到了我們坐的同一張椅子上。這時我感到有些習慣了，他們定是搞新郎新娘搞得累了，就到這邊來，與我分享這——坐著的舒適。杭城人就是這樣的自然可愛，在北京和上海，幾個不認識的人，是不常同坐一張椅子上、而感到特別自然的，何況還都是少男與少婦。本人雖已四十，但好歹還算是個「少男」。

二

後來那個男青年——我身旁坐的，一下子又走了，他走之後，我又重新感到不自然起來，因爲與他相識並坐在本人身旁的女子，並沒跟著他走。

這，開始令我費解起來，因爲那男青年離開後留下的局面是：我與一女青年同坐一張椅子之上，而且還是在湖邊的公園。

我有些如坐針氈。

我想看天上是否正有我老婆發射的——間諜衛星。

要知道，本人最後一次與一個異性同在公園中坐於同一座椅，還需追溯到十幾年前我與老

婆搞對象的時光呢！

於是，我開始動了走開的心思，但我又想這不太合理，因爲本人是第一個坐在這湖邊的——空椅上的！

愛因斯坦在人們不解他的相對論時，曾形容說你在火燒火燎時如果身旁坐的是一個男人，則會感到時間很長，但換成女人，便會變得特短，而他的那套理論——爲何與本人此時的感覺整整相反！

我因此懷疑上了那相對論的——真實可靠性。

三

在不知過了多久之後，正在思慮著相對理論的我變得輕鬆起來，因爲那身旁的女子已經離開，因爲我在未丟失人格和品格的狀態下——成功地捍衛了自己先佔領這張座椅的權力。我得勝了！

我開始速寫，寫下了剛才的那段趣事，可未等我將其寫完，身旁又坐下了一個年青女子。不過還好，這次她——懷抱著一個孩子。

9. 野生的人性（之二）

一

剛才的那一段插曲，本是用於描繪杭城人性格之中的那可愛的一面——野生樣的純然的。人本為動物，人的本性如若完全沒有了動物的野味，便不再是本然的人了。野狗、野豬和野人——之所以可愛於家犬、家豬和現代人，是因為他們還有天然之性情。按我的分類，人類以兩端分類，可分為自然人和合成人。自然人生於自然界中，生於農村或者近山近水之地，合成人生於大城市裡，遠離天然的環境。按此種分法，上海人與東京人為純合成人，北京人為半自然人，杭州為純自然人。當然，杭州除了山水之外也有現代化的城區，但那些並未對這裡的人產生大於百分之五十的控制和影響，杭城的主體還是寄存于樹林、山水中的，注意，自然化了的城市，也算是自然的，絕對與現代文明無緣的地方，不應說是自然的，應該算到野蠻的一類。野生的並不就是野蠻的，有時特別野蠻的人，就不是野生的，比如那些常坐在賓士車中身著西裝幹壞事的——野人。

二

杭州人的可愛的野生性情，我想，可能就是這山水給的。他們原居於這山林之中，之後在山林的旁側築起了城市，但城市一代人一代人地換，這山和這林子、這湖卻千年依舊；杭州人無疑是用這些自然的山林為自己備下了逃逸、還原其本質的——歸宿，城興時他們在城中，城

亡了他們又返還進山。他們在人的動物性和後天性雙重角色之間，以即興、隨時的遷移每時互換著，這樣千年來的換來換去，就使他們既有了城市人的開闊，又沒失原始人的純真。他們既進化了，又沒進化到將人性盡失的異化。在中國的那許多的城中，我想來想去，倒也想不出來另外一個與杭州完全相同的城市——能用自然與後天的如此良好的美妙組合，將人原本的天性保留住，又將人生就的野蠻去除，使之成爲自然而非野蠻的——性格。

不錯，有的良城靠海，但海畢竟是荒蠻不馴的，近海的人大都向海學會了狂野，卻容易失去含蓄；

不錯，有靠山的城，如北京的山，但北京的山大多是蒼涼的，太蒼涼的山，會將人的生性導向虛無。

唯有這杭城的我稱之爲「神山」的山們，是人類天賜的尤物，它們如幻影樣每時每刻都在魔術般變換著姿態，它們來無蹤，去無影，它們依天而變，依時而變，因人而變，因需而變；它們跟著湖變，跟著雨變，跟著人心變，跟著世道變，跟著宇宙變。它們每時每刻都在爲人類的視覺提供、供奉著可豐富人的性情的景象，它們無時無刻不在安撫或撥動著人類那對自然的神秘和不可知性的——好奇……。這杭城的山水是活的，是擬人並超人的，是不安分不幹寂寞的，它們是滿足、創造人類審美情趣的最天然、最大度的模特和培訓師。

而這一城三百萬的杭州人，就是那永不疲倦、永不重複扮相的大自然模特的坐得最近的觀眾，這個「山水模特」有多麼的「臭美」，來此或居住於此的人的審美的眼福就有多大。它（指這山這水）演出的戲，自打人類還尾巴沒落時就已開始，他們（指杭城人）自打生下來，就祖祖輩輩輪番看著這一天天、一時時、一幕幕的大戲，久而久之，他們便成了那自然美最大的、最直接的受益者，一代代人又將因數傳了又傳，結果，整城的人們便都攜著那個基因了。所謂近朱者赤，近美者秀，近這種神山秀水近得千年下來，此城的人焉能不知美——爲何味？

以上所言，爲杭城人秀色性格的成因之我見。

全文完。

（說明，「柳浪閣留墨」中的這幾組短文爲本人二〇〇三年十月最後一次在杭州家裡居住時所記，二〇〇八年七月二十七日於北京整理完畢）

後記（我的西湖——心靈飛鴻）

之一：我的西湖情結

六〇年代初生於鄉下的我，初聞西湖，始于童年時在鄉村土戲臺上，看秦腔戲《白蛇傳》，白娘子與許仙在西湖斷橋相識，同舟歸城，借傘定情；後又邂逅於此，言歸於好。還有白娘子被法海鎮壓在西湖旁的雷峰塔下，那時對於一個鄉下孩子來說，西湖猶如仙境般，可望不可即。

後來學中文，讀了許多與西湖有關的古詩。那些描寫西湖美景的語句，以及與西湖有關的名人軼事，便充斥了耳鼓。再後來教了二十多年語文，西湖卻也成了在文字中與我常常謀面的朋友。

尤其最近幾年，西湖上也曾舉行過許多重大活動，因此也頻頻通過電視螢幕看西湖。

西湖，已成爲我嚮往的地方，可總是陰差陽錯，遲遲未能與西湖相見。

我迫切的不只是想在文字與螢屏中見到西湖，起因于閱讀了齊天大老師寫的長篇小說《誰出賣的西湖》，那九十七節文字中，處處都有西湖。齊老師把西湖比作「中國文人真正的心靈家園」，當作我們民族文化的聖殿，藉他西湖上的柳浪閣被出賣，西湖被污染，來諷喻民族文化被外來文化侵蝕，被僞學者一類的子孫玷污這一社會現實。西湖山水，就是他心中理想的生存狀態。被他眷戀西湖的文字感染，更被他關注民族文化發展的憂患意識和拳拳愛心感染。隨後，在長達一年時間裡，于齊老師每節文字後，寫下了點滴解讀《西湖》的文字。我那時雖並未見過西湖，卻在那些寫西湖的文字裡，捕捉到了作者濃郁的愛戀西湖情結。

於是在新春到來前，寫完瞭解讀隨感後，我暗暗告誡自己，這個春天或夏天，我一定要去西湖，趁那些文字還在自家存留著時，親見西湖後，再做刪減增補。可惜春天時，工作忙碌，與西湖失之交臂。這個夏天，因爲已隨同事去過了青海湖，若再南下看西湖，連我自己都覺得有些奢侈了。

可終究抵擋不住西湖的誘惑，在忙完了工作，看望了年邁父母，辦完了孩子入學手續後，啓程奔赴與那被古人比作西子，被齊老師深情愛憐著的西湖的約會。

之二：我心中與西湖有關的山水

七月下旬的杭州，按說正是高溫酷暑時節，去之前也有許多顧慮，惟恐酷暑影響遊覽興致，也惟恐烈日破壞了西湖在我心中的美好印象。

誰知天公作美，從東海坐船到寧波途中，太陽已隱藏行跡，濛濛細雨已籠罩海面。在從寧波坐大巴前往杭州途中，雨珠從車窗傾斜而下，煙雨江南，充斥眼簾，想像中酷暑下的西湖終於沒有出現，心爲之一爽。

七月初去青海湖，大地鋪上了金黃油菜花裝飾的黃綠交錯大地毯，藍汪汪，綠瑩瑩的青海湖，猶如這大地毯點綴著的一顆碩大藍寶石，而且還有許多美麗的鳥兒在這大地毯上，飛翔守護。

七月的青海湖，爽風撲面，涼意縈懷，美麗多姿。船行湖中，對於沒去過西湖的我來說，

這真的就是夏日天堂了。我還在心裡悄悄問自己：此時的西湖，會如青海湖這般的愜意嗎？

從上海前往西湖，途徑一望無際的大海，曾停歇在岱山島，既飽覽鹿欄晴沙美景，又與寧靜和悅的大海有過親密接觸，還住在海邊小木屋聽蛙鳴、枕濤聲酣然入夢，也早起迎紅日穿破雲霧阻礙，從夜幕籠罩的海面上噴薄而出，那時，真覺得這就是人間仙境，這就是自己的夢想家園。可也還在輕輕問自己：我要去的西湖，有這般令人沉醉嗎？

文人墨客，盛讚西湖時，多寫山水之美。水的美，就我親見過的除了青海湖、鹿欄晴沙，還有清澈如鏡的灕江，穿行於崇山峻嶺間的三峽，氣勢磅礡的壺口瀑布等，這些水都與山相伴，各有其情不自禁美。

說起山之美，生活在秦嶺山下的我，更有發言權。桂林山的秀美，自不必說，東嶽泰山之尊也不必提，華山的險峻，大家也都已耳聞。但對於秦嶺，對於秦嶺的那些山山水水，我卻也是太鍾情，太喜愛。若問我天下哪裡山最美，就我親見過的山而言，我會脫口而出：秦嶺山最美！這裡四季如畫，這種美，與我來說，真是無法用語言傳達出。

麗日下的山巒，輪廓清晰可辨，春夏秋三季，藍天白雲鑲嵌在峰頂和峰轂之間，那些山，如浮雕般堅實厚重有力，微風一吹，這些浮雕仿佛在天幕中忽而東忽而西的遊動。若走進山裡，植被茂密，鳥雀喧嚷，真有「鳥鳴林更幽」之感。你若想在繁雜的塵世中舒一口氣，那就來秦嶺山休憩吧，定會讓你樂而忘憂。

陰雨天的山巒，如含情脈脈的新娘。那些水珠，正可以爲她們梳洗打扮。遠看那些雲霧好像爲新娘們披上了美麗無比的婚紗。再近看那些新娘，個個容光煥發，明澈的肌膚中閃著幸福的亮光。

冬天的山巒，雖有一些樹木失去了往日容顏，可老天卻也很眷顧她們，早早爲她們穿上了潔白輕柔而又保暖的羽絨棉衣，讓她們與天地融爲一體，這不就是大愛無聲、大美隱行嗎？此時在我心中，她們仍舊是天地間最美麗的白雪公主。

於是，在沒到杭州前，我想：西子，我沒見過，西湖的山到底有多美呢？難道比我眼中最美的山——秦嶺還要美麗多姿？

西湖，西湖，我就要見到你了，我就要讓這些疑慮得以釋懷！

之三：天堂傘下游西湖

當我雙腳踏上杭州土地，地上的雨水已洗去了我在別處沾上的泥土，頭頂上落下杭州天空的大雨，催我拿出在秦嶺山下買的，天堂牌防紫外線遮陽傘，這把傘也曾經阻隔過青海湖上空強烈的紫外線輻射呢。

當我打著天堂傘，雙腳踏上西湖，雙眼看到西湖時，在急促的劈啪雨點聲裡，那滿湖滿山的煙霧，已被傾斜的雨點編織成帶孔的魚網，那魚網在空中不停地舞動著，最終與湖面連爲一體，明澈的西湖，不再如鏡，而是如泛著漣漪的笑靨，此起彼伏地擴散著歡樂與愜意，四周的山巒在雨幕煙霧中變得朦朦朧朧，這些在平面上擴散著的笑靨，與在湖面上舞動的網狀水汽縱橫交錯，使得西湖更富有迷蒙空靈的詩意。

從紅鯉池進入西湖，沿著蘇堤緩緩前行，雖然湖面的笑靨越來越大，但有天堂傘相伴，不急也不惱。再看身邊的行人，也如我一樣悠閒、自得。西湖，或許也適宜這樣打著雨傘從容遊覽吧。感謝蘇子當年爲治理西湖而修建堤壩，長長的蘇堤，夾道垂柳，在風雨中婆娑，它們見證著蘇堤造福後代的不朽功勳。還有蘇堤上的六座橋，以及橋上的文字，也是蘇堤的靚麗風景。盡職的地導，一路上耐心地細緻的指點講解著行走在蘇堤上所能看到的景觀。這是雷峰塔，那是靈隱寺，真令我目不暇接。

走過蘇堤，看著湖面上各種遊船，我一下子就想坐那種江南烏篷船遊西湖。這時，雨依舊很大，地導提議，雨大，湖面畢竟不太安全，還是先遊覽其他景點，等雨小後再坐船吧，我欣然同意。地導說可以去靈隱寺、岳飛廟、白堤。去過一些寺廟，也常常參拜佛祖，記得前年扮演林黛玉的陳曉旭在靈隱寺出家病故，至今提到靈隱寺，都心有餘悸，還是不去打擾，祝福她安息吧！我心中的佛，請饒恕我不敬，允許我站在西湖邊上，對你行叩拜之禮吧。

決定去岳飛廟，祭拜我心中的英雄——岳飛！地導笑了，打趣說：不去靈隱寺卻去岳飛廟的遊客，真的還不多見。我也笑著振振有辭：這與所受的教育有關，從小就景仰岳飛精忠報國義舉，岳母刺字激勵兒子的壯舉，更是家喻戶曉，〈滿江紅〉中流露出的那種氣吞山河，決心收復失地的雄心壯志，都曾無數次令我震撼。岳飛不就是我心中的民族魂魄？旅遊不就是盡興圓夢嗎？若不去祭拜岳飛，我豈不是枉來西湖？雨更大了，是在爲英雄遭受奸人殘害而拋灑哀傷的淚水嗎？是在讓白鐵鑄成的佞臣早日腐朽嗎？

默默祭奠，焚炷心香，三鞠躬，三叩首，那高大的墓碑，就是我心中的豐碑。

走出岳飛廟，雖有天堂傘遮擋，但衣袖和褲子已被西湖雨打濕，眼裡也已噙著淚水雨水，隨踏上白堤。想起在蘇堤上給齊天大老師發的短信：齊老師，在西湖上向愛西湖的你問好！隨即收到齊老師短信：我的柳浪閣就在柳浪聞鶯處，你找找看。於是按照指點，終於找到了齊老師說的那個，坐在自家閣上就能看西湖，就能看吳山的那個被出賣了的家園。其實我知道，齊老師說的那個柳浪閣，也不只是一個有形的閣，還包括許多被出賣的無形的東西，比如人的靈魂也在內。在海外遊學經商客居了十多年，而最終回歸故土，興辦民族企業，做教師，做北大學子的齊老師，其實就是西湖——我們民族文化的忠實守護者。

終於見到了，我用虔誠文字書寫了一年的西湖，還有這西湖上的柳浪閣，不能不說，這也是一個圓夢的旅程。就這樣在雨中，打著天堂傘，自由散漫的遊覽著，想起蘇軾那句：「最愛湖東行不足，綠楊陰裡白沙堤。」這白沙堤是白堤嗎？白堤的盡頭是什麼？一片荷塘，夏荷正亭亭玉立。一處斷橋，在雨簾中靜默，那就是《白蛇傳》故事中有情人相會的地方了，也是西湖最早在我心中留痕之處。

本想去吃東坡肘子，可走進沿湖一家頗有名氣的飯店，卻已過了用餐時間。有些納悶，走過不少地方，惟有此處有按點開飯的說法，看來也許是遊人用餐太多，生意太好，不在乎，或者是廚師太累，服務員太辛苦，那可以倒班呀，或許是大飯店非要有別於小飯店隨到隨吃，不屑理會顧客是上帝的口號，由於買好了返程車票，這令我嚮往已久的東坡肘子看來是沒口福了。

雨不見小，更不見停，坐在荷亭唱晚處避雨，想東坡肘子，想斷橋上的故事，看沒有遊客願意冒雨光顧，擱淺在湖邊的烏篷船，決定結束遊西湖行程，留一些遺憾給下次，下次最好是

在「淺草才能沒馬蹄」時來。

還沒有走近的雷峰塔、靈隱寺，還沒有乘坐的烏篷船，還沒有吃的東坡肘子，下次再來拜訪你們，與你們親近！

之四：人間處處是西湖

西湖，西湖，終於夢想成真！

傘下的西湖，雨霧中的西湖，不正是白娘子與許仙相遇時的西湖嗎？

原來童心中的西湖從雨中開始顯影，也在這雨中親見，有一種圓夢的感覺。

哦，西湖，歷經四十餘載風霜，我終於見到你！

青海湖、秦嶺，是我心中的美，但這卻也帶有濃郁的個人審美取向，屬於個體美，而西湖卻是全中國，乃至世界人心中的美，是代表了我們民族魂魄的大美。

自然山水，在歷史長河中，由於被世人鍾愛而成爲民族文化的載體，西湖與其他山水都是民族文化的載體。也正如斷代史、國別史都是通史的組成部分那樣，青海湖、秦嶺、西湖都是祖國山川、世界風光的有機組成部分，也都是中華文化、世界文化的有機組成部分，也都是個體美與整體美的融合，個人審美情趣與民族審美情趣的融合。大美是美，大美之下的個體美也是美。大美襯得個體美更具特色，個體美使大美更豐富多彩，個體美與大美相映成趣。

一方水土養一方人，這一方水土，小而言之是西部，東方，南方，北方，中原，大而言之是中國，東亞，亞洲，地球，甚至宇宙；這一方人，小而言之是西部人，東方人，南方人，北方人，中原人，大而言之是中國人，東亞人，亞洲人，地球人，乃至外星人。不同地域的人，處在不同時代，站在不盡相同的角度，欣賞這些共有的山水，自然會品出各不相同的美來。美雖打上了個體的獨特審視烙印，但美也有共性：那就是來自事物自身的打動人心的魅力。

這樣說來，天堂傘下的西湖，怎會不是人間天堂呢？

我所鍾愛的青海湖、鹿欄晴沙、秦嶺，也是我心中的天堂呢！

天堂多了，不是更好？願人間處處是天堂！

這西湖，莫非也是我的西湖？

這魂牽夢繞的西湖，就是我的西湖！

就是我心中的如仙境般的天堂！

（補充：二〇〇九年七月下旬，西湖歸來不久，小住秦嶺山中，靜夜輕敲與西湖有關的文字。燈光引來山野飛蛾，它們或爬在窗紗上向我問好，或穿越走廊，飛過搖頭窗，在牆壁、被褥、電腦螢幕上，好奇地飛舞張望，甚至有一隻在我手臂上打盹兒。〈我的西湖〉就這樣在我的秦嶺與我的飛蛾們陪伴下，湧出心泉。

此時，二〇一二年六月二十五日，校驗完這本書的樣稿，將要從秦嶺山下，飛往西湖。而行程卻是兩周前定的。我與齊天大老師筆下和眼中的西湖再次相見，豈只是巧合？）

國家圖書館出版品預行編目資料

誰出賣的西湖 / 齊天大 著 --初版--
臺北市：博客思出版事業網：2012.8
編外教師大事記；第1部
ISBN：978-986-6589-70-6（平裝）
855　　　　101010703

編外教師大事記　1

誰出賣的西湖

作　　者：齊天大
美　　編：鄭荷婷
封面設計：鄭荷婷
執行編輯：張加君
出 版 者：博客思出版事業網
發　　行：博客思出版事業網
地　　址：台北市中正區重慶南路1段121號8樓14
電　　話：(02)2331-1675或(02)2331-1691
傳　　真：(02)2382-6225
E—MAIL：books5w@gmail.com或books5w@yahoo.com.tw
網路書店：http://store.pchome.com.tw/yesbooks/
http://www.5w.com.tw/
博客來網路書店、博客思網路書店、華文網路書店、三民書局
總 經 銷：成信文化事業股份有限公司
劃撥戶名：蘭臺出版社　帳號：18995335
香港代理：香港聯合零售有限公司
地　　址：香港新界大蒲汀麗路36號中華商務印刷大樓
C&C Building, 36,Ting, Lai, Road, Tai,Po, New,Territories
電　　話：(852)2150-2100　　傳真：(852)2356-0735
出版日期：2012年8月 初版
定　　價：新臺幣350元整（平裝）
ISBN：978-986-6589-70-6